Jenny Nimmo

Charlie Bone und der Rote König

Jenny Nimmo war schon als Kind eine ungeheure Leseratte. Nachdem sie alle Bücher in der Schulbibliothek ausgelesen hatte, fing sie an, sich eigene Geschichten auszudenken. Seit dieser Zeit spukte ihr die Geschichte von Charlie Bone im Kopf herum, die sie erst ihren kleinen Geschwistern und später ihren drei Kindern immer wieder erzählte. Ihre Kinder sind inzwischen erwachsen und sie lebt mit ihrem Mann David und der Fledermaus Kevin in einer alten Mühle in Wales.

Von Jenny Nimmo sind in den Ravensburger Taschenbüchern erschienen:

RTB 52324
Charlie Bone und das Geheimnis der sprechenden Bilder

RTB 52333
Charlie Bone und die magische Zeitkugel

RTB 52353
Charlie Bone und das Geheimnis der blauen Schlange

RTB 52374
Charlie Bone und das Schloss der tausend Spiegel

RTB 52391
Charlie Bone und der Rote König

Jenny Nimmo

Charlie Bone

und der Rote König

Fünfter Band

Aus dem Englischen von
Cornelia Holfelder-von der Tann

Ravensburger Buchverlag

Als Ravensburger Taschenbuch
Band 52391
erschienen 2009

Die englische Originalausgabe erschien 2006
unter dem Titel „Charlie Bone and the Hidden King“

Die deutsche Erstausgabe erschien 2006
im Ravensburger Buchverlag

Umschlagillustration: Regina Kehn

Printed in Germany

1 2 3 4 5 13 12 11 10 09

ISBN 978-3-473-52391-7

www.ravensburger.de

Prolog

Der Rote König und sein Freund gingen Seite an Seite durch den Wald. Es war ein strahlender Herbsttag und Blätter fielen von den Bäumen wie kupferne und goldene Münzen.

Der König war groß, sein schwarzes Haar ohne jede Spur von Grau, seine dunkle Haut faltenlos. In seinen Augen aber stand der Kummer von Jahrhunderten.

Mathonwy, der Zauberer, war von schmächtiger Statur. Sein Haar war so silbrig weiß wie sein Bart, sein Rücken gebeugt von der Last des Alters. Er trug einen mitternachtsblauen Umhang mit einem verblassten Sternenmuster.

Zehn Schritte hinter den Männern folgten drei Leoparden. Sie waren jetzt alt und nicht mehr so schnell wie einst, aber sie ließen den König keinen Moment aus den Augen. Er war ihr Herr und Freund und sie wären für ihn durchs Feuer gegangen.

Mathonwy, der Zauberer, war beunruhigt. Er wusste, dies war nicht einfach nur einer ihrer üblichen Spaziergänge. Heute hatten sie ein bestimm-

tes Ziel. Jeder Schritt führte sie weiter weg von der Welt der Menschen und tiefer ins Herz des Waldes.

Schließlich gelangten sie an eine Lichtung, wo selbst das dürre Laub ganz still war. Das Gras war honigfarben und die Weißdornsträucher hingen voller roter Beeren. Mathonwy setzte sich auf einen umgestürzten Baumstamm, der König aber blieb stehen und blickte durchs kahle Geäst empor. Der Himmel hatte sich glutrot gefärbt und irgendwo funkelte der erste Stern.

„Lass uns Feuer machen", sagte der König.

Mathonwy liebte lodernde Feuer. Er sang, während er Holz und Reisig sammelte, auf Walisisch vor sich hin und das fröhliche Lied übertönte die Furcht in seinem Herzen. Die abgestorbenen Zweige waren so trocken wie Zunder und bald schon brannte ein munteres Feuerchen.

Jetzt, dachte Mathonwy. Jetzt wird er mich bitten.

Aber noch war es nicht so weit.

„Zuerst die Katzen", sagte der König. „In diesem Land der kalten Winter und gnadenlosen Jäger können sie nicht mehr lange überleben. Kommt her, meine braven Geschöpfe …"

Die Leoparden kamen zum König. Schnurrend rieben sie die Köpfe an seiner Hand.

„Es ist Zeit, dass ihr ein neues Fellkleid bekommt", erklärte ihnen der König. „Sucht euch

einen guten Herrn, denn ich muss euch jetzt verlassen."

Es war ausgesprochen. Mathonwy schauderte. Der König wollte gehen. Wie einsam es im Wald sein würde ohne den Gefährten, der ihn immer wieder staunen gemacht, seine Gedanken geteilt, der seine zweifelnden Fragen beantwortet hatte.

Der König ging mit großen, ruhigen Schritten um das Feuer herum und die Leoparden folgten ihm.

„Passt auf meine Kinder auf", befahl der König. „Sucht die Nachkommen der Kinder, die ich verloren habe, die Söhne und Töchter des tapferen Amadis und des klugen Petrello, der sanften Guanhamara und des schlauen Tolemeo, die Abkömmlinge meiner jüngsten Tochter Amoret. Helft ihnen, meine treuen Freunde, sorgt dafür, dass ihnen nichts geschieht."

Als der König vom Feuer zurücktrat, drehten die mächtigen Raubkatzen weiter ihre Kreise. Sie wurden immer schneller, sausten in großen Sätzen dahin.

„Leuchtende Flamme, glühende Sonne und goldener Stern", sprach der König mit singender Stimme. „Beschützt meine Kinder mit euren wilden Herzen."

Mathonwy hatte solche Zauberzeremonien schon öfter miterlebt, aber heute Abend war die Magie des Königs von besonderer Schönheit. Die dahinsausenden Leoparden waren nur noch ein feuriger Ring. Funken stoben in die Bäume empor, Glutbänder schmückten die Äste und tauchten die Lichtung in ständig wechselnde Regenbogenfarben. Als der König schließlich die Hand wieder sinken ließ, war der Feuerring verblasst. Die Leoparden waren verschwunden.

Mathonwy sprang auf. „Wo sind sie?“

Der König zeigte auf einen Baum hinter dem Zauberer. Auf einem Ast saßen drei Katzen. Eine war kupferfarben, eine orangerot wie eine Flamme und die dritte leuchtete hellgolden wie ein Stern.

„Da, sieh! Aries, Leo und Sagittarius. Ihr Fellkleid hat sich verändert, aber ich erkenne sie immer noch.“ Der König lachte, zufrieden mit seinem Zauber. „Und jetzt bin ich dran.“

Mathonwy seufzte. Aus den Falten seines Umhangs zog er ein dünnes Eschenholzstöckchen, seinen Zauberstab. „Was soll ich tun?“

Der König sah sich um. „Der Wald ist mein Zuhause geworden. Die Gestalt eines Baums würde gut zu mir passen.“

„Dafür braucht Ihr meine Hilfe nicht“, sagte der Zauberer. „Die Kunst des Gestaltwandelns beherrscht Ihr doch so selbstverständlich wie ein Vogel das Fliegen.“

Der König sah seinen einzigen Freund an. „Es

geht nicht darum, für kurze Zeit meine Gestalt zu verändern, Mathonwy. Ich sehne mich nach einer Verwandlung für immer. Wenn ich schon ewig leben muss, will ich meine menschliche Gestalt ablegen und etwas Friedlicheres werden.“

„Ihr wollt für immer als Baum leben?“, fragte Mathonwy. „Ohne Sprache und unbeweglich? Und wenn sie kommen und den Wald abholzen?“

Der König überlegte. „Vielleicht sollte ich lernen, mich zu bewegen“, sagte er mit einem verschmitzten Lächeln. „Sei nicht traurig, mein Freund. Letzte Nacht habe ich in den Wolken einen Jungen gesehen und ich wusste, er ist einer von meinen Nachfahren. Und höre, Mathonwy, ich weiß, dass er auch von deinem Blut ist. Dieses Wissen hat mich sehr glücklich gemacht. Jetzt habe ich das Gefühl, dass der Rote König die Welt verlassen kann.“

„Die Welt und mich“, sagte Mathonwy ohne Bitterkeit, denn es freute ihn, dass sich die Linie seines Blutes eines Tages mit der des Königs vereinen würde.

„Verweigere mir diesen Gefallen nicht“, flehte der König. „Ich bin so müde, mein Freund. Ich kann meinen Kummer nicht länger ertragen.“

Mathonwy seufzte leise. „Ich werde tun, was Ihr wünscht.“

Der König lächelte, und obgleich er mit aller Kraft gegen die Traurigkeit ankämpfte, überwäl-

tigte sie ihn jetzt doch und Tränen stiegen ihm in die Augen.

Der Zauberer hatte Mitleid mit dem König und machte sich daher schnell ans Werk. Er berührte den Freund mit der Spitze seines Zauberstabs an der Schulter und wollte ihm die Krone abnehmen. Doch der schmale Goldreif saß zu fest in den schwarzen Locken.

Der König hob seine Arme und aus den weiten Ärmeln seines Gewands sprossen feine, grüne Triebe. Mathonwy berührte sie mit dem Zauberstab und sie wurden kräftiger. Der Kopf des Königs schob sich immer weiter empor, sein Körper dehnte sich in die Höhe und in die Breite. Zarte Blätter wuchsen aus den Trieben, reflektierten wie winzige Spiegel die Farben des Herbstwaldes und des rotgoldenen Feuers.

Die Katzen verfolgten die Verwandlung ihres Herrn mit glühenden Augen. Sie beobachteten, wie der Zauberer mit flatterndem Umhang um den König herumsprang, sein Zauberstab jetzt nur noch eine Funkenspur. Und dann begannen die Katzen zu miauen, denn ihr Herr war fast ganz verschwunden, nur sein Kopf saß noch ganz oben auf einem prächtigen Baum. Und als seine gütigen Züge nach und nach verblassten, nahmen die Tränen, die ihm aus den dunklen Augen rannen, ein tiefes Beerenrot an.

„Oh, meine Kinder!“, seufzte der König. Dann war er verschwunden.

Doch die Tränen strömten weiter den runzligen Stamm herab, so rot wie Blut.

Bestürzt starrte Mathonwy auf die Tränen. Er versuchte sie mit dem Zauberstab zurückzudämmen, aber sie flossen immer weiter. Also nahm Mathonwy alle Magie, die er in sich trug, zusammen und sprach einen Zauber.

„Eines Tages, mein Freund“, sagte er, „werden Eure Kinder kommen und Ihr werdet Trost finden!“

Eine verhängnisvolle Stunde

Wie eine Daunendecke legte sich der Schnee in einer dicken Schicht über die schlafende Stadt, fast als wollte er sie schützen und das Böse ersticken, das jemand zu entfesseln beabsichtigte.

Es war die zweite Januarwoche, eine Zeit, in der Schnee keine Seltenheit ist, und doch war dies kein gewöhnlicher Schnee. Auf einem Hügel über der Stadt stand ein Junge mit ausgebreiteten Armen, als wollte er fliegen. Der Wind beutelte ihn, trieb ihm Schneeflocken in die weiten Ärmel und unter den grünen Umhang.

Tancred Torsson konnte Regen, Wind, Blitz und Donner heraufbeschwören, aber das war das erste Mal, dass er es mit Schnee versuchte. Und warum stand er mitten in der Nacht hier draußen? Weil drei Katzen auf sein Fenstersims geklettert waren und ihn mit ihren Schreien geweckt hatten. Tancred hatte sich den Umhang über den Schlafanzug geworfen und war in die Dunkelheit hinausgerannt.

Die Katzen hatten ihn schon an der Haustür erwartet und während seine Eltern weiterschliefen (und das Schnarchen seines Vaters wie Donnergrollen durchs Haus rollte), war er den drei leuchtenden Geschöpfen auf diesen windigen Hügel gefolgt, wo er die Lichter der Stadt unter sich funkeln sah. Hier oben hatten ihn die Katzen angestarrt und angestarrt ... bis es ihnen gelungen war, ihm verständlich zu machen, was sie wollten.

Tancred hatte nicht die Gabe, die Sprache der Tiere zu verstehen, aber er war ein Nachfahre des Roten Königs und so konnte er manchmal den Sinn ihrer Laute erahnen. „Schnee?“, hatte er gefragt. „Schnee wollt ihr?“

Die Katzen hatten freudig gemaunzt.

„Hab ich noch nie gemacht“, hatte Tancred gesagt und sich den Kopf mit dem stacheligen Blondhaar gekratzt. „Aber na ja, ich werd’s mal versuchen.“

Die Katzen hatten zufrieden geschnurrt.

Während Tancred sich ans Werk machte, rannten die Katzen den Hügel hinab in die Stadt. Die erste Katze war kupferrot wie ein Sonnenuntergang, die zweite orange wie eine Flamme und die dritte gelbgolden wie ein Stern. Sie hüpften leichtfüßig die Gassen entlang, durch Gärten, über Mauern und Zäune und ihre Pfoten hinterließen kaum Spuren im flaumigen Schnee. Die hohen Gebäude der Stadt verschwanden bereits unter einer Decke von lautlosem Weiß.

Dies war eine Stunde, die anders war als alle anderen. Eine Stunde, da die Lebenden so still waren wie die Toten. Eine verhängnisvolle Stunde.

Die Katzen rannten durch die Filbert Street. Sie hatten ihr Ziel schon fast erreicht, als plötzlich ein Auto langsam auf sie zukam. Es hielt vor Nummer zwölf und drei Gestalten kletterten heraus, ein Mann, eine Frau und ein Junge. Grummelnd und über den plötzlichen Schneesturm schimpfend, hievten sie Taschen und Koffer auf den Bürgersteig.

„Gerade noch rechtzeitig“, sagte die Frau. „Nur zehn Minuten später und der Wagen wäre im Schnee stecken geblieben.“ Sie stiegen ihre Eingangstreppe hinauf.

„Schöner Empfang“, knurrte der Mann. „Da will man ja gleich wieder nach Hongkong.“ Mit einem Schnauben knallte er die Wagentür zu.

Der Junge trug zwei Koffer die Stufen hinauf, drehte sich dann um, als spürte er, dass ihn jemand beobachtete. Er sah über die Straße und bemerkte die drei Katzen. „Die Flammen“, sagte er. „Vor Charlies Haus. Was die wohl wollen?“

„Steh nicht da draußen rum, Benjamin“, entgegnete seine Mutter. „Komm rein.“

Benjamin beachtete sie gar nicht. „Hallo, ihr Flammen!“, rief er leise. „Ich bin es, Benjamin. Ich bin wieder da.“

Die Katzen antworteten mit einem tiefen Grollen. Ein Begrüßungsschnurren, das aber gleichzeitig etwas

Vorwurfsvolles hatte. „Wird auch Zeit", schienen sie zu sagen.

„Bis bald", sagte Benjamin, als seine Mutter ihn und die Koffer zur Haustür hineinzerrte.

Die Katzen beobachteten, wie sich die Tür schloss. Als in Nummer zwölf Lichter angingen, wandten sie sich wieder dem Haus hinter ihnen zu, vor dem ein kahler Kastanienbaum stand. Sie kletterten schnell den Stamm bis zu einem dicken Ast hinauf, der zu einem der Fenster hinüberragte. Sie ließen sich in einer Reihe dort nieder und begannen zu miauen.

Hinter der Scheibe regte sich Charlie Bone im Schlaf. Jemand rief ihn. War es ein Traum? Seine Augen öffneten sich. Ein Geräusch, das ihm bekannt vorkam, drang durchs Fenster herein. „Die Flammen?", murmelte er. Jetzt war er hellwach. Er sprang aus dem Bett, zog den Vorhang auf und öffnete das Fenster.

Der Anblick der drei leuchtenden Geschöpfe hinter einem Schneeschleier nahm Charlie den Atem. Als er sich klargemacht hatte, dass er nicht träumte, fragte er: „Aries, Leo, Sagittarius, seid ihr's wirklich?"

Die Katzen machten sich nicht erst die Mühe zu antworten. Mit einem weichen Plumps landeten sie auf Charlies Teppichboden, gefolgt von einer Schneewolke.

Charlie machte das Fenster zu. „Kommt lieber mit nach unten", flüsterte er. „Ist eine Nacht für warme

Milch. Und vielleicht auch ein Stückchen Truthahn?" Er sah zu dem Bett an der anderen Wand hinüber, wo ein schlafender Junge lag, mit Haaren, so weiß wie das Kopfkissen.

Die Katzen folgten Charlie auf leisen Pfoten, als er die Treppe hinunterschlich. In der Küche machte er ein Töpfchen Milch warm und goss sie in drei Untertassen. Freudiges Schnurren war zu hören, während die Katzen die Milch aufleckten. Sobald sie fertig waren, legte Charlie auf jede Untertasse ein Scheibchen kalten Truthahn.

Schneeflocken wirbelten an den gardinenlosen Fenstern vorbei und glitzerten im Schein der Küchenlampe.

„Irgendwas ist anders an diesem Schnee", bemerkte Charlie. „Soll ich mal zwei und zwei zusammenzählen und raten, warum ihr hier seid?" Er sah zu, wie die Katzen sich energisch wuschen. „Letzte Woche bin ich zwölf geworden, wo wart ihr da? Ihr habt's wohl nicht so mit Partys."

Leo, der orangerote Kater, hielt im Waschen inne und erwiderte Charlies Blick. Nicht viele Katzen konnten einen so ansehen. Leos Augen glühten von Wissen, Wildheit und der Erinnerung an ein Leben, von dem die meisten Sterblichen nur träumen konnten. Leo war über neunhundert Jahre alt, genau wie seine Brüder.

Aries und Sagittarius sahen Charlie jetzt ebenfalls

an. Charlie hatte das Gefühl, dass sie ihm irgendetwas sagen wollten. Er musste wohl den Jungen oben im Zimmer wecken, wenn er wissen wollte, was es war.

Drei goldene Augenpaare folgten Charlie zur Tür. Er spürte sie immer noch im Rücken, als er die Treppe hinaufstieg.

„Billy! Wach auf, Billy!" Charlie rüttelte sachte an der Schulter des weißhaarigen Jungen.

„Was? Was ist denn?" Billy öffnete seine rubinroten Augen.

„Sch-sch! Die Flammen sind hier. Du musst runterkommen und mit ihnen reden."

Billy gähnte. „Oh. Okay." Er taumelte aus dem Bett, noch immer nicht ganz wach.

„Du musst leise sein", warnte ihn Charlie. „Sonst hört uns Grandma Bone."

Billy nickte und tastete nach seiner Brille.

Billy war acht und einen Kopf kleiner als Charlie. Er konnte mit Tieren sprechen, aber nur, wenn sie ihn ließen. Vor den Flammenkatzen hatte er immer ein bisschen Angst. Sie merkten, wenn er log.

„Komm", flüsterte Charlie ungeduldig.

„Ich muss meine Brille finden", sagte Billy, „sonst falle ich hin. Ah, da ist sie ja." Er setzte sie auf und schlich hinter Charlie her.

Die Katzen blickten auf, als die beiden Jungen in die Küche kamen. Drei Paar Ohren wandten sich

Billy aufmerksam zu, als er sich im Schneidersitz vor den Ofen setzte. Charlie machte die Tür zu und ließ sich neben dem kleineren Jungen nieder.

„Also, los", sagte Charlie.

Aus Billys Kehle drang ein sanftes, melodisches Miauen. *Ihr habt uns etwas zu sagen?*

Aries antwortete mit einem Grollen, das immer lauter wurde. Die anderen Katzen stimmten ein und Charlie fragte sich, wie Billy irgendetwas verstehen konnte, wenn drei Stimmen gleichzeitig auf ihn einmaunzten.

Billy schwieg. Die Ellbogen auf den Oberschenkeln und das Kinn auf die gefalteten Hände gestützt, hörte er konzentriert zu. Charlie sah ängstlich zur Tür. Er traute sich nicht, die Katzen anzuzischen, dass sie leiser sein sollten, hatte aber Angst, dass Grandma Bone – die unangenehme seiner zwei Großmütter – sie hören könnte.

Billy runzelte die Stirn, während die Katzen eifrig weitermiauten. Als sie endlich ausgeredet hatten, waren Billys Augen vor Schreck geweitet. Er wandte sich Charlie zu. „Es ist eine Warnung."

„Warnung?", fragte Charlie. „Wovor?"

„Aries sagt, irgendwas könnte aufwachen, wenn sie nicht verhindern können, dass … äh … dass was anderes gefunden wird. Und Sagittarius sagt, wenn das passiert, musst du aufpassen, Charlie."

„Aufpassen? Aber worauf denn?"

Billy zögerte. „Eine Frau, glaube ich. Deine …“ Das nächste Wort blieb ihm in der Kehle stecken.

„Meine *was?*“, drängte Charlie.

„Deine Mutter.“

„Meine …“ Charlie starrte erst Billy an, dann die Katzen. „Warum?“ Seine Stimme war ganz heiser vor Angst. „Will jemand auch sie aus dem Weg räumen lassen – wie meinen Vater?“

Charlies Vater, Lyell Bone, war seit etwa zehn Jahren verschwunden. Grandma Bone und ihre drei grässlichen Schwestern, Tante Eustacia, Tante Lucretia und Tante Venetia, behaupteten zwar, er sei bei einem Autounfall ums Leben gekommen, doch Charlie wusste, dass das gelogen war und er ihn eines Tages finden würde.

Billy fragte die Katzen und Leo antwortete mit einer bedauernden Maunzkaskade.

„Leo sagt, er wollte, er könnte dir mehr sagen“, dolmetschte Billy. „Er will dir aufpassen helfen.“

Leo miaute ein paarmal laut.

„Er sagt, wenn der Schatten sich bewegt hat, weißt du … dass es freigelassen wurde.“

„Dass *was* freigelassen wurde?“, bohrte Charlie und raufte sich das Strubbelhaar. „Können sie’s nicht ein bisschen genauer erklären?“

In dem Moment ging die Tür auf und eine Stimme sagte: „Kann mal bitte jemand das Licht ausmachen?“

Charlie stürzte zum Lichtschalter und sobald die Lampe über dem Küchentisch erloschen war, kam ein großer Mann in einem roten Morgenrock herein. In der Hand hielt er einen hohen Messingkerzenhalter mit einer brennenden Kerze.

„Ich sehe, ihr habt Besuch." Charlies Großonkel Paton nickte den Katzen zu. „Morgen, ihr Flammen."

Die Katzen antworteten mit einem Begrüßungsschnurren und Charlie fragte: „Ist denn schon Morgen?"

„Es ist zwei Uhr", sagte Onkel Paton, der kein bisschen überrascht schien, Charlie und Billy um diese Zeit hier unten vorzufinden. „Mir ist nach einem Häppchen." Er ging zum Kühlschrank und öffnete ihn. „Hier liegt so etwas Geheimnisvolles in der Luft. Was ist denn los?"

„Die Flammen sind gekommen, um mich zu warnen", erklärte Charlie seinem Onkel aufgeregt. „Wegen irgendwas mit Mum."

„Deiner Mutter?" Onkel Paton drehte sich stirnrunzelnd zu ihm um. „Sagtest du, mit deiner Mutter?"

„Ja."

„Und einem Schatten", ergänzte Billy.

Onkel Paton nahm eine Platte mit Käse aus dem Kühlschrank und stellte sie auf den Tisch, neben den Kerzenständer. „Ich wüsste gern Genaueres darüber."

„Billy, sag den Katzen, sie sollen es erklären", bat Charlie. „Frag sie, was das für ein Schatten ist."

Aber die Katzen hatten es eilig. Sie streckten sich und rannten zur Tür. „Halt!“, sagte Charlie. „Ihr habt mir noch nichts über den Schatten gesagt.“

Aries miaute und Leo kratzte an der Tür. Charlie blieb nichts anderes übrig, als sie aufzumachen. Sofort waren die Katzen draußen und sausten durch die Diele.

„Was für ein Schatten?“, fragte Charlie mit beschwörender Stimme.

Sagittarius grollte. Charlie wusste nicht, ob es eine Antwort oder eine Drohung war.

„Lass sie gehen, Charlie.“ Billy rannte zur Hautür und machte sie auf. „Sie müssen schnell woandershin. Schauen, ob das *Etwas* gefunden wird.“

Im Chor maunzend schossen die Katzen zur Haustür hinaus und die Straße entlang, drei leuchtende Flammen, die schnell von wirbelndem Schnee verschluckt wurden.

„Sie haben es nicht erklärt“, brummte Charlie. „Jetzt werde ich es nie erfahren.“

„Doch, haben sie“, sagte Billy. „Sie …“

Da kreischte plötzlich jemand aus dem Obergeschoss herab: „Was hat das zu bedeuten?“

Grandma Bone war nie ein erfreulicher Anblick, aber nach Mitternacht sah sie am schlimmsten aus. Ihre dürre Gestalt war in einen alten grauen Frotteebademantel gehüllt und ihre großen Füße steckten in grün karierten Filzpantoffeln. Ein langer, weißer Pferdeschwanz hing ihr über die Schulter und auf ihrem blässlichen Gesicht waren Kleckse von weißer Creme.

„Hallöchen, Grandma", flötete Charlie.

„Werd nicht unverschämt." Grandma Bone konnte es gar nicht leiden, wenn Leute nachts munter waren. „Warum seid ihr nicht im Bett?"

„Wir hatten Hunger", sagte Charlie.

„Ach, Quatsch." Sie behandelte grundsätzlich alles, was Charlie sagte, als Lüge. „Ich habe doch Katzen gehört." Sie kam die Treppe herunter.

„Die waren draußen, Grandma", sagte Charlie schnell.

Sie blieb stehen und starrte zu dem Guckfenster der Haustür hinüber. „Was ist das denn für ein Schnee? Der sieht doch nicht normal aus." Da hatte sie Recht. Irgendetwas *war* anders an diesen wirbelnden Flocken, aber Charlie hätte nicht sagen können, was.

„Er ist kalt, weiß und nass", sagte Onkel Paton, der jetzt aus der Küche trat. „Was willst du mehr?"

„Du!", fauchte Grandma Bone. „Warum hast du die Jungen nicht ins Bett zurückgeschickt?"

„Weil sie Hunger haben", antwortete ihr Bruder gelassen. „Geh schlafen, Grizelda."

„Du hast mich überhaupt nicht herumzukommandieren."

„Mach doch, was du willst." Paton ging wieder in die Küche.

Grandma Bone blieb auf der Treppe stehen und funkelte Charlie wütend an.

„Ich nehme mir nur ein Glas Wasser, Grandma, dann gehen wir sofort wieder ins Bett." Charlie sah Billy an. „Stimmt's, Billy?"

„Oh, ja." Für ein Waisenkind wie Billy war Charlies seltsame, ewig streitende Familie unendlich faszinierend. Er nickte Grandma Bone beflissen zu und sagte: „Versprochen."

Grandma Bone gab ein skeptisches „Hmpf" von sich und schlurfte die Treppe hinauf.

Charlie zog Billy wieder in die Küche und fragte flüsternd: „Was haben sie gesagt, Billy? Die Flammen. Über den Schatten?"

„Sie haben nur ein Wort gesagt", antwortete Billy. „Es klang wie Ad… Adlock. Ist das ein Name?"

„Klingt wie aus Tausendundeiner Nacht", bemerkte Onkel Paton und biss in ein Stück Cheddarkäse. „Und bevor du mich fragst, nein, mein Junge, ich kenne niemanden, der Adlock heißt. Nie gehört. Vielleicht hast du dich ja verhört, Billy."

„Hab ich nicht", sagte Billy ernst.

Die drei Katzen hatten inzwischen die Innenstadt durchquert und sausten leichtfüßig über die Schneewehen am Fuß des Gemäuers der Bloor-Akademie, vorbei an den Türmen, die das Portal flankierten, und immer weiter um das Gebäude herum, bis zu einer hohen Steinmauer. Die uralten Steinquader waren mit Efeu berankt und die Katzen kletterten hinauf und ließen sich auf eine schneebedeckte Fläche dahinter fallen.

Am anderen Ende des Schneefelds waren die dunkelroten Mauern einer Schlossruine zu erkennen. Die Katzen wurden jetzt vorsichtig. Sie hasteten wachsam und leise über den Schnee, die Ohren gespitzt. Und dann hörten sie eine schrille Stimme.

„Ich weiß, was ihr da macht", zeterte eine Frau. „Aber ihr könnt mich nicht aufhalten, ihr Dummköpfe. Habt ihr gedacht, der Schnee würde mich hindern? Ja, er hat mich Zeit gekostet, aber aufhalten wird er mich nie und nimmer."

Die Katzen schlichen näher heran. Durch den großen Torbogen der Schlossruine erkannten sie eine schemenhafte Gestalt, die gebückt dastand, die Arme bis zu den Ellbogen im Schnee. Sie wippte vor und zurück, zog und zerrte und stöhnte vor Anstrengung. Plötzlich klappte eine große Steinplatte ächzend hoch, zerbrach und fiel dann der Frau vor die Füße.

Sie stieß einen Triumphschrei aus und hielt mit zerkratzten, blutenden Händen etwas in die Höhe. „Ich hab ihn! Er gehört mir!"

Eine leichte Erschütterung ließ den Erdboden beben, für Menschen kaum wahrnehmbar, aber deutlich genug, um jedes Tier in der ganzen Gegend aufzuschrecken. Vögel erwachten und schrien, kleine

Nager flitzten panisch in Deckung und Hundegeheul drang durch die bitterkalte Luft.

Mit glimmenden Augen sahen die Katzen die Frau aus der Ruine taumeln. Der Saum ihres schwarzen Mantels war schwer von Schnee und ihre Laterne schwang im eisigen Wind. Sie erreichte eine Tür des mächtigen grauen Gebäudes der Bloor-Akademie und verschwand. Kurz darauf schimmerte in einem hochgelegenen Fenster Licht.

Die Katzen sahen zu dem Fenster empor und befürchteten das Schlimmste.

Die Frau stand jetzt vor einem Gemälde des Roten Königs in einem Goldrahmen. Ihre Laterne erhellte die dicke, rissige Farbschicht.

„Ich hab ihn", flüsterte sie, aber sie sprach nicht mit dem König. Mit der freien Hand zog sie etwas aus den Falten ihres Mantels. Auf den ersten Blick sah es aus wie ein rundes Ding aus rostigem Metall, zehn Zentimeter im Durchmesser. Sie hielt es an einem dicken, wie ein Schwertknauf geformten Stiel.

Der König blickte mit dunklen, magnetischen Augen aus dem Bild. In seinem schwarzen Haar glitzerte ein Goldreif und sein roter Mantel wirkte wie aus echtem Samt.

Als die Frau das metallene Ding hin und her drehte, fing es das Licht der Lampe ein und warf einen hellen Lichtstrahl auf das Gemälde. Jetzt war hinter der Schulter des Königs ein Schatten zu sehen.

Er wurde allmählich deutlicher, sein Umriss schärfer und klarer.

„Wacht auf, Herr“, drängte die Frau mit sehnsüchtiger Stimme. „Ich habe Amorets Spiegel gefunden.“

Da bewegte sich der Schatten langsam. Er schlüpfte hinter dem König hervor und drängte sich immer weiter in den Vordergrund.

Die Frau stieß einen verzückten Laut aus. Sie seufzte und wiegte sich hin und her, ihre Laterne schwang auf und ab, der Spiegel blitzte und der Lichtfleck auf dem Bild tanzte. Mit einem jähen Donnerknall krachte das Bild zu Boden und die Frau schrie auf.

Der Schatten trat aus dem Bild und kam auf sie zu.

Ein verschwundener Hund

Die dumpfen Schläge der Kathedralenturmuhr hallten über die Stadt und der Junge auf dem Hügel ließ die Arme sinken.

„Drei Uhr.“ Er seufzte und gähnte dann. „Das dürfte ja wohl reichen.“

Eine letzte Wolke weißer Flocken schwebte vom Hügel herab. Der Wind legte sich. Kurz darauf war der Himmel von einem klaren, samtigen Schwarz und Millionen Sterne funkelten herab.

Tancred legte den Kopf schief und begutachtete sein Werk: die weißen Dächer, die stillen, schneebedeckten Straßen und das Geflecht von Stromleitungen, das sich über die Stadt spannte wie ein glitzerndes Spinnennetz.

„Nicht schlecht für den ersten Versuch“, sagte Tancred fröhlich. Er schüttelte die Ärmel aus und ein paar restliche Schneeflocken schwebten hervor und landeten auf seinen Hausschuhen. Binnen Sekunden waren sie geschmolzen.

Tancred wunderte sich, dass er Hausschuhe anhatte. Als er den Katzen hinterhergerannt war, hatte er noch halb geschlafen. Er hatte die Kälte gar nicht bemerkt. Jetzt plötzlich fror er. Während er den schmalen Weg wieder hinunterrannte, sprang er alle paar Schritte in die Luft und klatschte die Fußsohlen zusammen. Das war ein Trick, den er kürzlich entdeckt hatte und mit dem er seine Freunde oft amüsierte.

Als Tancred sein abgelegenes Zuhause mit den drei Türmchen wieder erreichte, war das grummelnde Schnarchen seines Vaters zu brodelnden Vulkanexplosionen geworden. Beide Torssons, Vater und Sohn, waren Wettermacher und Tancred freute sich schon darauf, mit seinem Vater über Schnee zu fachsimpeln.

Ob er es wohl schon mal versucht hat?, fragte er sich, während er sich auf der Fußmatte den Schnee von den Schuhen stampfte. „Muss ich unbedingt Sander erzählen“, murmelte er. „Und Charlie.“

„Was musst du ihnen erzählen?“ Mrs Torsson, die nicht schlafen konnte, saß in der Küche und trank Tee.

„Das mit dem Schnee“, sagte Tancred.

„Ah, das warst du? Hatte mich schon gefragt, wo du steckst.“ Mrs Torsson war an das seltsame Verhalten ihres Sohns gewöhnt. *Ein Mann muss tun, was ein Mann tun muss*, pflegte ihr Mr Torsson zu erklären, *vor allem, wenn's ums Wetter geht*.

30 „Pjuh! Dad macht einen ganz schönen Krach.“ Tancred schüttelte seinen feuchten Umhang aus und hängte ihn innen an die Haustür.

Mrs Torsson gab geistesabwesend den dritten Löffel Zucker in ihren Tee und goss dann Tancred auch eine Tasse ein. Er setzte sich ihr gegenüber und trank durstig. Schneemachen war anstrengend. Hoffentlich würde er das nicht so bald wieder tun müssen.

„Die Flammenkatzen waren hier", erklärte er seiner Mutter. „Sie wollten Schnee – frag mich nicht, warum. Aber ich hab das Gefühl, unten in der Stadt stimmt irgendwas nicht."

„Dein Vater hat gesagt, er habe so ein ungutes Gefühl. Er hat gar nicht gut geschlafen." Mrs Torsson schüttelte den Kopf. „Manchmal frage ich mich, ob wir nicht von hier wegziehen sollten. Dann könntest du auf eine nette, normale Schule gehen und ..."

„Könnte ich nicht", sagte Tancred leidenschaftlich. „Ich gehöre hierher, genau wie Charlie und Sander und Gabriel und Emma. Hier hat der Rote König gelebt und wir sind seine Kinder. Wir müssen zusammenhalten. Das weißt du doch, Mum."

„Ja, Tancred", sagte seine Mutter seufzend.

Mrs Torsson war nicht die einzige Mutter, die sich und ihre Familie weit fort wünschte. Amy Bone wollte so gern weg aus diesem Haus, das ihr nicht gehörte, weg aus dieser Stadt, wo die schreckliche Vergangenheit wie ein Schatten in der Luft hing und ihr Sohn auf eine Schule gehen musste, die von einem bösen alten Mann geleitet wurde.

Aber Amy hatte kein Geld und wusste keinen Ort, wohin sie hätte flüchten können. Außerdem war Charlie hier glücklich. Nichts schien ihn je zu entmutigen. Er war ein ungewöhnlich optimistischer Junge. Nichts konnte seine Überzeugung erschüttern, dass sein Vater noch am Leben war und er ihn eines Tages finden würde. Amy Bone war sich da nicht mehr sicher.

Es war Samstagmorgen und außer ihr schliefen noch alle im Haus. Selbst ihre Mutter Maisie hörte Amy leise schnarchen, als sie an deren Zimmertür vorbeischlich.

Nach einem hastigen Frühstück ging Amy aus dem Haus und machte sich auf den zehnminütigen Fußmarsch zu dem Gemüseladen, wo sie arbeitete. Die Luft war kalt und der Asphalt noch feucht, aber man wäre nie auf die Idee gekommen, dass hier noch vor ein paar Stunden knöcheltiefer Schnee gelegen hatte.

„Mrs Bone! Mrs Bone!"

Amy drehte sich um. Auf der gegenüberliegenden Straßenseite stand ein Junge. War das? Konnte das sein …? „Benjamin!", rief Amy und rannte wieder zu Nummer neun zurück. „Du bist's!"

Der Junge guckte nach rechts und links und stürmte über die Straße.

„Oh, Benjamin, ich bin ja so froh, dass du wieder da bist." Amy drückte ihn fest an sich. Das hatte sie noch nie gemacht und Benjamin war richtig erschrocken.

„Alles … äh … in Ordnung, Mrs Bone?“, brachte er vor lauter Verlegenheit und Luftmangel nur stammelnd heraus. „Ich meine, geht's allen gut?“

„Charlie geht es bestens“, sagte Amy. „Er schläft noch, aber ich lasse dich rein, dann kannst du ihn überraschen.“ Sie lief die Eingangstreppe von Nummer neun hinauf und schloss die Haustür auf. „Du weißt ja, wo sein Zimmer ist. Ich muss jetzt los, sonst komme ich zu spät zur Arbeit. Komm, rein mit dir.“ Sie gab Benjamin einen kleinen Schubs und schloss die Haustür hinter ihm.

Benjamin sah sich in der Diele um und bemerkte erfreut, dass sich nichts verändert hatte. Benjamin war ein kleiner Junge mit hellen Haaren, der immer etwas verloren wirkte. Im Moment war er durch den langen Flug ein bisschen aus dem Zeitrhythmus und ziemlich geschafft, aber er konnte es nicht erwarten, Charlie zu sehen – und Runnerbean, seinen Hund, den er in Charlies Obhut gelassen hatte.

Benjamin linste in die Küche. Kein Hundekorb. Kein Futternapf. Na klar, Runnerbean schlief sicher oben in Charlies Zimmer.

Als Benjamin die Treppe hinaufstieg, hörte er oben Schritte und Charlies Großmutter Maisie – die nette von seinen beiden Großmüttern – tauchte auf dem Treppenabsatz auf. Sie trug einen rosa Morgenrock.

„Benjamin Brown! Was für ein wohltuender Anblick!“

Wieder wurde Benjamin so fest gedrückt, dass ihm die Luft wegblieb. Maisie Jones war eine rundliche Frau mit kleinen Löckchen und lustigen Augen, und als sie Benjamin losließ, wäre er die Treppe beinahe wieder hinuntergetaumelt.

„Du lieber, *normaler* Junge“, sagte Maisie. „Keinerlei magischen Gaben. Kein überkandidelter Aufzug, kein Gefiedel und Geflöte, kein tierisches Geknurre und Gegrunze. Du wirst Charlie mächtig guttun. Komm nur rauf!“

„Danke“, sagte Benjamin, schon wieder atemlos.

Maisie stieg die Treppe hinunter und plapperte dabei vor sich hin: „Ich werde mal Toast machen und einen Tee. Cornflakes? Du isst ja wahrscheinlich nur noch Nudeln. Gibt's in Hongkong nicht Nudeln zum Frühstück?“

„Mrs Jones, wo ist mein Hund?“, rief Benjamin.

Aber Maisie war schon in der Küche verschwunden.

Benjamin ging zu Charlies Zimmer. Vor der Tür blieb er stehen und horchte. Von drinnen kam kein Laut. Benjamin machte die Tür auf. Er sah Charlie tief und fest schlafend im Bett liegen. An der anderen Wand war noch ein Bett und Benjamin sah nur ein paar weiße Haarbüschel unter der Steppdecke hervorgucken. Billy Raven, der kleine Albinojunge. Von Runnerbean keine Spur.

Benjamin blieb an der Tür stehen und fragte sich,

was er tun sollte. In seinem ernsten, blassen Gesicht stand jetzt tiefe Besorgnis. Was war Charlie in seiner Abwesenheit widerfahren? Im Geist sah er seinen besten Freund umzingelt von all diesen seltsamen Kindern an der Bloor-Akademie, der Internatsschule, auf die Charlie seit über einem Jahr gehen musste. Den Musikern, Schauspielern, Bildhauern und Malern. Dem Wettermacher, dem Hypnotiseur und was es da sonst noch Merkwürdiges gab. Sein Freund Charlie selbst hatte auch eine sehr ungewöhnliche Gabe: Er konnte die Stimmen von Personen auf Gemälden und Fotos hören und konnte sogar in diese Bilder hineingehen. Vielleicht hatten sich Maisie und Amy Jones ja deshalb so gefreut, ihn zu sehen. Weil Benjamin *normal* war, im Gegensatz zu Charlie und seinen Freunden vom Bloor.

Plötzlich bewegte sich etwas auf Charlies Bett. Eine weiße Motte flatterte über die Steppdecke. Benjamin hatte gelernt, dass Motten Schädlinge waren. Sie fraßen Löcher in Kleider. Er stürzte hin und fing die Motte in der hohlen Hand.

In diesem Moment passierten drei Dinge gleichzeitig. Charlie fuhr hoch und schrie. Billy Raven fiel fast aus dem Bett. Und die Motte biss – ja, *biss*! – Benjamin, der aufjaulte und sie losließ.

„Benjamin!“, rief Charlie.

„Charlie!“, jammerte Benjamin. „Mich hat eine Motte gebissen!“

„Das ist mein Zauberstab“, sagte Charlie.

„Dein *Zauberstab?*“

„Manfred hat ihn verbrannt und er hat sich in eine Motte verwandelt … Du hast sie doch nicht getötet, oder?“

Benjamin schüttelte den Kopf. „Sie sitzt auf deinem Schrank. Tut mir leid.“ Benjamin sagte nie Sachen wie: Wie kann sich ein Zauberstab in eine Motte verwandeln?

„Pjuh. Schön, dass du wieder da bist, Ben.“

„Ich freu mich auch. Wo ist Runner?“

„Oh.“ Charlie schwang die Beine aus dem Bett. „Der ist nicht hier.“

„Das seh ich.“

Billy Raven setzte sich stöhnend auf und tastete auf dem Nachttisch nach seiner Brille.

„Was macht Billy hier?“, fragte Benjamin.

„Dr. Bloor lässt mich jetzt übers Wochenende immer raus.“ Billy fand seine Brille und setzte sie auf.

„Also, wo ist mein Hund?“, fragte Benjamin wieder und sah Charlie an.

Charlie raufte sich das zerzauste Haar. Er hatte Benjamin so viel zu erzählen, dass er nicht wusste, wo er anfangen sollte. Er forderte Benjamin auf, sich aufs Bett zu setzen, und erzählte, während er sich anzog, wie Grandma Bone versucht hatte, Runnerbean von den städtischen Kammerjägern beseitigen zu lassen. Als er Benjamins entsetztes Gesicht sah, fügte er schnell hinzu: „Aber Mr Onimous war zuerst hier. Er hat Runner ins *Glückliche Haustier* mitgenommen und ich geh jedes Wochenende hin und mache einen Spaziergang mit ihm."

„Nur einmal die Woche", sagte Benjamin vorwurfsvoll. „Er braucht jeden Tag Auslauf."

„Na ja, ich komme doch nicht aus der Schule raus." Charlie senkte die Stimme. „Ist doch nicht meine Schuld, dass ich die ganze Woche im Bloor wohnen muss, oder?"

„Nein. Entschuldige. Ist toll, dich wiederzusehen, Charlie", sagte Benjamin versöhnlich.

Sobald Billy und Charlie angezogen waren, gingen die drei Jungen nach unten, wo ihnen Maisie ein üppiges Frühstück vorsetzte. Benjamin sah unglücklich auf seinen Teller. Er brachte nichts herunter. Sein Magen war wie ein Stein. Er musste seinen Hund sehen. Wenn ihn nun jemand geklaut hatte? Das würde Mr Onimous nie zulassen. Maisie tätschelte Benjamin den Kopf. „Runnerbean geht's prima. Du wirst schon sehen."

Billy und Charlie schlangen hastig ihr Frühstück hinunter und folgten Benjamin, der schon an der Haustür auf sie wartete.

„Wo ist der ganze Schnee hin?", fragte Benjamin, als sie die Filbert Street entlangrannten. „Heute Nacht war er so tief, dass wir kaum mit dem Auto durchgekommen sind."

„Das hatte irgendwas mit den Flammenkatzen zu tun“, murmelte Charlie.

„Du meinst, es war gar kein richtiger Schnee?“

„Weiß nicht, was ich meine“, sagte Charlie.

Als sie beim Café *Zum glücklichen Haustier* ankamen, hing an der Tür ein Schild, auf dem GESCHLOSSEN stand. Charlie presste die Nase an die Fensterscheibe. Die Stühle standen kopfüber auf den Tischen und der Tresen war leer. Doch ganz hinten drang sanftes Licht durch den Perlenvorhang zur Küche.

Charlie klopfte an die Eingangstür.

Zuerst dachte er, niemand hätte ihn gehört. Als er gerade noch mal klopfen wollte, tauchte Mr Onimous' kleine Gestalt hinter dem Tresen auf. Die drei Jungen winkten und Mr Onimous kam um die Tische herumgewieselt, um die Tür zu öffnen.

„Nanu, wenn das mal nicht Marco Polo persönlich ist“, sagte Mr Onimous und winkte die Jungen herein.

„Marco wer?“, fragte Benjamin.

„Ein sehr berühmter alter Reisender, Benja-Ming.“ Mr Onimous schloss die Tür ab. „Er war schon in China, als die meisten Leute noch nicht mal wussten, dass es existierte.“

„Ich war in Hongkong“, sagte Benjamin streng, „und ich bin nicht alt. Bitte, wo ist mein Hund?“

„Ah." Mr Onimous strich sich über sein stoppeliges Kinn. „Kommt erst mal mit in die Küche."

„Wo ist er?" Benjamin rannte um den Tresen herum und durch den Perlenvorhang.

Mr Onimous zuckte verlegen die Achseln und flüsterte: „Der Hund ist weg, Charlie. Weiß der Himmel, wo er hin ist."

„Weg?" Charlie und Billy rannten hinter Benjamin her.

In der Küche der Onimouses sahen die Jungen Emma Tolly in einem Sessel sitzen. Ihre Augen waren ganz rot und über ihre Wangen rannen Tränen.

„Alles in Ordnung, Emma?", fragte Charlie und kam sich im selben Moment total dämlich vor, denn ganz offensichtlich war etwas *nicht* in Ordnung.

Emma schluchzte. „Meine Ente ist weg."

„Was!", rief Charlie.

„Kinder, Kinder, immer mit der Ruhe, bitte", sagte Mrs Onimous und verbrühte sich beinahe, als sie kochendes Wasser aus dem Kessel in eine riesige Teekanne goss. „Setzt euch, Jungs, und nehmt euch erst mal Kuchen."

„Ich kann nichts essen." Benjamin zog sich einen Stuhl heran und ließ sich schwer daraufplumpsen. „Ich will nur meinen Hund wiedersehen. Ich hab sieben volle Monate darauf gewartet."

„Da wirst du wohl noch ein Ideechen länger warten müssen", sagte Mrs Onimous mit gereiztem Unterton. „Es gab nämlich einen Massenauszug. Alle Tiere sind weg und …"

„Auch Rembrandt?", fragte Billy erschrocken.

„Alle bedeutet alle, auch die Ratten, Billy", sagte Mr Onimous. „Aber ich bin mir sicher, es gibt eine simple Erklärung. Um vernünftig nachdenken zu können, müssen wir Ruhe bewahren. Gieß uns Tee ein, Onoria, Liebling. Tee beruhigt die Nerven."

Emma setzte sich zu den Jungen an den Tisch und Mr und Mrs Onimous nahmen die Plätze an den beiden Kopfenden ein. Tee und Kuchen wurden herumgereicht, aber Charlie war der Einzige, dem es schmeckte. Er ließ sich vom Verschwinden der Tiere nicht so schnell den Appetit verderben. Sie konnten ja wohl nicht vom Erdboden verschluckt worden sein. Er sah sich in der gemütlichen Küche um, auf der Suche nach irgendwelchen tierischen Lebenszeichen: einer Maus, einer Spinne, einer überwinternden Fliege. Aber nichts regte sich, weder auf den Kupfertöpfen und Pfannen, die über ihm hingen, noch auf den Regalen, die sich unter der Last voller Einmachgläser, Dosen und fröhlich bemalter Tongefäße bogen. Schließlich fiel sein Blick auf einen Deckelkorb in der Ecke. „Was ist mit der blauen Boa?"

„Weg, das liebe Kerlchen", schluchzte Mrs Onimous. „Es muss letzte Nacht passiert sein, während des Schneesturms. Ich bin früh runtergekommen, um mir ein Tässchen Tee zu machen, und da war alles leer und verlassen. Kein Begrüßungsgebell, keine trippelnden Pfötchen, kein freudiges Geschlängel." Mit einem trompetenartigen Geräusch schnäuzte sie sich sehr lange die Nase. Die blaue Boa, ein magisches Geschöpf, das andere Wesen unsichtbar machen konnte, war Mrs Onimous' liebstes Haustier.

„Genauso war's bei mir auch." Emmas Augen füllten sich wieder mit Tränen. „Nancy ist immer in ihrem Entenhaus draußen im Hof. Aber heute Morgen war es leer."

Billy hüstelte. „Die Flammen waren da, um uns zu warnen, aber von verschwundenen Tieren haben sie nichts gesagt."

„Und was *haben* sie gesagt?" Mrs Onimous' hagere Gestalt beugte sich begierig zu Billy hinüber.

„Sie haben gesagt, Charlie muss auf seine Mutter aufpassen und ein Schatten würde erwachen. Ein Schatten namens Adlock."

„Adlock?" Mr Onimous' borstige Augenbrauen hoben und senkten sich. Er kratzte sich mit seiner stark behaarten Hand am stoppligen Kinn und murmelte: „Sagt mir gar nichts."

„Was war das?" Mrs Onimous setzte sich plötzlich kerzengerade auf und reckte ihren sehr langen Hals.

„Da kratzt etwas", sagte Billy.

Jetzt hörten sie es alle: ein leises, fernes Kratzen.

Billy sprang auf und rannte zu der Tür, die zum Vorratsraum führte.

„Billy, nicht …“ Mr Onimous schnappte sich eine Taschenlampe von einem Bord, hoppelte hinter Billy her und rief: „Komm zurück, Billy. Hast du gehört?“

„Das ist Rembrandt“, sagte Billy mit zitternder Stimme.

Charlie folgte Mr Onimous durch einen lang gestreckten Raum mit Regalen voller Hundefutter und dann in einen dunklen Gang mit Lehmboden und Wänden aus nacktem Fels. Die Decke hing nur wenige Zentimeter über Charlies Kopf und es war so dunkel, dass er den dahinwieselnden Mr Onimous kaum sehen konnte.

Das Café *Zum glücklichen Haustier* war in die alte Stadtmauer hineingebaut und sie eilten jetzt durch das erste Stück eines unterirdischen Gangs, der mitten ins Schloss des Roten Königs führte. Als Charlie Mr Onimous schließlich eingeholt hatte, war Billy bereits zu einer kleinen Tür am Ende des Gangs gelangt. Ehe Mr Onimous ihn davon abhalten konnte, zog Billy die Tür auf und schlüpfte hindurch. Er war jetzt in einer Höhle, an deren buckligen Wänden große Kisten und prall gefüllte Säcke lagerten.

Mr Onimous betrat ebenfalls die Höhle und Charlie folgte ihm auf dem Fuß. In Mr Onimous’ Taschenlampenstrahl konnte er erkennen, dass Billy eine große schwarze Ratte in den Händen hielt.

„Oh, Rembrandt, wo warst du denn?“ Diesen Worten ließ Billy eine Reihe hoher Piepser und seltsamer Summlaute folgen. Die Ratte antwortete ihrerseits mit Piepsen und Billy erklärte: „Er hat ein kleines Abenteuer hinter sich. Er ist durch – oh …“ Er hatte sich umgedreht und sah Mr Onimous eine kleine Tür schließen. Sie war schwarz, alt und schartig und war genau in die Wand eingepasst. „Wow! Wo geht es da denn hin?“, fragte Billy und starrte die Tür neugierig an.

„Das ist nur ein Loch“, sagte Charlie schnell.

Mr Onimous bückte sich und hob einen kleinen, bronzefarbenen Gegenstand vom Boden auf. „Tiere“, schnaubte er und steckte den Schlüssel in ein winziges Schlüsselloch in der uralten Tür. „Die sind schlauer, als ihnen guttut. Ich nehme an, du hast diese Tür aufgesperrt, Rembrandt.“ Er steckte den Schlüssel ein.

„Ja, er war's“, sagte Billy. „Aber wo geht's denn da hin?“

„Billy, ich will, dass du mir etwas versprichst.“ Mr Onimous' freundliches, schnurrbärtiges Gesicht hatte einen beinahe strengen Ausdruck bekommen. „Du musst mir versprechen, dass du nie, niemals auch nur einer Menschenseele etwas von diesem Raum oder dieser Tür erzählst.“

„Oh.“ Billy starrte einen Moment stumm auf die Tür, dann flüsterte er: „Das ist ein Geheimgang, stimmt's? In die Schlossruine?“

„Ich warte auf dein Versprechen, Billy“, entgegnete Mr Onimous ernst.

„Ich verspreche, nie, niemals auch nur einer Menschenseele von diesem Ort oder dieser Tür zu erzählen“, sagte Billy mit piepsiger Stimme.

Jetzt endlich lächelte Mr Onimous. „Du brauchst nicht mehr zu wissen. Vergiss es. Verstanden?“

„Ja“, wisperte Billy. Aber wie sollte Billy einen so aufregenden Ort jemals vergessen können?

Die Ratte begann wieder zu fiepen und sie gingen alle in die Küche zurück, um zu hören, was Rembrandt zu erzählen hatte.

„Irgendwas Neues von Runner?“, fragte Benjamin. „Tolle Ratte übrigens.“

„Das ist Rembrandt“, sagte Charlie. „Und wir glauben, dass er uns was sagen will.“

Rembrandt wurde mitten auf den Tisch gesetzt und als alle ihre Plätze wieder eingenommen hatten, redete Billy beschwörend auf die Ratte ein. Rembrandt sah in die gespannten Gesichter. Er war eine gesellige Ratte und genoss es sichtlich, im Mittelpunkt zu stehen. Mit aufgeregtem Piepsen, Fiepen und Grunzen begann er, seine Geschichte zu erzählen. Nach und nach ergaben seine Laute ein Muster, das selbst für Charlie schon fast wie eine Sprache klang. Das Kinn auf die verschränkten Arme gestützt sah Billy Rembrandt an und hörte ihm aufmerksam zu. Als die Ratte zu Ende gepiepst hatte, setzte Billy sie auf seinen Schoß, wo das erschöpfte Tier sich augenblicklich zusammenrollte und einschlief.

„Red schon, Billy“, drängte Benjamin. „Was hat er gesagt?“

„Ein Teil davon ist schwer zu erklären“, sagte Billy.

„Versuch's“, drängelte Charlie.

„Na ja, er hat gesagt, letzte Nacht ist irgendwas … irgendwie aufgewacht. Und die Erde hat gezittert.“

„Davon haben wir gar nichts bemerkt, oder?“ Mrs Onimous sah ihren Mann fragend an.

„Wir sind auch keine Tiere, Schatz“, erwiderte er. „Nicht ganz jedenfalls.“

„*Bitte*“, stöhnte Benjamin, „er soll weiterreden.“

Mrs Onimous schüttelte ihr weiches, fedriges Haar und wandte Benjamin ihre sehr lange Nase zu. „Tut mir außerordentlich leid, dass ich gestört habe. Aber auch andere haben geliebte Wesen verloren“, sagte sie spitz. Offenbar nahm das Verschwinden der Tiere die sonst so unglaublich nette Mrs Onimous über die Maßen mit.

Benjamin zuckte betroffen zusammen. „Ich will doch nur wissen, was mit meinem Hund ist“, sagte er leise mit jämmerlicher Stimme.

Billy holte tief Luft und fuhr fort: „Na, jedenfalls, Rembrandt sagt, sie hatten schreckliche Angst, er und die Boa und Runnerbean, und ihr Instinkt hat ihnen gesagt, sie müssten fort. Also hat Rembrandt den Schlüssel geholt.“ Billy hielt kurz inne. „Ich glaube, er sagt, der war in Ihrem Schlafzimmer, Mr Onimous.“

„Kleiner Teufel“, brummte Mr Onimous.

„Und er hat eine Tür aufgeschlossen“, fuhr Billy rasch fort, „und sie sind alle in einen unterirdischen Gang gelaufen und – immer weitergelaufen, bis in die Schlossruine, und all die Mäuse und Eichhörnchen und Vögel und Kaninchen, die dort wohnen, sind auch mitgegangen und dann sind sie einen Felshang runtergeklettert – wo der Fluss tost – und über eine Brücke.“ Billy nahm die Brille ab, rieb sie an seinem Ärmel und setzte sie wieder auf. „Stellt euch vor, wie alle diese Tiere über eine Brücke trappeln.“

„Vielleicht sind manche ja auch geschwommen“, überlegte Charlie.

„Oder geflogen“, ergänzte Emma.

„Ja, die Vögel bestimmt.“ Billy sah zu dem finster dreinblickenden Benjamin hinüber und fuhr schnell fort: „Und nach einer Weile haben sie einen sicheren Ort gefunden. Und da sind sie jetzt immer noch, Runnerbean und die blaue Boa und deine Ente vermutlich auch, Emma.“

„Wo?“, stieß Benjamin hervor und rang verzweifelt die Hände.

„Ich weiß nicht, wo“, antwortete Billy. „Ich meine, Rembrandt hat mir keinen Ortsnamen gesagt. Er ist zurückgekommen, weil er wollte, dass ich weiß, was passiert ist. Aber er meint, die anderen möchten dort bleiben.“

Benjamin konnte gar nichts mehr sagen. Auch die

anderen waren still, bis Emma schließlich fragte: „Warum? Warum wollen sie dort bleiben?“

Billy streichelte das glänzende Fell seiner Ratte. „Ich glaube, Rembrandt wollte sagen, es ist so eine Art … Schutzgebiet.“

„Ein Schutzgebiet für Tiere? Nie gehört, dass es so was hier in der Stadt gibt“, sagte Mrs Onimous.

„Es ist ja nicht in der Stadt. Es ist draußen, auf der anderen Seite des Flusses.“ Billy schaute über ihre Köpfe hinweg wie auf ein unsichtbares Paradies, das irgendwo im Weltraum schwebte.

„Billy, alter Junge, auf der anderen Flussseite ist nichts“, sagte Mr Onimous. „Da ist nur der wilde Wald.“

Mit einem verzweifelten Aufschrei vergrub Benjamin das Gesicht in den Händen.

Miss Ingledews Theorie

Der wilde Wald. Das Wort ging ihnen allen im Kopf herum, aber keiner wollte darüber reden. Noch nicht. Inzwischen herrschte in der Stadt reger Samstagseinkaufsrummel und als die vier Kinder das *Glückliche Haustier* verlassen hatten, steuerten sie schweigend auf das ruhige Gässchen zu, in dem die Buchhandlung Ingledew lag.

Samstags half Emma immer ihrer Tante Julia, bei der sie wohnte, in der Buchhandlung. Emmas Tante war eine überaus kluge und warmherzige Frau. Sie hatte die seltenen, alten Bücher in ihren Regalen fast alle gelesen und wusste unglaublich viel über die Stadt und deren Geschichte. Bestimmt würde sie auch etwas über den wilden Wald jenseits des Flusses wissen. Außerdem war es ziemlich wahrscheinlich, dass Charlies Onkel Paton ebenfalls im Buchladen war. Und so zog es die vier Kinder, ohne dass sie es abgesprochen hätten, zu den beiden Menschen, die ihnen wohl am ehesten sagen konnten, was mit ihren Tieren passiert war.

Von der langen Wanderung erschöpft, war Rembrandt in einen tiefen Schlaf gesunken. Er lag zusammengerollt in Billys Tasche und brachte keinen einzigen Piepser mehr heraus.

Als sie in die Nähe der Buchhandlung kamen und der Verkehrslärm verebbte, hatten sie plötzlich alle das deutliche Gefühl, dass etwas nicht stimmte. Keiner konnte sagen, was es war, aber allen war unbehaglich zumute.

„Ist irgendwie unheimlich hier." Benjamin rümpfte die Nase. „War es doch früher nicht."

„Da sind keine Vögel", sagte Emma. „Sie sind alle weg."

Sie waren jetzt auf dem weiten, kopfsteingepflasterten Platz vor der Kathedrale angelangt, wo gewöhnlich mindestens ein Dutzend Dohlen herumstolzierte oder von den Dächern krakeelte. Heute waren hier nicht mal Tauben.

„Und keine Katzen", bemerkte Charlie. „Sonst sieht man hier doch immer irgendeine Katze auf Mäusejagd."

„Und Hunde." Benjamin drehte sich um sich selbst und musterte den Platz. „Samstags führen hier immer Leute ihre Hunde aus. Wo sind sie?"

Billy sprach aus, was alle dachten: „Im wilden Wald."

Charlie spürte plötzlich ein Kribbeln im Rücken.
Jemand beobachtete sie. Er drehte sich schnell um und sah gerade noch eine grün gekleidete Gestalt in

einer Gasse verschwinden. „Wir werden verfolgt", sagte er leise. „Da drüben war jemand in einem grünen Umhang."

Keiner folgte Charlies Zeigefinger mit den Augen. Sie rannten alle zur Buchhandlung, als wäre ein Monster hinter ihnen her. Charlie sauste ebenfalls los, stolperte die Eingangsstufen des Ladens hinunter und prallte auf Benjamin, der vergeblich einen Warnschrei ausstieß.

Aufgeschreckt von dem plötzlichen Tumult kam Paton Darkwood, der ganz oben auf einer Trittleiter balancierte, gefährlich ins Wanken. Die Bücher, die er gerade auf ein hohes Bord hatte zurückstellen wollen, rutschten ihm um ein Haar aus der Hand.

„Pass auf, Paton!" Julia Ingledew spurtete durch den Laden und hielt die Leiter fest.

„Was ist denn mit euch?" Onkel Paton sortierte die Bücher ein und kletterte die Leiter herunter.

Alle vier Kinder sprudelten gleichzeitig los. Paton hielt sich die Ohren zu und rief: „Um Himmels willen, einer nach dem anderen."

„Machen wir doch eine Pause", schlug Miss Ingledew vor.

Sie quetschten sich alle in das kleine Wohnzimmer hinter dem Ladenraum, und während es sich die Jungen zwischen den Büchern auf Sesseln und Sofas gemütlich machten, schilderte Emma, was sie an diesem Morgen erlebt hatte: von der Entdeckung des leeren

Entenhauses bis zu der Erkenntnis, dass es in der Stadt kein einziges Tier mehr gab.

„Ich wusste doch, irgendwas fehlt“, sagte Onkel Paton nachdenklich. „Ich konnte es nur nicht benennen. Mir entgehen schon ein paar Kleinigkeiten, wenn ich meine dunkle Brille aufhabe.“

„Weißt du irgendwas über den wilden Wald auf der anderen Flussseite?“, fragte Charlie seinen Onkel.

„Da habe ich mich nie reingewagt“, sagte Onkel Paton bedauernd. „Und ich habe keine Ahnung, warum die Tiere dorthin gegangen sein sollten.“

„Sie hatten Angst“, sagte Charlie.

„Aber wir wissen nicht, warum“, ergänzte Emma.

„Doch, wissen wir“, mischte sich Billy ein. „Rembrandt hat's uns gesagt. Etwas ist aufgewacht und die Erde hat gezittert.“

„Ich werde Runner nie wiedersehen“, jammerte Benjamin. „Warum hat er nicht auf mich gewartet.“

Miss Ingledew, die im Zimmer herumgeräumt hatte, hielt plötzlich inne und musterte Billy. „Gezittert? Sagtest du, gezittert?“, fragte sie ihn.

„Na ja, Rembrandt hat das gesagt“, erklärte Billy.

„Ah, du hast doch so eine Theorie über die Stadt, Julia!“ Onkel Paton lehnte sich lächelnd zurück.

Sie warteten, dass Miss Ingledew ihnen mehr darüber sagte.

„Ach, mach du dich nur über mich lustig, aber ich habe meine Gründe.“ Sie beugte sich über ihren

Schreibtisch und begann, Papiere in eine Schublade zu stopfen.

Nach einem kurzen, gespannten Schweigen fand Charlie als Erster seine Stimme wieder. „Bitte erzählen Sie uns von Ihrer Theorie, Miss Ingledew. Wir machen uns bestimmt nicht darüber lustig."

Julia Ingledew strich sich eine Strähne ihres glänzenden kastanienbraunen Haars aus dem Gesicht und richtete sich auf. „Na gut, aber das wisst ihr bestimmt schon alles, Charlie." Sie setzte sich auf Patons Armlehne. „Der Rote König, von dem ihr alle abstammt – außer dir natürlich, Benjamin – also, na ja, als die Königin starb und der König allein in die Wälder ging, um zu trauern, da bekämpften sich seine zehn Kinder untereinander, bis fünf von ihnen für immer das Schloss verließen. Aber der Kampf war damit nicht zu Ende. Er ging immer weiter. Über Jahrhunderte. Jawohl, Jahrhunderte."

Die Kinder begannen aufgeregt zu tuscheln.

„Der Kampf läuft auch jetzt noch, stimmt's?", warf Charlie ein. „Zwischen den Bloors, die alle beherrschen wollen, und Onkel Paton, der ihnen eins draufgibt, wenn sie zu weit gehen …"

„Und deiner grässlichen Großmutter, die immer gegen dich ist", sagte Benjamin.

 „Sch-sch!" Onkel Paton hob die Hand. „Wenn ihr hören wollt, was Julia zu sagen hat, dann seid so freundlich und lasst sie weiterreden."

Die Kinder verstummten sofort.

Miss Ingledew lächelte in die Runde. „Wie gesagt, das Morden ging immer weiter. Das Land rings um das Rote Schloss war ein ständiges Schlachtfeld, bis dann im achtzehnten Jahrhundert ein Brand fast die gesamte Stadt zerstörte ... Nur ein kleiner Bereich rings um die Kathedrale blieb verschont, alles Übrige musste wieder aufgebaut werden. Damals errichtete die Familie Bloor ein großes Herrenhaus auf dem Grundstück des zerstörten Schlosses."

„Die Bloor-Akademie!", verkündete Charlie.

„Genau", bestätigte Miss Ingledew. „Obwohl es damals, glaube ich, noch das Bloor'sche Stadtschloss hieß."

„Ich verstehe nicht, was das alles damit zu tun hat, dass die Erde gezittert hat", quengelte Benjamin.

„Natürlich, entschuldigt. Ich werde es euch erklären", sagte Miss Ingledew. „Es geht um die Geschichte, um all die zerstörten Menschenleben, den Hass, die Angst, die da unter der Asche, der Erde und den Häusern der Stadt begraben liegen." Sie presste die Hände zusammen und sah dann in Billys aschfahles Gesicht. „Oje, ich mache dir Angst."

„Nein, tun Sie nicht", rief Billy. „Bitte reden Sie weiter."

Miss Ingledew fuhr zögernd fort: „Tja, mir ist der Gedanke gekommen, dass einige üble Geister vielleicht – na ja – ruhelos sind ..."

„So, als ob sich jemand im Grab umdreht“, steuerte Charlie eifrig bei.

„Nun, so kann man es auch ausdrücken, ja.“ Sie schmunzelte. „Aber eigentlich meinte ich, dass eben diese Geister von etwas oder jemandem geweckt worden sein könnten.“

„Und dass die Erde deshalb gezittert hat“, platzte Billy dazwischen. „Die Flammen haben uns doch gesagt, sie müssten verhindern, dass irgendwas gefunden wird.“

„Ein Schlüssel zweifelsohne“, sagte Onkel Paton.

„Du meinst keinen richtigen Schlüssel, oder?“, fragte Charlie.

„Nein. Eher ein Objekt, einen Gegenstand, der eine Verbindung zwischen einem Geist aus früheren Zeiten und unserer Welt herstellen kann.“

Billy sprang aufgeregt auf. „Tiere können solche Dinge spüren. Deshalb sind sie alle weggegangen. Wenn etwas aus der Vergangenheit aufgewacht ist, dann hat es Erinnerungen mitgebracht an Kampf und Feuer, Schmerz und schreckliche Geräusche. Kein Wunder, dass sie fortgelaufen sind.“

„Was hilft mir das alles?“, jammerte Benjamin. „Ich meine, vielleicht finde ich meinen Hund *nie* wieder.“

Plötzlich ging allen gleichzeitig auf, wie schrecklich es wäre, für immer in einer Stadt ohne Tiere zu leben.

„Es ist, als ob ein Fluch auf uns liegt“, sagte Emma.

Doch davon wollte Onkel Paton nichts wissen. „Ihr seht alle viel zu schwarz“, sagte er. „Ich bin sicher, das ist nur vorübergehend. Diese Ratte wird bestimmt bald wieder aufwachen und euch sagen, wo sie alle abgeblieben sind.“

Aber Rembrandt wachte nicht auf. Er lag den ganzen Tag in Billys Tasche und das einzige Zeichen dafür, dass er noch lebte, war sein schwacher Herzschlag.

Am Sonntag trieb der Nordwind fiesen Schneeregen vor sich her, der auf den Straßen gefror und sie spiegelglatt werden ließ. Nur Verrückte wagten sich freiwillig aus dem Haus.

Charlie und Billy spielten am Computer, während Rembrandt, der sich in Billys Bett verkrochen hatte, ein leises Rattenschnarchen von sich gab. Eine besonders heftige Windbö ließ einen Dachziegel auf die Straße hinunterkrachen und Charlie trat ans Fenster. Draußen, unter dem kahlen Kastanienbaum, sah er wieder die Gestalt im grünen Kapuzenmantel. Er war sich ganz sicher, dass es die Person war, die am Vortag schnell in der Gasse verschwunden war. Diesmal aber konnte er sie trotz des Schneeregens besser erkennen. Wenn er sich nicht täuschte, war es eine junge Chinesin. Ihr schulterlanges schwarzes Haar war mit einer glitzernden Schmetterlingsspange aus dem Gesicht gesteckt.

Als das Mädchen Charlie sah, lächelte es und hob die Hand. Charlie winkte zurück. Das Mädchen lächelte breiter, dann rannte es davon.

„Warte!", rief Charlie.

„Mit wem redest du?", fragte Billy.

„Mit dem Mädchen." Charlie rannte aus dem Zimmer, die Treppe hinunter und durch die Diele. Er stieß die Haustür auf und rief die Straße hinauf: „Warte! Wer bist du?"

„Welches Mädchen?", fragte Billy, als Charlie zurückkam.

„Irgend so ein Mädchen. Sie hat sich benommen, als ob sie mich kennen würde, aber dann ist sie weggerannt."

Rembrandt piepste plötzlich und setzte sich auf.

„Guck mal, er ist wach." Billy nahm die Ratte auf den Schoß und begann, in seiner seltsamen, piepsigen Rattensprache auf sie einzureden.

Rembrand schien zuzuhören. Als Billy innehielt, antwortete die Ratte mit einem matten Fiepen.

Billy runzelte die Stirn. „Er sagt, er könne sich an nichts erinnern."

„Was? Er kann sich nicht erinnern, wie er zu dem Schutzgebiet – oder was es auch war – gekommen ist?"

Billy sprach wieder mit Rembrandt. Und wieder

antwortete die Ratte nur mit ein paar erschöpften Piepsern.

„Er sieht den Ort vor sich, hat aber total vergessen, wie er dorthin gekommen ist."

„Wie sollen wir dann die anderen Tiere finden?", fragte Charlie.

„Weiß nicht. Aber Rembrandt könnte sowieso nicht den ganzen Weg noch mal laufen, selbst wenn er wollte." Billy hob eine Pfote der Ratte an. „Da, schau, seine Ballen sind ganz wund und er hat eine Kralle verloren."

Charlie betrachtete die kleinen Rattenfüßchen. Sie wirkten tatsächlich ziemlich zerschunden. Er ließ sich entmutigt auf sein Bett fallen und dachte daran, dass Benjamin sieben lange Monate darauf gewartet hatte, Runnerbean wiederzusehen, nur um dann feststellen zu müssen, dass der Hund, den er über alles liebte, spurlos verschwunden war. Charlie fühlte sich schuldig. Wenn er sich besser um Runner gekümmert hätte, wäre er vielleicht nicht weggelaufen.

„Es ist nicht deine Schuld, Charlie", sagte Billy sanft. „Grandma Bone hätte Runner umgebracht oder in ein Tierheim gesteckt und im *Glücklichen Haustier* ging's ihm doch gut."

„Ob die Tiere wohl je wieder zurückkommen?", fragte Charlie. „Oder ob sie alle für immer weg sind?"

Später am Abend kam Maisie, um Rembrandt zu holen. Sie erklärte den Jungen, sie werde ihn über

Nacht in ihrem Schlafzimmer behalten, wo er vor Grandma Bone sicher sei, und ihn dann am Montag zu Mr Onimous bringen.

Charlie und Billy mussten ihre Sachen für die Bloor-Akademie packen. Sie arbeiteten schweigend vor sich hin, falteten ihre blauen Umhänge und weißen Hemden zusammen, verstauten Bücher, Schuhe und Socken ganz unten in ihren Reisetaschen und waren in Gedanken beide bei dem neuen Schulhalbjahr, das vor ihnen lag.

Charlie fragte sich, wie jetzt wohl das Kräfteverhältnis im Königszimmer sein würde, wo die sonderbegabten Kinder, allesamt Nachfahren des Roten Königs, während der Hausaufgabenzeit ihre stummen Kämpfe führten. Ende des letzten Halbjahrs hatten Charlie und seine Freunde die Oberhand gewonnen, aber er wusste, dass der Waffenstillstand nur vorübergehend sein würde. Die anderen fünf hatten sich als mächtige Feinde erwiesen. Es würde mit Sicherheit wieder Streit zwischen den Kindern des Roten Königs geben.

Als Charlie am nächsten Morgen durch das hohe Portal der Bloor-Akademie trat, fiel ihm auf, dass viele Schüler traurig wirkten. Das Redeverbot in der Halle war nicht der einzige Grund für die gedrückte Stimmung. Seufzend, mit hängenden Schultern und Köpfen, suchten Kinder in blauen, grünen und violetten

Umhängen ihren Weg durchs Gewühl und in die blauen, grünen und violetten Garderoben. Auf dem Bloor gab es drei Schulzweige und jeder Zweig hatte eine eigene Farbe: Violett für den Schauspielzweig, Grün für die Maler und Bildhauer und Blau für die Schüler des Musikzweigs. Charlie gehörte zu den Musikern.

„Meine Güte, was für eine schlaffe Versammlung!“ Manfred Bloor bahnte sich eine Gasse durch die Menge. „Was habt ihr denn alle? Lächle doch mal, Emma! Gabriel Silk, du siehst aus wie eine Woche Regenwetter. Aus dem Weg, Blödmann.“

Manfred fand sich plötzlich Auge in Auge mit Lysander Sage. Charlie bemerkte, dass sein Freund jetzt fast so groß war wie der Sohn des Direktors. Lysander machte ein grimmiges, wild entschlossenes Gesicht und wich keinen Zentimeter.

„Weg da!“, blaffte Manfred ihn an.

„Sag bitte!“

Die Kinder rings um die beiden herum zogen sich erschrocken zurück, sodass Manfred und Lysander jetzt in einem freien Kreis in der Mitte der Halle standen. Manfreds blasses Gesicht war rot vor Zorn. Er sah Lysander wütend an. Seine schwarzen Augen verengten sich und seine Augenbrauen waren nur noch ein finsterer Strich über der langen Nase.

Charlie hielt den Atem an. Wenn Lysander nicht schleunigst auswich, würde Manfred ihn hypnotisieren. Alle in der Halle erkannten die Gefahr, viele, auch Charlie, waren selbst schon Opfer dieses lähmenden Blicks geworden.

Mach schon, Sander, geh aus dem Weg, beschwor Charlie den Freund innerlich.

Aber Lysander dachte gar nicht daran.

Manfred öffnete den Mund. Heraus kam ein wütendes Gurgeln. Er versuchte, Lysander Arrest anzudrohen, aber der schnaubte nur verächtlich, wandte sich ab und ging in die grüne Garderobe.

Charlie stand wie angewurzelt da. Er konnte nicht fassen, was er gerade gesehen hatte: Manfred Bloor hatte es nicht geschafft, Lysander zu hypnotisieren oder einzuschüchtern, und jetzt schien er regelrecht unter Schock zu stehen. Manfred starrte ins Leere, ungläubiges Entsetzen in seinem hohlwangigen Gesicht.

Billy zupfte an Charlies Umhang. „Wir sollten abhauen“, flüsterte er.

Aber die Warnung kam zu spät.

„Was gibt's hier zu gaffen, Bone?“, brüllte Manfred, jetzt noch wütender als eben.

„Nichts ... ich hab nur ... Ich dachte, ich hätte was verloren.“

„Den Verstand wahrscheinlich.“ Manfred drehte sich auf dem Absatz um und marschierte zum Zimmer der Aufsichtsschüler.

Charlie hätte ihm am liebsten irgendetwas Unhöfliches hinterhergerufen, aber Billy zog ihn in die blaue Garderobe. Dort empfing sie ein aufgeregtes Stimmengewirr. Mindestens zehn Kinder vermissten ihre Haustiere. Gabriel Silk sah noch trauriger aus als sonst. Zwanzig seiner Springmäuse waren verschwunden und außerdem noch drei Enten und die Lieblingsziege seiner Mutter.

„Das ist nicht so schlimm wie das mit unserem Hund", klagte Gwinny Howells, die eine notorische Jammertante war.

„Eine Katze zu verlieren ist noch viel schlimmer", behauptete ein kleines Mädchen, dessen Umhang ihm zwei Nummern zu groß war.

Fidelio Gunn stimmte seine Geige und schien überhaupt nicht mitzukriegen, was um ihn herum geredet wurde.

„Fido, was ist denn mit deiner Katze? Muschka?" Charlie setzte sich neben seinen Freund auf die Bank.

„Muschka? Was soll mit ihr sein?" Fidelio beugte sich über die Geige und zog eine Saite an. „Der geht's gut. Abgesehen davon, dass sie stocktaub ist, natürlich."

„Du musst doch mitgekriegt haben, was passiert ist. Alle Tiere sind doch …" Charlie hielt inne, weil ihm plötzlich ein Gedanke kam. „Klar, deine Katze hört ja nichts." Er sah Fidelios Haus vor sich, vollgestopft mit musikalischen Kindern, die allesamt schrammelten und trommelten, sangen und tröteten.

Die Gunn-Villa wackelte buchstäblich vor Lärm – aber doch wohl nicht um Mitternacht?

„War Samstagnacht bei euch irgendwas Besonderes los?“, fragte Charlie.

„Ja.“ Fidelio summte einen Ton. „Felix’ Band hat bei uns geprobt. Sie waren im Keller, haben aber trotzdem einen Mordskrach gemacht. Dad hat sie dann rausgeschmissen, so um drei.“

„Das erklärt alles“, sagte Charlie. „Muschka hat einfach nichts gespürt.“ Er stand auf, weil er plötzlich gemerkt hatte, dass die Garderobe bereits leer war. „Los, wir kommen zu spät zur Morgenversammlung.“

In der Vormittagspause hing eine düstere Stimmung über dem Pausengelände. Charlie war überrascht, wie viele Kinder irgendein Haustier hatten. Er kam an kleinen Grüppchen trauriger Herrchen und Frauchen vorbei, die über ihre verschwundenen Lieblinge redeten: Hunde, Katzen, Kaninchen, sogar Leguane, Schlangen und Gürteltiere. Wohin waren die Tiere verschwunden und warum? Würden sie zurückkommen und, wenn ja, wann?

Charlie zweifelte nicht daran, dass der Verdacht früher oder später auf die Kinder des Roten Königs fallen würde. Immer wurde es *ihnen* in die Schuhe geschoben, wenn irgendetwas Außergewöhnliches passierte. Er sah Tancred und Lysander zusammen um die Rasenfläche gehen, die Hände in den Taschen ihrer grünen Umhänge vergraben und die Köpfe gesenkt.

„Hey, ihr zwei!", rief Charlie.

Tancred drehte sich um und winkte Charlie herbei. Als Charlie bei ihnen angelangte, empfing ihn Lysander nicht mit seinem üblichen warmen Lächeln. Er starrte ins Leere, als ob Charlie gar nicht da wäre.

„Hey, war toll, wie du dich gegen Manfred behauptet hast", sagte Charlie aufmunternd.

Noch immer kein Lächeln. Lysander starrte weiter grimmig geradeaus.

„Homer, sein Papagei, ist weg", erklärte Tancred.

„Alle Tiere sind weg", sagte Charlie. „Sie sind Samstagnacht während des Schneesturms fortgelaufen. Aber wir kriegen sie wieder, ganz bestimmt."

Tancred sagte rasch: „Das mit dem Schnee, Charlie, also, das war ich. Ich hab ihn gemacht, aber mit den Tieren hatte das wirklich nichts zu tun, ich schwör's."

„*Du!*", sagte Charlie. „Kein Wunder. Ich habe mir gleich gedacht, dass an dem Zeug irgendwas komisch war."

Tancred guckte ein wenig gekränkt. „Ich fand eigentlich, dass es ganz gute Arbeit war."

„Aber warum Schnee?"

„Die Flammen wollten es." Tancred fuhr sich durch sein gelbes Stachelhaar. „Weiß nicht genau, warum."

„Bei mir waren sie auch", sagte Charlie, mehr zu sich selbst. „Vielleicht wollten sie ja verhindern, dass etwas gefunden wird, und der Schnee hat auch eine Weile was geholfen, aber ..."

„Gefunden? Was denn?", unterbrach ihn Tancred.

Charlie dachte über das nach, was Onkle Paton in der Buchhandlung gesagt hatte. „Einen Gegenstand, eine Art Schlüssel, der eine Verbindung herstellt zwischen unserer Welt und ... so einer Art Geist. " Charlie holte Luft. Die beiden älteren Jungen starrten ihn gebannt und zugleich ungläubig an.

„Und weiter?", fragte Lysander.

„Na ja, jemand hat ihn wohl gefunden und den Geist geweckt, und als das passiert ist, hat die Erde gezittert. Jedenfalls hat das Rembrandt erzählt. Die Tiere haben das Beben gespürt und hatten solche Angst, dass sie geflohen sind."

„Wohin?", wollte Lysander wissen. „Mein Papagei ist weg und ich will ihn wiederhaben. Ich brauche ihn."

Charlie zuckte ratlos die Schultern. „Rembrandt behauptet, er könne sich nicht mehr erinnern."

„Blöde Ratte", knurrte Lysander.

Charlie wollte gerade noch etwas zu Rembrandts Verteidigung sagen, als das Horn das Ende der Pause verkündete und sie alle wieder zum Schulgebäude zurückgehen mussten.

Als die Schüler durch den Garteneingang ins Gebäude zurückströmten, sah Charlie zu seiner Verblüffung eine vertraute Gestalt im Gedränge. Es war Benjamins Mutter, Mrs Brown.

„Da ist die Mutter von deinem Freund, Charlie“, bemerkte Tancred. „Kommt Benjamin etwa auch aufs Bloor?“

Charlie schüttelte den Kopf. „Nein, das hätte er mir gesagt. Was macht die denn hier?“

„Sie ist doch Privatdetektivin, also ermittelt sie vermutlich“, sagte Lysander. „Hey, vielleicht ist sie ja hier, um was über die verschwundenen Tiere rauszufinden. Sie glauben wahrscheinlich, es war einer von uns.“ Er lachte bitter.

Plötzlich sah sich Mrs Brown um und begegnete Charlies Blick. Sie wandte sich sofort ab und verschwand rasch durch die Tür.

„Sie tut so, als würde sie mich nicht kennen“, wunderte sich Charlie.

„Du stehst unter Verdacht, Charlie Bone“, sagte Tancred mit einem spöttischen Grinsen. „Bis später, Tierkidnapper.“ Er stürmte hinter Lysander her, der ihnen schon ein paar Schritte voraus war.

„Was …“ Charlie stand mit offenem Mund da.

Tancred hatte natürlich nur einen Witz gemacht, aber dass ihn die Mutter seines ältesten Freundes wie Luft behandelte, war überhaupt nicht witzig.

„Klar, dass du mal wieder der Letzte bist.“ Manfred Bloors Gehilfe Asa Pike, der als Aufsichtsschüler gleich hinter dem Eingang stand, griente Charlie an. „Ich schließe diese Tür in zehn Sek…“

„NEIN!“ Charlie stürzte durch die Tür und kam schlitternd neben Asa zum Stehen.

„Na, schöne Weihnachtsferien gehabt?“ Alles, was Asa sagte, klang irgendwie höhnisch.

Charlie beschloss, den boshaften Ton zu ignorieren „Ja, danke. Und du?“

Asas Wieselgesicht zuckte. Er strich sich eine fettige Strähne seines orangeroten Haars hinters Ohr und sagte: „Klar. Los, beweg dich, sonst kommst du zu spät zum Unterricht.“

Charlie eilte durch die Halle, während Asa die Tür hinter ihm abschloss. Seltsam. Irgendwie war das Verhalten des Aufsichtsschülers anders als sonst. Er wirkte nervös und bedrückt.

Asa war der älteste Schüler am Bloor und hätte eigentlich längst Oberaufsichtsschüler werden müssen, hatte aber, da er letztes Jahr bei den Abschlussprüfungen durchgefallen war, dieses Amt Riley Burns überlassen müssen, einer kommandierfreudigen, besserwisserischen Sportskanone.

Ob diese Demütigung Asa so verunsichert hatte? Dann ging Charlie plötzlich ein Licht auf. Asa wechselte manchmal nach Einbruch der Dunkelheit die Gestalt. Er konnte sich in ein wolfsartiges Ungeheuer verwandeln. Vielleicht hatte er ja genau wie die anderen Tiere das Erdbeben gespürt. Charlie beschloss, den Aufsichtsschüler während der Hausarbeitszeit, wenn sie zusammen am Tisch im Königszimmer sitzen würden, genauer zu beobachten.

An diesem Abend trat Charlie als Erster durch die schwarze Tür des Königszimmers. Er sah sich in dem hohen, runden Raum um, musterte die Wände mit den hohen Regalen voller ledergebundener Bücher. Da war gerade noch Platz für ein einziges Bild: ein riesiges Porträt des Roten Königs in einem Goldrahmen.

Charlie saß am liebsten so, dass er das Bild sehen konnte, und während er seine Bücher auf dem großen runden Tisch stapelte, trudelten auch die anderen sonderbegabten Kinder ein.

Zuerst kam Joshua Tilpin, ein kleiner Junge mit einem Mausgesicht, großen Ohren und schiefen Zähnen. Wie üblich war er voller Kreide, Papierfetzchen, Blätter und Zweige. Er besaß magnetische Kräfte, die anziehend auf Gegenstände, aber auch auf menschliche Gefühle wirkten. Auf Joshua folgten die telekinetischen Zwillinge Idith und Inez und dann huschte Billy verstohlen herein. Er setzte sich neben Charlie und flüsterte: „Ich muss dir was sagen."

Aber Charlie hörte nicht zu. Er starrte auf das Bild des Königs. Es war ihm so vertraut. So oft hatte er es studiert, dieses dunkle Gesicht, dem die Risse in der uralten Farbe etwas Geheimnisvolles, Entrücktes verliehen. Der König trug eine schmale Goldkrone und einen roten Mantel, dessen Purpur über die Jahrhunderte nachgedunkelt war. So gern hätte Charlie das Bild betreten und sich in der fernen Welt des Roten Königs umgesehen, aber etwas hatte ihn immer daran gehindert. Ein dunkler Schatten hinter dem König, eine geheimnisvolle Gestalt, die jeden Versuch von Charlie, seinen Vorfahren zu erreichen, vereitelt hatte. Aber jetzt …

Charlies Augen weiteten sich und er sank in seinen Stuhl. „Der Schatten hat sich bewegt“, hauchte er.

Billy beugte sich dicht zu ihm herüber. „Genau das wollte ich dir gerade sagen.“

Eine Hexe mit zwei Schatten

„Was hast du hier zu schwatzen, Billy Raven?“ Manfred kam ins Königszimmer gerauscht. In der Hand trug er einen großen schwarzen Aktenkoffer, der nagelneu aussah.

„Äh – nichts. Ich hab Charlie nur gebeten, sein Buch ein Stück zu verrücken.“ Billys rote Augen blinzelten nervös.

„Schweigen ist Gold, denk dran, Billy.“ Manfred ließ sich auf der anderen Seite des Tischs nieder.

„Ja, Manf... Sir.“ Gerade noch rechtzeitig war Billy wieder eingefallen, dass man Manfred ja jetzt mit „Sir“ ansprechen musste.

Nach und nach füllte sich das Königszimmer. Lysander kam als Letzter und stieß die Tür einfach mit dem Fuß hinter sich zu.

„Heiliger Strohsack, kannst du dich nicht normal benehmen, Lysander Sage“, blaffte ihn Manfred an.

„Kommt drauf an, was du unter *normal* verstehst“, sagte Lysander lässig. „Ich meine, keiner von uns hier ist doch normal. Nicht mal du.“

Manfred starrte Lysander fassungslos an. Aber er

fing sich schnell wieder und fauchte: „Ich habe jetzt genug von deinen Unverschämtheiten, Sage. Für diese Bemerkung wirst du bezahlen. Setz dich hin und halt den Mund.“

Achselzuckend setzte Lysander sich neben Tancred und arrangierte, von allen anderen beobachtet, seine Bücher auf dem Tisch.

Die bedrückende Atmosphäre im Königszimmer wurde immer schlimmer. Die Kinder, die sich auf der anderen Tischhälfte um Manfred gruppiert hatten, erschienen Charlie heute Abend besonders überheblich. Sie wechselten dauernd verschwörerische Blicke und funkelten dann Charlie und dessen Freunde grimmig an.

Dorcas Loom war einmal ein pummeliges, rotbackiges, immer lächelndes Mädchen gewesen. Jetzt war sie eine bullige, finster dreinblickende Zwölfjährige mit verfilzten blonden Zöpfen und einer ungesunden Blässe. Sie saß zwischen den beiden sich bis aufs Haar gleichenden Zwillingen Idith und Inez Branko, schwarzhaarige Mädchen mit ausdruckslosen Puppengesichtern, die nur dann lächelten, wenn jemand anders in der Patsche saß.

Idith oder Inez – wer konnte schon mit Sicherheit sagen welche? – beobachtete Charlie, als sein Blick

wieder zu dem Bild des Roten Königs hinaufwanderte. Er konnte sich überhaupt nicht auf seine Hausaufgaben konzentrieren. Seine Gedanken kreisten nur darum, dass der finstere Schatten seine Position verändert hatte. Wie war das passiert? Und warum? Manfred hatte ihm erzählt, der Schatten sei Borlath, der älteste Sohn des Königs und ein übler Tyrann. Aber Charlie war sich sicher, dass das nicht stimmte. Doch wer war der Schatten dann?

„Bone! Mach deine Aufgaben!“ Manfreds Stimme ließ Charlie hochschrecken.

„T-tu ich ja“, stotterte er.

„Nein, tust du nicht. Du hast wieder das Bild angestarrt. Wie immer. Aber ich sage dir, gib es auf, Charlie Bone. Dieses Bild wirst du nämlich garantiert nie betreten. Verstanden?“

„Wenn du meinst.“ Charlie beugte sich über seine Hausaufgaben. Er hatte dem Drang widerstanden, etwas von der Sache mit dem Schatten zu sagen, obwohl er so gern wissen wollte, wie die anderen reagieren würden. Hatte überhaupt irgendjemand außer Billy gemerkt, dass sich der Schatten von der Stelle bewegt hatte? Sobald die Hausaufgabenzeit zu Ende war, raffte Charlie seine Bücher zusammen und folgte Billy schnell nach draußen.

„Was ist mit dem Schatten passiert?“, fragte er den kleinen Albino, während sie eilig den Gang entlangliefen.

„Ich bin nicht so ein guter Beobachter“, antwortete Billy unsicher. Er blieb stehen und drehte sich um. „Worauf warten die?“

Als Charlie sich ebenfalls umwandte, sah er Gabriel, Emma, Tancred und Lysander noch immer vor dem Königszimmer stehen.

„Hast du das gesehen?“, rief Emma Charlie zu.

„Was?“, fragte Charlie zurück, dem die Ablenkung gar nicht recht war, weil er unbedingt mehr aus Billy herauskriegen wollte.

„Asa hat die Tür abgeschlossen, kaum dass wir draußen waren“, erklärte Emma.

„Und die anderen sind immer noch drinnen“, setzte Gabriel hinzu. „Was haben die vor?“

„Ist mir schnuppe.“ Lysander entfernte sich von dem Grüppchen.

„Mir nicht.“ Tancreds Umhang bauschte sich und eine kräftige Brise fuhr allen durchs Haar. „Was machen die da? Das will ich wissen.“ Er legte das Ohr an die Tür, aber die ging plötzlich auf und er fiel Asa Pike in die Arme.

„Verzieh dich, Spion!“, zischte Asa und stieß Tancred zurück.

Mit einem Wutschrei stolperte Tancred rückwärts, verlor das Gleichgewicht und landete unsanft auf dem Hinterteil.

„Das gilt für euch alle.“ Asa starrte finster in die Runde. „Es sei denn, ihr wollt Arrest.“ Er knallte die Tür zu und schloss sie geräuschvoll von innen ab.

Tancred rappelte sich auf und wollte sich wieder dem Königszimmer nähern, aber Emma legte ihm die

Hand auf den Arm. „Nicht, Tanc“, sagte sie. „Das ist es nicht wert.“

Man konnte sehen, wie es Tancred in den Fingern juckte, gegen die große schwarze Tür zu hämmern, aber irgendetwas in Emmas ruhiger Stimme hielt ihn davon ab. „Okay. Hast Recht, Em. Die warten nur auf einen Grund, sich mit mir anlegen zu können.“

Emma half Tancred, die heruntergefallenen Bücher und Stifte aufzusammeln. Jenseits des Treppenabsatzes über der Halle trennten sich Tancred und Lysander von den anderen und stiegen eine Treppe zu ihrem Schlafsaal in einem der oberen Stockwerke hinauf. Noch ein Stück weiter nahm Emma eine zweite Treppe, die zu den Mädchenschlafsälen führte.

„Nacht, Em. Bis …“ Charlie verstummte.

„Was ist?“ Emma sah sich um.

Der Gang war ziemlich düster, die Türen zu beiden Seiten kaum zu erkennen, aber Charlie wusste genau, was er gesehen hatte. „Mr Brown“, flüsterte er. „Benjamins Dad. Er ist in einem der Lagerräume verschwunden. Er hat uns verfolgt. Ich bin mir ganz sicher, dass er es war.“

„Komisch“, sagte Emma. „Aber da können wir jetzt auch nichts machen.“ Sie gähnte. „Ich geh dann mal. Nacht, Jungs.“ Sie verschwand im Schattendunkel der nächsten Etage.

Charlie und Billy folgten dem langen, finsteren Gang bis zu dem Schlafsaal, der im letzten Halbjahr ihrer gewesen war. An den Türen hingen Listen und bald hatten sie herausgefunden, dass sie auch dieses Semester zusammen untergebracht waren.

Gabriel war schon drinnen. Er saß auf einem der Betten und schnupperte. „Merkwürdiger Geruch hier drinnen“, sagte er.

„Geruch hin oder her, wir sind die Ersten hier, also haben wir freie Wahl, wo wir schlafen wollen.“ Charlie sah auf seine Uhr. „Hey, Manfred hat uns heute sogar früher gehen lassen.“

„Damit er seine Geheimbesprechung mit Asa und Co abhalten kann“, sagte Gabriel. Er ging in den Waschraum und rief erschrocken: „Urgh! Stinkt das hier! Das ist mal wieder dieser Hund.“

„Oh, der arme Benedikt, den hab ich ganz vergessen.“ Billy rannte zum Waschraum und fiel fast über den kurzbeinigen, fetten Hund, der aus der Tür gewatschelt kam, so schnell ihn seine Stummelbeine trugen.

„Was macht er denn hier?“, rief Gabriel. „Wieso ist er nicht verschwunden wie all die anderen Tiere aus der Stadt?“

„Ich wollte es euch gerade erzählen.“ Billy tätschelte dem alten Hund den Kopf. „Er kam rein, als ich am Auspacken war, und ich, na ja, hab ihn versehentlich im Waschraum eingeschlossen, als ich ins Königszimmer gegangen bin.“

„Das erklärt nicht, warum er die Massenflucht der

Tiere nicht mitgemacht hat“, sagte Gabriel, als er wieder aus dem Waschraum kam.

„Er ist alt“, gab Charlie zu bedenken. „Manche alten Tiere konnten wohl nicht mehr so weit laufen. Oder sie haben das Erdbeben oder was es auch war nicht mitgekriegt.“

Billy hievte Benedikt auf das Bett, das er sich ausgesucht hatte. „Doch, das Erdbeben hat er schon gespürt“, erklärte er Charlie. „Aber er war bei der Köchin und sie hat ihn überredet dazubleiben. Als es vorbei war, ist er wieder nach oben geschlichen und hat was gesehen, was ihm große, große Angst gemacht hat. Stimmt's, Benedikt?“

Der alte Hund gab ein paar tiefe Grunzlaute von sich und machte es sich auf Billys Kopfkissen bequem. Charlie setzte sich auf das Nachbarbett. Er verstand nicht, wie Billy den grässlichen Geruch ertragen konnte, den Benedikt gerade auf seinem Kopfkissen hinterließ, von dem Dreck, den Haaren und vermutlich auch Flöhen ganz zu schweigen.

„Und? Was hat er gesehen?“, fragte er Billy.

„Er hat eine Hexe mit zwei Schatten gesehen.“

„Was?“, rief Charlie.

Gabriel kam aus dem Waschraum gestürzt. „Was ist los?“

Charlie wiederholte, was Billy eben gesagt hatte.

„Was heißt das, eine Hexe?“ Gabriels langes Gesicht glich dem eines erschrockenen Kaninchens.

„Woher wusste Benedikt denn, dass es eine Hexe war?“

„Das Wort ist von mir“, gab Billy zu. „Benedikts Wort war so was wie Teufelsfrau.“

„Teufelsfrau.“ Es prickelte heftig in Charlies Nacken, als streifte ihn eine Brombeerranke. „Das ist ja noch schlimmer.“

„Und was soll das mit den zwei Schatten?“, fragte Gabriel in der Hoffung, sich mit einer vernünftigen Erklärung beruhigen zu können. „Glaubst du, er hat doppelt gesehen? Er ist schließlich ganz schön alt, oder?“

„Er sieht nicht schlechter als ich.“ Billy rückte seine runde Brille zurecht und sprach in einer Mischung aus Winseln und Knurren auf Benedikt ein.

Benedikt jaulte ängstlich auf, rollte sich auf den Rücken und gab ein paar schnell aufeinanderfolgende Belllaute von sich.

„Es waren eindeutig zwei Schatten“, sagte Billy, als der alte Hund verstummt war. „Weil sich einer von ihnen in was anderes verwandelt hat, während der Schatten der Teufelsfrau bei ihr geblieben ist.“

„In *was* hat er sich verwandelt?“, fragten Gabriel und Charlie wie aus einem Munde.

„Für einen Hund hat er's sehr gut beschrieben“,

sagte Billy lobend. „Benedikt war in der Halle, hinter der alten Truhe. Die Frau kam die Haupttreppe runter und die beiden Schatten fielen vor ihr auf die

Steinfliesen. Und als sie am Portal war, ist einer der Schatten irgendwie vom Boden aufgestanden. Zuerst war er grau wie eine Staubwolke und dann war er grün mit goldenen Sternen drauf.“ Billy sah auf Benedikt und senkte die Stimme. „Er sagt, er hatte einen Morgenrock an, aber ich glaube, er meint so ein langes, mittelalterliches Gewand.“ Er grinste Benedikt wohlwollend an. „Er kann nichts dafür, hat ja noch nie ein mittelalterliches Gewand gesehen. Ich hab ja selbst immer nur Bilder von …“

„Könntest du bitte weiter von dem Schatten erzählen?“, drängelte Charlie.

„'tschuldigung. Aber Hunde möchten eben ernst genommen werden.“ Billy hüstelte leise. „Na, jedenfalls, er sagt, der Schatten hatte ein Männergesicht und braunes Haar, fast bis auf die Schultern, und lange, spitze Schuhe und …“

Plötzlich barst die Tür auf und eine Schar Jungen strömte herein.

„Urgh! Nicht schon wieder dieser stinkende Köter“, grölte Barry Braine, ein grober, bulliger Typ, der von allen nur Bagger genannt wurde.

Benedikt jaulte ängstlich auf, ließ sich vom Bett plumpsen und watschelte schleunigst hinaus.

„Widerlich“, knurrte Bagger und suchte sich das Bett aus, das am weitesten von Billys entfernt war. „Dieser Hund stinkt widerlicher als irgendwas sonst auf der Welt.“

„Ich kann mir Schlimmeres vorstellen“, sagte Fidelio und stellte seine Tasche auf das Bett, das ihm Charlie reserviert hatte.

„Mummy hat mir Raumspray mitgegeben“, meldete sich Rupert Sellby, ein winziger Junge aus dem ersten Schuljahr, zu Wort. „Gleich riecht's hier drin besser, Bagger.“ Er zog eine riesige rosa Sprühdose aus seiner Tasche und begann, den Raum mit etwas zu vernebeln, das noch schlimmer stank als alter Hund.

„Es heißt *Blütenzauber*“, rief Rupert fröhlich, während elf Jungen auf ihre Betten hechteten und sich Kopfkissen, Schlafanzüge und was sonst gerade greifbar war vors Gesicht pressten.

Von den Opfern kamen erstickte Aufschreie wie „Aufhören!“ – „Ist ja noch schlimmer!“ – „Lass das!“ oder „Kann ihn mal wer erwürgen?“, während Rupert weiter den ekelhaft süßlichen *Blütenzauber* im Schlafsaal versprühte.

Nichts schien den wild entschlossenen Sprayer aufhalten zu können, bis plötzlich aus dem Stockwerk über ihnen markerschütternde Schreie drangen. Rupert hielt mitten im Sprühen inne und stand mit offenem Mund da, während die anderen von ihren Betten sprangen und zur Tür stürzten.

Charlie war als Erster oben. Am Treppenabsatz bremste er so scharf ab, dass er beinahe das Gleichgewicht verlor. Gabriel stützte ihn gerade noch von hinten und lugte vorsichtig um seinen zur Salzsäule erstarrten Freund herum.

„HILFE!“, krächzte Gabriel und krachte gegen die hinter ihm stehenden Jungen auf der Treppe, die wie Dominosteine umfielen.

Charlie bekam von den Wut- und Schmerzenslauten hinter ihm gar nichts mit. Denn vor ihm stand ein gigantischer, grüngrauer Alligator, der den ganzen Korridor ausfüllte. Er blinzelte mit seinen gelben Augen und riss das gewaltige Maul auf. So fiese, rasiermesserscharfe Zähne hatte Charlie noch nie gesehen, nicht mal in einem Horrorfilm.

Hinter dem Monster war der Fußboden mit reglosen Gestalten in Schlafanzügen und Nachthemden übersät, während die Mädchen, die noch nicht in Ohnmacht gefallen waren, immer wieder kurz aus ihren Zimmern spähten, kreischten und blitzschnell die Köpfe wieder zurückzogen. Das Knallen der Türen hallte durch den Gang wie Trommelschläge.

Auf einmal stieß das Ungetüm ein kehliges Gebrüll aus und stürmte auf Charlie zu. Charlie, der sich am Treppengeländer festklammerte, war unfähig sich zu rühren. Er begann so laut zu schreien, dass das Ungetüm tatsächlich stehen blieb.

„WAS GEHT HIER VOR?“

Charlie erkannte die Stimme seiner Großtante Lucretia, der Hausmutter. Da er wusste, wie wenig Lucretia ihn leiden konnte, bezweifelte er, dass sie ihm zu Hilfe kommen würde. Doch zu seinem Erstaunen begann sich das Monster plötzlich in Luft aufzulösen. Vom Schwanz her kroch die Unsichtbarkeit über den warzigen Rücken und den knorrigen Kopf, bis es das Nichts verschluckt hatte.

Als Lucretia über die heulenden Jungen auf der Treppe geklettert war und bei Charlie ankam, war der Gang leer, von den ohnmächtigen Mädchen einmal abgesehen.

Die Hausmutter starrte auf die Horrorszene und schrie: „CHARLIE BONE, WAS IN ALLER WELT HAST DU GETAN?"

„Ich?", krächzte Charlie. „Nichts."

„Das nennst du nichts?" Lucretia zeigte auf die am Boden verstreuten Mädchen, von denen jetzt die ersten wieder zu sich kamen.

„Aber damit habe ich nichts zu tun. Das war ich nicht", beteuerte Charlie verzweifelt.

„War er wohl", sagte eine verschlagene Stimme. Dorcas Loom war aus einem der Schlafsäle gekommen. „Er hat einen Alligator gezaubert. Na ja, besser gesagt, die Illusion eines Alligators."

„Hab ich nicht!", schrie Charlie. „Du weißt genau, dass ich es nicht gewesen sein kann. Ich bin erst hier raufgekommen, *nachdem* ihr angefangen hattet zu schreien."

„Das heißt nicht, dass du's nicht warst", sagte Dorcas.

„Geh zum Direktor, sofort." Die Hausmutter starrte finster auf Charlie herab.

„Warum?", fragte Charlie aufrichtig überrascht.

„Um ihm zu erzählen, was du getan hast."

„Aber …" Charlie sah in das kalte Gesicht über sich. Sie waren doch alle gleich, seine Großmutter und seine drei Großtanten. Immer waren sie gegen ihn. Argumente nützten da überhaupt nichts.

Als er gerade die Treppe hinuntergehen wollte, rief eine Stimme: „Er war's nicht, Miss Darkwood. Ehrlich. Ich weiß, dass er es nicht war."

Charlie drehte sich um und sah Olivia Vertigo federnden Schritts den Gang entlangkommen. Sie trug einen Wahnsinnsschlafanzug. Er war aus schwarzem Samt, bestickt mit goldenen Sternen, und passte genau zu ihrem schwarz-golden gestreiften Haar.

„Kümmere du dich um deine eigenen Angelegenheiten, Olivia", schnauzte sie die Hausmutter an.

„Aber das ist doch meine Angelegenheit", sagte Olivia. „Dorcas lügt. Charlie ist unschuldig."

„Unschuldig, dass ich nicht lache!" Die Hausmutter gab Olivia einen kräftigen Stoß. „Geh ins Bett."

„Danke für den Versuch, Liv", flüsterte Charlie. „Du siehst übrigens toll aus."

„Ich sagte, du sollst zu Dr. Bloor gehen", kreischte Tante Lucretia. „Los jetzt, GEH!" Sie packte Charlie an der Schulter und schubste ihn regelrecht die Treppe hinunter.

Fidelio stand vor dem Schlafsaal. „Viel Glück!"

Charlie grinste. „Vor Dr. Bloor hab ich keine Angst."

Sie hörten über sich die Mädchen wimmern, während die Hausmutter mit donnernden Schritten durch den Gang marschierte und Befehle brüllte.

„Die Armen!", murmelte Charlie.

Als er an der Haupttreppe angekommen war, vernahm er unten in der Halle leise Schritte, doch alles schien leer und verlassen. Charlie stieg die Treppe hinunter. Als er beinahe unten war, sah er plötzlich eine Gestalt in die blaue Garderobe huschen. Mr Brown, wenn Charlie sich nicht sehr täuschte.

Ob Ben wusste, dass seine Eltern im Bloor ermittelten?

Charlie stand jetzt vor der schmalen Tür, die in den Westflügel führte, wo die Wohnung der Bloors lag. Er hörte sein Herz laut hämmern. Er hasste diesen Teil des Gebäudes. Obwohl es hier vergleichsweise warm und behaglich war, fühlte er sich unwohl. Charlie fragte sich, wie er seine Unschuld beweisen sollte, ohne zu verraten, wer den Alligator wirklich herbeigezaubert hatte, denn das musste um jeden Preis geheim bleiben. Es war seine Freundin Olivia gewesen. Sie war die Einzige am Bloor, die magische Illusionen heraufbeschwören konnte.

Olivia hatte diese Begabung erst im letzten Halbjahr entdeckt. Nur Charlie, Fidelio und Emma wussten davon und hatten beschlossen, es für sich zu behalten. Je weniger Leute etwas davon ahnten, desto besser. Olivia hatte versprochen, diese Gabe nur in extrem verzweifelten Situationen anzuwenden.

Was also hatte sie dazu getrieben, direkt vor den Mädchenschlafsälen einen Alligator erscheinen zu lassen?

Charlie stand jetzt vor der hohen, eichengetäfelten Tür zu Dr. Bloors Arbeitszimmer. Er klopfte zaghaft an.

„Herein!“, ertönte von drinnen Dr. Bloors eisige Stimme.

Charlie trat ein und blieb gleich in der Tür stehen. Das Herz rutschte ihm in die Hose, als er am Kamin den alten Ezekiel, Manfreds Urgroßvater, im Rollstuhl sitzen sah. Mit seinem Totenkopfgesicht und dem schütteren weißen Haar wirkte er noch älter als hunderteins.

„Was führt dich so spät noch hierher, Charlie Bone?“, fragte Dr. Bloor.

„Die Hausmutter schickt mich.“ Die Worte verfingen sich in Charlies Kehle und kamen nur als eine Art Gurgeln heraus.

„Was?“ Ezekiel legte sich die Hand hinters Ohr. „Red lauter, Junge!“

„Die Hausmutter schickt mich!“, brüllte Charlie.

„Schrei nicht so“, sagte Mr Bloor. „Wir sind doch nicht taub.“

„Nein, Sir“, stammelte Charlie.

„Also? Nun red schon, warum schickt dich die Hausmutter her? Was hast du jetzt wieder angestellt?“

„Kannst dich wohl nie benehmen?“ Ezekiel grinste Charlie an und entblößte dabei schwarze Zahnstummel.

„Ich versuch's ja. Aber manchmal schiebt man mir Sachen in die Schuhe, für die ich überhaupt nichts kann.“

„Du beschwerst dich doch wohl nicht über Mitglieder des Lehrkörpers?“ Der Schulleiter durchbohrte Charlie mit seinem kalten Blick.

Charlie trat von einem Fuß auf den anderen. „Nicht direkt.“

„Nicht direkt. Also, was wirft man dir vor, Bone?“

„Ich soll Mädchen dazu gebracht haben, in Ohnmacht zu fallen, Sir.“

Dr. Bloor zog eine Augenbraue hoch. „Und wie, bitte, hast du das gemacht?“

„Das ist es ja, Sir, ich hab's gar nicht gemacht“, blubberte Charlie hervor. „Da war ein Alligator auf dem Gang, eine Illusion, und ...“

„Was?“ Ezekiel schwenkte den Rollstuhl vom Kamin weg und rollte genau vor Charlies Füße. „Du bist das also. Du bist derjenige, der Illusionen heraufbeschwört und Leute zu Tode erschreckt.“

„NEIN!“, rief Charlie. „Bin ich nicht. Das kann

ich gar nicht. Wenn ich's könnte, hätte ich's schon vor Ewigkeiten gemacht."

Ezekiel Bloors kleine, schwarze Augen huschten über Charlies Gesicht, als lauerten sie auf die kleinste Regung, um ihn der Lüge zu überführen.

„Er war es nicht, Großvater", sagte Dr. Bloor. „Ich glaube, es ist jemand, der erst kürzlich seine Gabe entdeckt hat. Und Charlie weiß, wer das ist."

„Wassss?!", fauchte Ezekiel. „Wasss! Er weisss es. Wer ist es, Charlie?"

„Ich weiß es *nicht*."

„Lügner!" Der Krückstock des Alten war in den Falten seiner karierten Wolldecke versteckt und Charlie sah ihn erst, als er wie ein weißer Blitz seine Kniescheiben traf.

„Auuu!", schrie Charlie.

„Du weißt, wer es ist", sagte Ezekiel. „Und jetzt müssen *wir* es wissen. Unbedingt, verstehst du? Jedes sonderbegabte Kind muss uns bekannt sein."

„Ja, schon, aber …", sagte Charlie und überlegte fieberhaft, während er sich die schmerzenden Knie rieb. „Ich hab wirklich keine Ahnung. Keiner von uns weiß es. Wir waren selbst total überrascht. Ich meine, wir wussten immer nur, dass wir zwölf sind – wenn man Manfred mitzählt. Und wir wissen ja genau, welche Gabe jeder von uns hat. Also können Sie sich denken, wie geschockt wir waren, als aus heiterem Himmel jemand anfing, diese Trugbilder heraufzubeschwören. Vielleicht ist es ja jemand von den Lehrern." Charlie hielt inne und fragte sich, ob er übertrieben hatte.

„Red keinen Unsinn!" Ezekiel hob den Krückstock wieder, aber Charlie wich gerade noch rechtzeitig aus.

„Lass nur, Großvater", sagte Dr. Bloor und erklärte dann Charlie in drohendem Ton: „Wir finden es schon noch rechtzeitig heraus. Und dann, das sage ich dir, ist es dran, dieses ungezogene, hinterlistige Kind. Und du bist auch dran, Charlie Bone, weil du ein Lügner bist."

Eine chinesische Sonnenblume

Das Schwierige an Olivia war, dass sie es nie einsah, wenn sie Mist gebaut hatte.

„Diesmal muss sie aber“, sagte sich Charlie, als er Stimmen aus der Ruine hörte. Er hatte fast die ganze Vormittagspause damit zugebracht, Olivia zu suchen. Er hätte gleich darauf kommen sollen, dass sie sich in der Ruine versteckte.

„Hab dich!“, rief Charlie, als er durch den Torbogen stürmte. Doch sein Vorsatz, Olivia eine ordentliche Standpauke zu halten, war vergessen, als er das Chaos im Innenhof der Ruine sah.

Die mächtigen steinernen Bodenplatten waren zersprungen. Überall lagen Bruchstücke herum und an einer Stelle klaffte ein dunkles Loch im Boden. Jemand hatte die zerborstene Platte, die darüber gelegen hatte, beiseitegeschoben.

„Was in aller Welt …?“, stieß Charlie hervor.

„Ja – verrückt, was?“ Emma, die neben Olivia stand, kaute nervös auf einer Strähne ihres blonden Haars.

„Das ist das Ergebnis einer Suchaktion“, erklärte

Olivia. „Sieht man doch. Und ich nehme an, derjenige hat das, was er gesucht hat, unter dieser Platte gefunden."

Charlie musterte das dunkle Rechteck. In der schwarzen Erde war ganz deutlich ein runder Abdruck zu sehen. Etwas Rundes mit einem Griff, der wie ein Schwertknauf geformt war. An den scharfen Konturen des Abdrucks ließ sich ablesen, dass der Gegenstand erst kürzlich herausgenommen worden war.

Charlie dachte an den „Schlüssel", von dem sein Onkel gesprochen hatte.

„Lasst uns von hier verschwinden", sagte Emma. „Das ist gruselig."

Während sie die Ruine verließen, kam Charlie auf den Alligator zu sprechen. „Was hast du dir bloß gedacht, du Idiotin?", fragte er Olivia und verzog sich gleichzeitig aus der Reichweite ihrer hexenhaften, blasslila Schuhe. „Also echt, einen Alligator – direkt vor den Schlafsälen!"

„Ich hatte das ganze Gejammer satt." Olivia rückte das blasslila Tuch zurecht, das sie um den Kopf geknotet trug. „Andauernd dieses Gewimmer wegen der verschwundenen Kätzchen und Hunde und überhaupt …" Charlie sah ein boshaftes Blitzen in ihren Augen. „Wusstet ihr schon, dass die widerlichen Rottweiler der Looms auch nicht mehr da sind? Dorcas konnte sie nie leiden, hat aber geflennt wie ein

Wasserfall, von wegen ihre armen Brüder und so. Da dachte ich, ein Alligator würde sie aufheitern."

Charlie musste wider Willen grinsen. „Du wirst noch jemanden zu Tode erschrecken, Liv, und was machen wir dann? Du wirst auffliegen und dann bist du geliefert. Die Bloors tun alles, um rauszukriegen, wer diese Illusionen erschafft."

Olivia grinste zurück. „Die kriegen mich auf keinen Fall."

„Vielleicht ja doch", sagte Emma. „Und dann kannst du uns nicht mehr helfen. Du weißt doch, du bist unsere Geheimwaffe."

Olivia seufzte. „Okay, versprochen, ich lasse es eine Weile bleiben, aber ich sage euch, es macht total Spaß, Leuten einen Mordsschrecken einzujagen. Natürlich nur Leuten, die es verdient haben."

„Sonderbegabungen sind nicht dafür da, Spaß zu machen." Charlie konnte kaum glauben, was er da eben gesagt hatte. Grandma Bone sagte ihm das ständig. Die Worte waren ihm einfach so herausgerutscht, ohne nachzudenken. Nun, wenn er ehrlich war, hatte *seine* Gabe in letzter Zeit auch nicht allzu viel Nützliches geleistet.

„Das klingt überhaupt nicht nach Charlie", sagte Olivia verwundert.

Charlie zuckte die Achseln. „Vielleicht ist das ja der neue Charlie. Ich bin jetzt zwölf." Er rannte davon, denn er war schon wieder zu spät dran.

„Lass dich von der Bürde des Alters nicht erdrücken, Charlie!“, rief ihm Olivia nach.

Charlie drehte sich um und winkte ihr zu. „Hast du sie nicht mehr alle?“

Olivia hielt ihr Versprechen. Den Rest der Woche erschienen weder Alligatoren vor den Schlafsälen, noch streiften Dinosaurier durch den Park und es galoppierten auch keine Streitäxte schwingenden Ritter durch die Schule (eine von Olivias Spezialitäten).

Wenn Benedikt den Schatten wieder gesehen hatte, behielt er es für sich, und Charlie beschäftigte jetzt vor allem die Frage, was Benjamins Eltern im Bloor zu suchen hatten.

Als Charlie am Freitag Billy fragte, ob er übers Wochenende mit zu ihm kommen wolle, bekam er eine verblüffende Antwort.

„Mrs Brown hat mich gebeten, Benjamin Gesellschaft zu leisten“, erklärte Billy munter. „Weil er so einsam ist ohne seinen Hund.“

„Oh, na ja, okay.“ Charlie war verdutzt und hatte gleichzeitig ein schlechtes Gewissen. Aber es war doch nicht seine Schuld, dass Runnerbean weggelaufen war, oder? Er, Charlie, war doch Benjamins Freund, oder nicht? Warum konnte *er* ihm nicht Gesellschaft leisten?

Als Charlie nach Hause kam, setzte er sich an den Küchentisch, während Maisie am Herd Rührei briet.

„Das war eine komische Woche“, sagte Maisie. „Kein Vogelgezwitscher, keine Katzen auf Mauern und Zäunen, keine Hunde an Leinen. Mir war gar nicht klar, was das ausmacht. Es ist so einsam ohne die Tiere. Die Leute sagen schon, die Stadt stirbt aus.“

„Mm-hm“, murmelte Charlie.

„Sie haben die Polizei drauf angesetzt und den Tierschutzverein und Beamte von der Stadt und Privatdetektive und weiß der Himmel, wen sonst noch alles …“ Maisie kam mit einem Teller Rührei an den Tisch und musterte ihren Enkel. „Was ist denn, Charlie? Schlechte Woche gehabt?“

Charlie schüttelte den Kopf. „Ging so.“

„Kommt Benjamin nachher rüber?“

„Billy Raven ist übers Wochenende bei Ben“, antwortete Charlie betont gleichgültig.

„Na, so was“, sagte Maisie. „Hab gar nicht gewusst, dass sie befreundet sind.“

„Und Fido spielt mit der Band“, fuhr Charlie betrübt fort.

„Das klingt ganz schön selbstmitleidig.“ Maisie setzte sich zu Charlie. „Komm, iss dieses leckere Rührei. Ist viel besser für dich als Patee-dö-fua-grah oder wie dieses Zeug heißt, für das Grandma Bone so schwärmt.“

Charlie musste nun doch grinsen. Er wollte gerade anfangen zu essen, als Onkel Paton hereinkam und die Kühlschranktür aufriss. „Ich bin am Verhungern. Mein Delikatessenkorb kommt heute nicht, hat man mir gesagt. Ich hoffe, du bist nicht allzu enttäuscht, Charlie?"

Jeden Freitag ließ sich Paton von einem Kaufhaus in der Stadt einen Riesenkorb mit allerlei Köstlichkeiten liefern. Charlie war so mit seinen eigenen Problemen beschäftigt gewesen, dass er ganz vergessen hatte, sich darauf zu freuen.

„Was ist passiert?", fragte er.

„Der Besitzer ist tot umgefallen", entgegnete Onkel Paton.

Charlie legte die Gabel hin. „Tot umgefallen? Einfach so? Ist es mitten im Kaufhaus passiert? Sind die Leute erschrocken?"

„Ja, ja, ja und ja", antwortete Onkel Paton.

„Es stand in der Zeitung", sagte Maisie, „wie das mit den Tieren. Schlimme Woche."

„Woran ist er denn gestorben?" Charlie musste feststellen, dass er keinen Bissen herunterbekam.

„Ach, das ist ja das Rätselhafte." Onkel Paton stellte einen Teller mit Käse und Crackern auf den Tisch. „Kann ich dein Rührei haben, Charlie?"

Maisie patschte auf Patons Hand, die unauffällig auf Charlies Teller zukroch. „Der Junge braucht sein Essen", sagte sie scharf. „Iss auf, Charlie."

„Haben es die Ärzte denn nicht rausgekriegt?" Charlie schob sich eine Gabel Rührei in den Mund.

Es beunruhigte ihn, dass der Kaufhausbesitzer einfach tot umgefallen war, ohne dass jemand wusste, warum.

„Nein. Sein Herz ist ohne ersichtlichen Grund stehen geblieben“, sagte Onkel Paton. „War anscheinend sehr fit, der Mann. Ging regelmäßig joggen. Traurige Sache. Der neue Besitzer hat den Laden schon übernommen, ein Verwandter, heißt es. Nächste Woche läuft der Betrieb wieder normal, dann kriegen wir auch wieder unsere Wochenendleckereien.“ Jetzt war es Onkel Paton, der Charlie prüfend musterte. „Spürst wohl das Alter, Charlie? Aber weißt du, zwölf zu sein bedeutet nicht das Ende der Welt.“

„Zwölf“, sagte Charlie nachdenklich. „Als mein Vater verschwunden ist, war ich zwei. Das ist jetzt zehn Jahre her. Zehn ... Meint ihr, das ist eine Glückszahl?“

Patons spöttisches Gesicht wurde etwas weicher. „Zehn?“, sagte er nachdenklich. „Na ja, der Rote König hatte zehn Kinder, aber man kann sich wohl drüber streiten, ob das Glück gebracht hat.“

„Wohl kaum“, murmelte Maisie.

Jetzt waren auf der Eingangstreppe Schritte zu hören und als Charlie zum Fenster guckte, sah er drüben auf der anderen Straßenseite Benjamin und Billy in den Wagen der Browns steigen. Wo sie wohl hinwollten? Ins Kino? Zur Bowlingbahn?

Amy Bone kam herein, sichtlich müde von einer

ganzen Woche an der Gemüsewaage. Wie immer bemühte sie sich trotzdem, gute Laune zu verbreiten. „Ananas", sagte sie fröhlich und stellte eine Plastiktüte mit stacheligem Inhalt auf den Tisch. „Zum Ausgleich dafür, dass Patons Korb nicht gekommen ist." Sie gab Charlie einen Kuss auf die Wange. „Du guckst ja so finster, Charlie."

„Schön, dass du da bist, Mum." Charlie brachte seinen Teller zur Spüle.

„Sehen wir Benjamin dieses Wochenende?", fragte Charlies Mutter. „Ihr beide habt euch doch sicher eine Menge zu erzählen."

„Nein." Charlie drehte sich mit dem Rücken zur Spüle und sah die drei Erwachsenen verdrossen an. Sie warteten. „Ich werde Benjamin nicht sehen, weil er mir die Schuld daran gibt, dass Runnerbean verschwunden ist. Fidelio spielt in einer Band und Billy Raven wird das Wochenende bei den Browns verbringen. Ach, ja, übrigens, Benjamins Eltern ermitteln zurzeit im Bloor."

„Erstaunlich", sagte Paton.

„Aber ich werde nicht einsam sein", fuhr Charlie fort, „weil ich nämlich in die Buchhandlung Ingledew gehen werde. Okay?"

„Natürlich ist das okay", antwortete seine Mutter ruhig.

Onkel Paton erklärte, die Buchhandlung Ingledew sei sowieso der beste Ort der Welt, stand dann auf, tätschelte Charlies Schulter und fing wieder an, im Kühlschrank herumzustöbern.

Und damit war die Sache abgehakt.

Nur dass Charlie nicht in die Buchhandlung ging, weil am nächsten Morgen mit einem leisen Klicken an seinem Fenster ein Abenteuer begann, das sein Leben verändern sollte. Und das Leben etlicher anderer Menschen ebenfalls.

Das Klicken weckte Charlie im Morgengrauen. Im Spalt zwischen den Vorhängen sah er die weiße Motte an der Scheibe herumflattern. Zuerst dachte er, das Geräusch der weichen Flügel auf dem Fensterglas hätte ihn aus dem Schlaf gerissen. Aber dann klickte es wieder, diesmal schärfer und lauter.

Charlie ging ans Fenster und sah hinaus. Der Kastanienbaum war mit frischem silbrigem Raureif überzogen. Im grauen Dämmerlicht erkannte Charlie unter dem weißen Geäst eine Gestalt. Es war das grün gekleidete Mädchen. Sie hatte ihre Kapuze zurückgeschlagen und um Hals und Mund hatte sie sich einen dicken, bunten Schal gewickelt. Sie winkte Charlie zu.

Er machte das Fenster auf. „Hallo! Was willst du?“

Das Mädchen zog den Schal vom Mund. „Charlie Bone, ich will dich wohin bringen.“

Charlie war misstrauisch. „Warum?“

„Traust du mir nicht?“

„Ich kenn dich doch gar nicht."

Das Mädchen runzelte die Stirn. „Du wirst mir trauen müssen, wenn du die Tiere finden willst."

„Die Tiere!", rief Charlie verwundert. „Du weißt, wohin sie verschwunden sind?"

„Sch-sch!" Das Mädchen legte sich den Zeigefinger an die Lippen. „Kommst du?"

„Klar."

Charlie fuhr hastig in seine wärmsten Sachen: dicke Socken, einen Wollpullover, Stiefel und eine wattierte Jacke. Als er an der Küche vorbeiging, dachte er kurz daran, einen Zettel zu hinterlassen. Aber was sollte er schreiben? Es war wohl besser, seine Mutter in dem Glauben zu lassen, er sei in der Buchhandlung.

Das Mädchen erwartete ihn an der Vordertreppe. Sein glänzendes schwarzes Haar steckte unter dem Schal und seine dunklen Augen blitzten lausbübisch. Es streckte ihm die Hand hin. „Schön, dich endlich kennenzulernen, Charlie Bone."

Charlie gab ihr die Hand. „Und wer bist du?"

„Naren."

„Naren?", wiederholte Charlie verwundert.

„Naren ist das chinesische Wort für Sonnenblume. Neben unserer Haustür wuchsen welche. Komm, gehen wir, bevor die Stadt aufwacht."

Das Mädchen rannte die Filbert Street hinauf und Charlie keuchte hinter ihr her, verblüfft, wie schnell und graziös sie in den schwarzen Stiefeln laufen konnte. An der High Street wartete Naren auf Charlie.

„Warum ich? Warum hast du gerade mich ausgesucht, um die Tiere wiederzufinden?“, fragte Charlie und rang nach Luft.

„Weil du Charlie Bone bist“, sagte Naren. „Also bist du der Richtige.“

„Versteh ich nicht.“

„Mein Vater kennt dich. Er macht sich Sorgen.“

„Dein Vater?“ Charlies Herz machte einen Satz. „Er ist nicht auch *mein* Vater, oder?“

„Nein. Ist er nicht.“ Naren sah auf den Boden. „Tut mir leid, Charlie.“ Sie sah ihn wieder an. „Aber er ist ein Freund deines Vaters.“

„Echt? Kann er mir sagen, wo er ist?“ Die jähe Hoffnung nahm Charlie fast den Atem.

„Nein. Tut mir wirklich leid. Er *war* mit deinem Vater befreundet. Aber dein Vater ist verschwunden.“

„Ja“, seufzte Charlie.

„Mein Vater war ebenfalls verschwunden. Aber jetzt … Komm, die Tiere.“ Naren flitzte wieder los, aber diesmal blieb sie an Charlies Seite und erzählte ihm, während sie gemeinsam durch die Stadt liefen, dass sie ihn schon die ganze Zeit beobachtet habe, ihn und seine Freunde. Sie selbst sei auch ein Kind des Roten Königs und sie habe sich so gewünscht, mit Charlie zu reden. „Aber mein Vater hat gesagt, ich darf nicht zu dir gehen.“

„Warum nicht? Wenn er mich doch kennt? Und wenn du eine von uns bist?"

„Er wird es dir erklären." Naren legte einen kleinen Spurt ein. Dann sagte sie leise: „Er wird böse auf mich sein, weil er mir verboten hat, die Stadt zu betreten."

Charlie sah in ihr ängstliches, schmales Gesicht, fragte aber nicht weiter. Naren führte ihn durch einen Teil der Stadt, den er nicht kannte. Reihen kahler Bäume reckten ihre Zweige in den Winterhimmel und die Häuser versteckten sich hinter hohen, mit Reif überzogenen Hecken. Naren drosselte ihr Tempo und umging sorgsam die vereisten Stellen des Bürgersteigs. Plötzlich bog sie links ab und sie fanden sich auf einem schmalen Pfad, der in Schlangenlinien immer weiter abwärts führte. Charlie hörte jetzt ein Rauschen, das mit jedem Schritt, den sie taten, lauter wurde.

Naren gelangte an ein Geländer und drehte sich zu ihm um. „Die Hälfte unseres Weges haben wir schon geschafft. Aber jetzt müssen wir ganz vorsichtig sein und gut aufpassen."

„Erst die Hälfte." Charlie kam schlitternd neben ihr zum Stehen und hielt sich am Geländer fest. Als er sich darüberbeugte, sah er etwa zwanzig Meter unter sich einen reißenden Strom. Weißer Schaum schoss und gurgelte über die schwarzen Steine, die aus dem Wasser ragten. Charlie starrte gebannt auf das wilde

Tosen. „Der Fluss", staunte er. „Ich wusste gar nicht, dass er so nah ist."

Naren lächelte geheimnisvoll. „Jetzt müssen wir ihn überqueren."

„Müssen wir?", fragte Charlie bange.

„Ich wohne auf der anderen Seite."

Charlies Blick schweifte über die Schlucht. Am anderen Felsufer erstreckte sich Wald, so weit das Auge reichte. „Da drüben wohnst du?", fragte er ungläubig.

„Man kann auch im Wald wohnen." Narens Lächeln wurde breiter.

„Ja, schon, aber in dem da? Ich dachte, da ist nur der wilde Wald."

„Kann schon sein." Sie zupfte ihn am Ärmel und zeigte hinab. „Da ist die Brücke. Komm."

Charlie beugte sich wieder über das Geländer und sah eine schmale eiserne Hängebrücke, die sich über den Fluss spannte. Sie sah alt und gefährlich aus. „Das da?"

„Ein Stück weiter ist eine große Brücke", sagte Naren. „Aber die ist voll mit lauten Autos. Mir gefällt die hier besser, und den Tieren auch."

„Natürlich, den Tieren." Charlie fiel wieder ein, warum er hier an diesem reißenden Fluss stand, mit einem Mädchen, das er gerade erst kennengelernt hatte.

Er folgte Naren auf einer riskanten Kletterroute

das abschüssige Felsufer hinunter bis zu der Eisenbrücke. Aus der Nähe wirkte sie noch tückischer. Das Geländer aus Drahtseilen hing voller Eiszapfen und die Eisenstäbe am Boden waren grau überfroren.

An einem Draht, der über den Eingang der Brücke gespannt war, hing ein Schild: WARNUNG! BAUFÄLLIG!

Aber Charlie würde sich von einem kleinen Chinesenmädchen nicht ausstechen lassen. Das rostige Eisen dröhnte unter Narens Stiefeln, als sie entschlossen auf die Brücke schritt, und Charlie schluckte einmal schwer und stolperte hinter ihr her.

Auf der Mitte musste er an das Versprechen denken, das er an seinem zwölften Geburtstag abgegeben hatte. Er hatte seiner Mutter erklärt, er werde keine übereilten Entscheidungen mehr fällen, sondern immer erst über die Folgen nachdenken, ehe er sich kopfüber in irgendetwas stürzte. Und jetzt war er hier, auf einer baufälligen Brücke über einem reißenden Fluss, in dem er ziemlich sicher ertrinken würde, wenn er hineinfiel.

Naren sah sich um. „Warum bleibst du stehen?“, rief sie.

„Ich genieße nur die Aussicht“, sagte Charlie, als wäre nichts.

„Komm.“

In dem Moment löste sich eine der Eisenstangen aus dem Boden und schlug klirrend auf die Felsen.

Die ganze Brücke erbebte und ein Regen von Eiszapfen prasselte in die Tiefe.

Charlie erstarrte.

„Ist schon gut." Das Mädchen lächelte aufmunternd. „Wir beide sind nicht schwer. Die Brücke hält uns schon aus."

Zähneknirschend stapfte Charlie hinter ihr her.

Am Ende der Brücke überspielte er seine Erleichterung, indem er sich auf die letzten beiden Geländerpfosten stützte, ein paarmal schaukelte und sich auf einen hochwillkommenen Streifen festen Felsbodens hinüberschwang.

Naren lachte. „Und jetzt noch eine kleine Kletterpartie."

Der Himmel war heller geworden und das Ufer hinaufzuklettern schien nicht halb so gefährlich wie der Abstieg auf der anderen Seite.

Das jenseitige Flussufer war dicht mit riesigen, unbelaubten Bäumen bewachsen. Ein kaum erkennbarer Trampelpfad führte durch den Wald und als Charlie hinter Naren herstapfte, wurde ihm bewusst, dass hier alles voller Geräusche war. Von den blattlosen Zweigen schauten Scharen zwitschernder Vögel auf sie herab und selbst das dürre Gras raschelte von Leben. Kaninchen hoppelten neben dem Pfad her, hinter einen Baum lugte ein Hirsch hervor. Und schließlich vernahm Charlie immer lauter werdendes, aufgeregtes Hundegebell.

Nur wenige Sekunden später brach Runnerbean durchs Unterholz und sprang freudig kläffend an Charlie hoch.

„Runner!", rief Charlie und umarmte den großen gelben Hund.

„Ist das deiner?", fragte Naren.

„Nein. Er gehört meinem Freund. Aber ich fühle mich irgendwie für ihn verantwortlich, weil Benjamin, mein Freund, lange weg war."

„Dieser Hund war der Erste", sagte Naren. „Er kam über die Brücke und die anderen folgten ihm: Hunde, Katzen, Ponys, Ziegen, Kaninchen, alle möglichen Tiere. Wir haben sie kommen hören und sind ans Felsufer gelaufen, um zu gucken, was da los war. Das war vielleicht ein Anblick, all die Tiere, die im Mondschein über die Brücke liefen."

„Aber warum sind sie hierhergekommen?"

„Weil es hier sicherer ist. Spürst du's nicht? Drüben in der Stadt ist etwas Böses erwacht. Mein Vater wird es dir erklären."

Bevor Charlie weiterfragen konnte, drehte Naren sich um und rannte den Pfad entlang. Runnerbean sprang neben ihr her, aber Charlie folgte ihnen vorsichtiger. Er sah zu dem Dach aus Ästen empor. Ja, es fühlte sich hier wirklich sicherer an. Irgendwie friedlich und geschützt. Er fragte sich, was das für ein Mann war, den er gleich kennenlernen würde. Wenn Naren vom Roten König abstammte, dann doch ihr

Vater wahrscheinlich auch. War er ein Hexenmeister? Ein Hypnotiseur? Ein Werwolf?

Charlie sah einen Zaun und ein offenes Tor. Sein Herz fing an zu pochen. Naren stand hinter dem Tor, aber Runnerbean wartete auf Charlie und gemeinsam betraten sie eine große, umzäunte Lichtung.

Am anderen Ende stand ein kleines Backsteinhaus mit mehreren Nebengebäuden. Aus dem Kamin des Hauses stieg Rauch auf und das Schindeldach war voller Vögel. Tiere aller Art tummelten sich auf dem Grundstück. Ponys weideten das spärliche Wintergras ab, Hunde fraßen aus Steintrögen und auf dem Zaun saßen Katzen.

Ein grauer Vogel segelte aus einem Fenster und krächzte: „Hund ahoi!" Das konnte nur Lysanders Papagei Homer sein.

Charlie nahm das Gewimmel der vielen Tiere kaum wahr. Seine ganze Aufmerksamkeit galt nämlich einer Gestalt, die in der Haustür stand. Es war ein Mann mit wettergegerbtem Gesicht und einer dichten Mähne von weißem Haar. Trotz der Kälte trug er nur ein kariertes Holzfällerhemd zu den schlammverkrusteten Jeans. Die gebräunte Haut unterstrich das leuchtende Blau seiner Augen, die Charlie ungläubig anstarrten.

Und Charlie bemerkte die mächtige Axt, die der Mann vor der Brust hielt. Er schien nur allzu bereit, sie zu benutzen.

Hundert Fenster ins Gebirge

„Dad, ich hab Charlie Bone mitgebracht“, sagte Naren ein bisschen ängstlich.

„Das sehe ich. Naren, ich habe dir doch verboten, die Stadt zu betreten.“ Die Stimme des Mannes war rau von unterdrücktem Zorn und er wandte, während er mit seiner Tochter sprach, den Blick nicht von Charlie. „Ich nehme an, ihr seid über die Eisenbrücke gekommen?“

„Entschuldigung“, murmelte Naren. „Ich konnte nicht anders.“

„Natürlich hättest du anders gekonnt.“ Ihr Vater hob jetzt die Stimme. „Lernst du's denn nie? Wirst du nie das tun, was vernünftig und sicher ist?“

„Aber du bist froh, oder?“ Naren lächelte erwartungsvoll. „Dass ich ihn mitgebracht hab?“

Der Mann knurrte ärgerlich und hieb seine Axt in einen Baumstumpf, der schon ganz schartig war. Dann drehte er sich um und marschierte ins Haus.

Erstaunlicherweise knallte der Mann die Tür nicht zu, aber Charlie fühlte sich trotzdem nicht gerade willkommen.

„Mein Vater beruhigt sich schon wieder“, sagte Naren zuversichtlich und lächelte Charlie aufmunternd an. „Weißt du, sein Zorn ist wie eine Flamme, die kurz auflodert und wieder verlischt. Komm ins Warme.“ Sie ging auf die offene Tür zu und winkte Charlie hinter sich her.

Aber Charlie blieb trotz der Kälte stehen und schaute sich nach den Tieren um. Ein paar hatte er erkannt. Emmas Ente fraß aus einem Maistrog. Homer hatte sich auf einem Zaunpfahl niedergelassen und am Ende der Lichtung mümmelten zwei weiße Kaninchen Gras. Sie sahen sehr nach Olivias Kaninchen aus.

„Ich glaube, ich nehme einfach nur Runnerbean und geh gleich wieder nach Hause“, erklärte Charlie. „Meine Freunde können ihre Tiere ja selbst abholen, jetzt, wo ich weiß, wo sie sind.“

„Nein“, sagte Naren scharf. „Niemand darf von diesem Ort erfahren. Dann würde mein Vater wirklich zornig werden. Komm. Du musst mit ihm reden.“

Charlie konnte sich nicht vorstellen, dass dieser griesgrämige weißhaarige Mann mit ihm reden wollte, aber Naren winkte so bestimmt, dass er sich doch immer weiter vorwagte.

Runnerbean kam mit bis zur Tür, wollte Charlie aber nicht ins Haus folgen. Naren zog sich in einer kleinen, gefliesten Diele die Stiefel aus und Charlie tat es ihr nach. Dann öffnete Naren eine zweite Tür und als Charlie hindurchging, fand er sich in einer warmen, freundlichen Küche.

Auf einem alten, eisernen Herd kochte ein Wasserkessel und in dem Feuerloch darunter loderten Holzscheite. Eine Petroleumlampe auf einem runden Tisch tauchte den Raum in sanftes Licht.

Narens Vater saß in einem Sessel am Herd. Eine grauhaarige Frau beugte sich über ihn und sprach intensiv auf ihn ein. Als die Kinder hereinkamen, sah sie auf und begrüßte Charlie mit einem Lächeln, das seine ganze Unsicherheit verscheuchte. Wie Naren schien auch die Frau Chinesin zu sein.

Charlie wollte gerade etwas zu der Frau sagen, als sein Blick auf die Wände fiel. Jedes freie Fleckchen war mit Fotos gepflastert. Es war, als schaute man durch hundert Fenster ins Gebirge. Da waren Berge in strahlendem Sonnenschein, eisig weiße Massive im Mondlicht, Schneefelder mit lila Schatten und flatternden bunten Fähnchen. So viele atemberaubende Gipfel, so viele gigantische, majestätische Bergketten.

Auf einem Foto winkte ein Bergsteiger in die Kamera. Er hatte die dunkle Brille über seine blaue Wollmütze geschoben und lachte. Charlie konnte seine Stimme hören. Um ihn herum war plötzlich Bewegung, die Küche schwankte heftig und verschwand.

Charlie war allein und schwebte auf die fernen Berge zu.

Eiskalte Luft biss ihm ins Gesicht und rasselte in

seiner Lunge. Er flog über blendend weißen Schnee, während das Lachen des Mannes immer lauter wurde.

Jemand zerrte an Charlies Armen. Es tat weh. Er wollte, dieser Jemand würde ihn loslassen. Er versuchte ihn abzuschütteln, schaffte es aber nicht. Also ergab er sich, ließ sich schütteln und anbrüllen, bis er schließlich nicht mehr anders konnte, als die Augen aufzuschlagen. Und plötzlich stand er in einer Küche und sah in ein Paar besorgter blauer Augen und ein Gesicht, das jetzt gar nicht mehr griesgrämig aussah.

Narens Vater fasste Charlie am Arm und bugsierte ihn auf einen Stuhl am Ofen.

„Ich war auf einem Berg." Charlie musterte die Fotos an der Wand. „Sie waren auch dort, Mr …?"

„Ich weiß", sagte Narens Vater. „Hast dir einen tollen Zeitpunkt für deine Reise ausgesucht, Charlie Bone. Hat uns einen bösen Schrecken eingejagt."

„Oh, dann wissen Sie's also?", fragte Charlie. „Das mit meinen Reisen, meine ich."

„Ja. Ich habe davon gehört."

„Du bist hier willkommen, Charlie", sagte die grauhaarige Frau freundlich. Sie sah den Mann tadelnd an. „Mein Mann hat Angst um Naren, aber er hätte nicht böse auf dich sein dürfen." Mit einem Kopfschütteln zog sie einen Stuhl heran und setzte sich. „Das war nicht richtig."

Naren legte den Arm um die Frau und sagte: „Entschuldige. Mein Fehler. Tut mir sehr leid, Mutter."

„Äh … wer sind Sie denn eigentlich?“, fragte Charlie den Mann.

„Ich heiße Bartholomäus. Ich bin der Sohn von Ezekiel Bloor.“ Als er Charlies erschrockenes Gesicht sah, setzte er schnell hinzu: „Keine Angst. Ich bin das schwarze Schaf der Familie – oder vielleicht eher das weiße. Ich habe meinen Vater seit vielen Jahren nicht gesehen und meinen Sohn auch nicht. Sie sind mir so fern wie der Mond der Sonne.“

„Aber warum …“ Charlie sah sich in der Küche um. „Warum sind Sie jetzt hier?“

„Ach.“ Bartholomäus trat ans Fenster und blickte zu seinen tierischen Gästen hinaus.

„Er wird's dir erklären“, sagte Naren. „Wirst du doch, Vater? Du musst es Charlie sagen.“

Bartholomäus kam wieder zu ihnen zurück. „Ja.“ Sein Ton war ernst und Bedauern schwang in seiner Stimme. „Das muss ich wohl.“ Er nahm sich einen Stuhl, setzte sich neben Charlie und begann zu reden.

Während Charlie zuhörte, stellte ihm Narens Mutter ein Schälchen mit köstlichem, dampfend heißem Tee hin und einen kleinen, knusprigen Kuchen. So etwas Köstliches hatte er noch nie gegessen, aber er konnte nur dankbar nicken, weil er sich keinen Moment von Bartholomäus' unglaublicher Geschichte losreißen konnte.

Am Anfang stand eine Hochzeit. Bartholomäus Bloor heiratete Mary Chance an einem regnerischen

Herbstvormittag. Niemand freute sich darüber, außer den Brautleuten, die so ineinander verliebt waren, dass sie nicht mal etwas von dem Wetter mitbekamen. Ezekiel Bloor und seine Darkwood-Verwandten verachteten die Braut, eine schöne, aber arme Tänzerin. Und Marys Eltern fürchteten um ihre Tochter, die in eine so seltsame, unfreundliche Familie einheiratete.

„Eine Zeit lang ließen sie uns in Frieden“, sagte Bartholomäus seufzend. „Und dann hörte ich von der Expedition. Meine Mutter hatte mich immer mitgenommen, wenn sie in den Alpen seltene Pflanzen sammelte. Seither liebte ich die Berge. Nach dem Tod meiner Mutter ging ich im Urlaub immer mit Freunden bergsteigen. Wir gingen in die Highlands, in die Alpen und die Pyrenäen, aber mein Traum war es immer, im Himalaja zu klettern.

Eines Tages kam ein Brief von einem meiner Bergkameraden. Mein Sohn Harold war damals acht. Er war ernst und strebsam. Er reiste gar nicht gern, hasste Camping, Wandern, ja, sogar Picknicks.“ Bartholomäus lachte bitter. „Stell dir vor, ein Kind, das keine Picknicks mag.“

Naren schnalzte mit der Zunge. „So was!“

„In dem Brief ging es um eine Bergexpedition. Für mich war noch ein Platz frei. In einem Monat sollte es in den Himalaja gehen.“

Charlie kaute seinen Kuchen und wartete.

Bartholomäus' Stimme zitterte, als er fortfuhr: „Mary sagte, das sei die Chance meines Lebens und ich würde es ewig bereuen, wenn ich nicht mitginge. Also ging ich mit." Er stand auf und wanderte in der Küche auf und ab. „Alles ging gut, bis eines Nachts der Schneesturm einsetzte. Er wütete fürchterlich. Zwei Mitglieder unseres Teams kamen in einer Lawine um und ich wurde in eine Schlucht gerissen. Zwei Tage lag ich dort, völlig bewegungsunfähig. Dann rettete mich ein Angehöriger eines unbekannten, überaus gastfreundlichen Bergvolkes."

Bartholomäus setzte sich wieder hin. Er erklärte Charlie, wie sich der mysteriöse Stamm von Bergbewohnern um ihn gekümmert hatte. Er hatte Brüche an beiden Beinen gehabt und eine klaffende Kopfwunde, die ihm ständige Schmerzen bereitete, aber nach einem Jahr war er einigermaßen wiederhergestellt gewesen. Ein junger Mann des Stammes hatte ihn zu einem Gebirgspfad gebracht, der aus dem abgelegenen Tal hinausführte, und nach mehreren Wochen war er in einen Ort gelangt, wo es Telefon gab.

„Ich war so aufgeregt! Ich konnte es nicht erwarten, endlich wieder mit Mary zu sprechen, ihr zu sagen, dass ich am Leben bin und nach Hause kommen werde." Bartholomäus schüttelte den Kopf, fuhr sich mit einer Hand durchs weiße Haar und legte die andere über die Augen.

Charlie traute sich zuerst nicht nachzufragen. Er

sah Naren und ihre Mutter an, aber die schienen gar nichts sagen zu können, weil Bartholomäus so verzweifelt war. Schließlich siegte Charlies Neugier. „Und was war dann?“

Bartholomäus sah auf. „Deine Großmutter, Grizelda Bone, war am Apparat. Sie war in meinem Haus und gerade dabei, es zu verkaufen. Sie erklärte mir, alle hätten gedacht, ich sei in der Lawine umgekommen. Als Mary diese Nachricht erhalten hatte, war sie in ein leeres Theater gegangen und hatte sich zu Tode getanzt.“ Bartholomäus holte tief Luft. „Mein Sohn lebte in der Bloor-Akademie, in der Obhut von Ezekiel und Grizelda. Und er war dort anscheinend sehr glücklich.“

Charlie war so schockiert, dass er nicht ein einziges Wort herausbrachte.

„Also bin ich nicht nach Hause gefahren“, fuhr Batholomäus fort. „Ich bin immer weiter gereist, bis ich nach China kam, wo ich meine zweite Frau, Meng, kennenlernte.“ Er lächelte die grauhaarige Frau an, die zurücklächelte. „Eines Tages, nach einer schrecklichen Überschwemmung, kam ein kleines Mädchen in unser Haus spaziert. Seine Eltern waren in den Fluten umgekommen. Es war vier Jahre alt und nannte sich selbst Naren – Sonnenblume.“

„Das war ich!“, rief Naren. „Und sie haben mich adoptiert und jetzt bin ich hier.“

Charlie drehte sich zu ihr um und lächelte. „Aber

warum seid ihr alle hierher zurückgekommen?", fragte er.

„Ach", sagte Bartholomäus und ging wieder ans Fenster, „das kann ich erklären. Ich musste in der Nähe des Ortes sein, wo die Kinder des Roten Königs geboren wurden. Von dieser Seite der Schlucht aus kann man das Rote Schloss sehen oder jedenfalls das, was davon übrig ist. Aber hier sind wir sicher vor der Stadt und diesen beiden schrecklichen Familien. Und wir sind sicher vor dem Schatten."

Ein kalter Hauch ging plötzlich durch die behagliche Küche, als hätte jemand eine unsichtbare Tür geöffnet. Charlie fröstelte. „Der Schatten steht hinter dem König, auf dem Bild." Er zögerte. „Es scheint so, als wäre er zurückgekehrt. Der Schatten hat sich nämlich bewegt, wissen Sie, und wir, na ja, also, eine Ratte hat meinem Freund Billy erzählt" – Charlie bemerkte erleichtert, dass Bartholomäus mit keiner Wimper zuckte – „dass die Erde gebebt hat. Und dann ..." Charlie wiederholte Benedikts Geschichte von dem Schatten, der sich in einen Mann verwandelt hatte.

Narens Mutter schlug sich die Hand vor den Mund und Bartholomäus schloss die Augen, als sähe er etwas unvorstellbar Schreckliches vor sich.

„Sie sagen, es sei Borlath", fuhr Charlie fort, „Ihr Vorfahre – und meiner wohl auch, weil wir ja so was wie Cousins sind."

„Es ist nicht Borlath“, sagte der Bergsteiger grimmig. „Der Schatten des Königs war ein Mann, der die Kinder des Roten Königs gegeneinander aufgehetzt hat. Seinen Namen habe ich vergessen.“

„Davon habe ich noch nie was gehört“, sagte Charlie. „Er kommt in den Geschichtsbüchern meines Onkels nicht vor.“

„Pah! Alle Geschichtsbücher werden von einem bestimmten Standpunkt aus geschrieben“, sagte Bartholomäus verächtlich. „Was darin steht, wurde zurechtgebogen, geschönt, ausgedünnt. Nur der *Reisende* vermag die Wahrheit herauszufinden, Charlie, denn die Wahrheit ist in den Köpfen und Herzen der Menschen. Vertraue nicht immer auf Wörter, die auf Papier stehen.“

„Ich glaube, ich bin auch ein Reisender“, sagte Charlie.

„Das bist du gewiss. Und wer weiß, vielleicht wirst du ja mehr über den Roten König herausfinden, als ich auf all meinen – nun ja, konventionellen Reisen herausgefunden habe.“

„Nur wenn ich an dem Schatten vorbeikomme“, murmelte Charlie.

„Sind wir schon wieder bei dem Schatten!“ Bartholomäus erhob sich und sein Gesicht war jetzt verschlossen.

Charlie schluckte alle weiteren Fragen herunter und erzählte stattdessen von seinem Leben seit dem

Verschwinden seines Vaters, von der Bloor-Akademie und den sonderbegabten Kindern, die seine Freunde geworden waren.

„Du wirst deinen Vater finden, Charlie“, sagte Bartholomäus überzeugt. „Weil du der bist, der du bist, und wegen der Kraft, die von dir ausgeht. Aber jetzt musst du nach Hause. Und zwar nicht auf dem Weg, den du gekommen bist.“

„Kann ich ...?“, setzte Naren an.

„Nein“, sagte ihr Vater streng. „Du bleibst hier bei deiner Mutter. Und du wirst nie wieder über diese Eisenbrücke gehen.“

Naren grinste Charlie verlegen an. „Aber die Tiere, Vater. Charlie muss doch die Tiere mitnehmen.“

„Nicht *alle* Tiere“, sagte ihre Mutter lachend.

„Nur die, die meinen Freunden gehören“, bat Charlie. „Sie haben hier nicht zufällig irgendwelche Springmäuse gesehen?“

„Aber jede Menge sogar!“ Naren rannte in die Diele, schlüpfte in Mantel und Stiefel und rief: „In der Scheune wimmelt's von Springmäusen. Komm, ich zeig sie dir.“

Charlie fuhr hastig in seine warmen Sachen und folgte Naren zu einer großen Scheune. Als er das Gebäude betrat, huschte ein Meer von kleinen Nagern über den staubigen Boden und verschwand zwischen Heuballen oder unter Holzstößen.

„Wie zum Teufel soll ich denn die Richtigen rausfischen?", stöhnte Charlie auf. „Mein Freund vermisst über zwanzig!"

„Wer merkt denn schon, ob es die Richtigen sind?", fragte Naren.

„Gabriel hat ein sehr enges Verhältnis zu seinen Springmäusen", seufzte Charlie.

Darüber lachte Naren so hell und ausgelassen, dass Charlie ebenfalls kichern musste.

Die beiden brauchten fast eine Stunde, um fünfundzwanzig Springmäuse, die Charlie mehr oder weniger bekannt vorkamen, zwei weiße Kaninchen, eine Ente, einen Graupapagei und eine blaue Boa einzufangen. Anschließend trieben sie einen Karton auf sowie einen Käfig für die Boa.

„Hab keine Lust, dass sie sich mir beim Fahren um den Hals schlingt", sagte Bartholomäus, während er Charlie die Boa in den Käfig locken half. Aber die Boa war ein liebenswürdiges Geschöpf und hätte nie einem Freund etwas getan. Niemand von Narens Familie schien überrascht, als Charlie erklärte, dass sie wahrscheinlich schon tausend Jahre alt war. Auf seinen Reisen war Bartholomäus noch älteren Wesen begegnet.

Im Hof stand ein ramponierter Kombi und die Behältnisse mit den Tieren wurden vorsichtig im Kofferraum gestapelt. Charlie setzte sich neben Bartholomäus, Homer hockte auf dem Boakäfig und Runnerbean nahm auf Charlies Schoß Platz.

Der Kombi sprang stotternd an und rollte durch den Hof. Plötzlich rannte Naren neben ihnen her. „Mach heute Nacht nicht deine …“, rief sie.

„Was?“ Charlie kurbelte das Fenster hinunter.

„Gib mir was von dir“, rief Naren.

Ohne groß nachzudenken, riss Charlie sich einen Handschuh herunter und warf ihn aus dem Fenster. Der Kombi fuhr ruckelnd aus dem Hof und auf einen holprigen Waldweg. Charlie drehte sich um und guckte durch die Heckscheibe. Er sah, wie Naren den Handschuh aufhob und glücklich damit winkte. Meng stand hinter ihr, eine Hand zaghaft erhoben. Der Kombi bog um eine scharfe Kurve und die beiden waren nicht mehr zu sehen.

„Warum wollte sie was von mir haben?“, fragte Charlie Bartholomäus.

„Sie will mit dir in Kontakt bleiben“, sagte Bartholomäus mit einem rätselhaften Lächeln.

„Aber einen Handschuh? Und was soll ich heute Nacht nicht machen?“

„Deine Vorhänge zumachen, Charlie. Lass den Mond hereinscheinen.“

„Aber …“

„Schau mal nach rechts“, befahl Bartholomäus.

Gehorsam guckte Charlie an Bartholomäus vorbei. Zuerst sah er nichts als Bäume, aber dann tauchte auf der anderen Seite der Schlucht ein viereckiger, rötlicher Turm auf.

„Das Rote Schloss“, rief Charlie.

„Genau“, sagte Bartholomäus.

„Und da ist ein Teil der Mauer.“

Bartholomäus fuhr jetzt langsamer, sodass Charlie die bröckelnden Überreste einer mächtigen Mauer direkt am Rand der Schlucht erkennen konnte. Über mindestens eine Meile waren immer wieder Stücke der Mauer zu sehen, dann verloren sich die gewaltigen Steinquader in dem Meer von Bäumen.

„Ich wusste gar nicht, dass es so groß ist“, staunte Charlie.

„Riesig“, sagte Bartholomäus. Seine Stimme wurde weicher. „Und ich glaube, der König ist immer noch dort oder jedenfalls sein Geist. Im Moment hält er sich versteckt, aber vielleicht wird er sich ja bald schon zeigen, zumal wenn der Schatten zurückgekehrt ist.“

„Die Königin befindet sich auch dort“, fügte Charlie hinzu.

Bartholomäus sah ihn fragend an und Charlie erzählte von dem weißen Pferd, in das Königin Berenice sich verwandelt hatte und das Billy und ihn zum Schloss der tausend Spiegel getragen hatte.

„Die Königin.“ Bartholomäus’ blaue Augen glänzten. „Das ist ja wunderbar.“

Sie fuhren eine Weile schweigend dahin, dann sagte Bartholomäus ernst: „Charlie, es ist sehr wichtig, dass niemand von mir und meiner Familie erfährt.

Versprich mir, dass du keiner Menschenseele erzählst, wo wir wohnen oder wo du die Tiere gefunden hast."

Charlie dachte an seine Freunde und Onkel Paton. „Versprochen", sagte er widerstrebend.

Eine Meile weiter kamen sie von dem Waldweg auf eine Straße, die schließlich zu der breiten Steinbrücke führte. Charlie hielt es für das Beste, die Tiere allesamt ins *Glückliche Haustier* zu bringen, wo ihre Besitzer sie dann abholen konnten. Er navigierte Bartholomäus zum Eingang der Frog Street, aber Narens Vater wollte nicht mit aussteigen.

Ehe Charlie die Wagentür öffnete, steckte ihm Bartholomäus etwas in die Brusttasche. „Ich habe kein Foto von deinem Vater", erklärte er, „aber das hier ist eins, das er gemacht hat. Ich habe es immer bei mir und eben ist mir die Idee gekommen, dass es dir vielleicht helfen könnte."

„Danke."

„Steig jetzt bitte aus. Ich will nicht, dass mich jemand sieht."

Den Käfig mit der blauen Boa unter einem Arm und den Karton mit den Kaninchen und Springmäusen unter dem anderen, rief Charlie dem davonsausenden Kombi noch ein „Wiedersehen!" hinterher. Dann trottete er die Frog Street entlang. Runnerbean sprang vorneweg und Nancy, die Ente, watschelte folgsam hinter ihnen her. Der eigensinnige Papagei jedoch verschwand immer wieder und schrie unflätige

Ausdrücke von Laternenpfählen und Fenstersimsen herab.

Als Charlie schon fast beim *Glücklichen Haustier* war, hörte er plötzlich hinter sich Schritte auf dem Kopfsteinpflaster.

„Sofort stehen bleiben, Charlie Bone!“, hörte er eine Stimme sagen.

Charlie blieb stehen und drehte sich um. Dorcas Loom und ihre beiden großen Brüder kamen auf ihn zu. Zwischen den beiden Looms marschierte Joshua Tilpin.

„Wo sind unsere Hunde, Charlie Bone?“, fragte Albert, der größere und hässlichere der Loom-Brüder.

„Ja. Wie kommt’s, dass du deinen Hund wiederhast und die Viecher von allen deinen Freunden?“, wollte Alfred, der jüngere und dickere Bruder, wissen.

„Was hast du mit den Tieren gemacht, Charlie?“, sagte Joshua mit einer fiesen Grimasse. „Los, sag schon!“

„Nichts“, antwortete Charlie. „Ich hab die hier nur zufällig gefunden.“ Er sah auf Nancy hinab, die jetzt an seiner Seite watschelte.

„Ach, ganz *zufällig*, ja?“, sagte Dorcas.

Ein tiefes Knurren kam aus Runnerbeans Kehle und Homer kreischte: „Alle Mann auf Gefechtsstation!“

„Sag diesem Vieh, es soll den Schnabel halten“,

fauchte Albert. „Wenn du uns nicht sagst, wo unsere Hunde sind, nehmen wir deinen mit. Wir nehmen sie alle mit, wenn du nicht redest."

„Raus mit der Sprache", herrschte Alfred Charlie an, „oder …"

Die vier kamen auf Charlie zumarschiert.

Eine Reise in die Kälte

Charlie blieb stehen. Es war nicht so leicht wegzulaufen, wenn man einen Käfig und einen großen Karton mit sich herumschleppte und eine Ente dabeihatte, die mit einem Schritt halten musste. Es gab nur eine Lösung.

„Fass, Runner!", befahl Charlie.

Der große Hund brauchte keine zweite Aufforderung. Mit wildem Gebell stürzte er sich auf die Looms. Aber Albert und Alfred hatten nicht umsonst vier Rottweiler abgerichtet. Albert packte Runner am Halsband und zerrte ihn an den Rand der Gasse, wo ihn Alfred eng an einen Laternenpfahl kettete.

Außer sich vor Wut bellte und heulte Runnerbean laut genug, um die ganze Stadt aufzuwecken, aber es tauchte kein freundlicher Polizist auf und aus dem Café kam auch niemand. Homer jedoch war ein Papagei der Tat. Er schoss aus der Luft herab und grub die Klauen in Dorcas' Lockenkopf.

„Hau ab! Hau ab!", kreischte Dorcas.

Joshua packte Homer am Hals und drückte zu. Die grauen Augen des Papageis quollen hervor. Er würgte und röchelte und seine Klauen krallten ins Leere, als ihn Joshua von Dorcas' Kopf wegriss und schüttelte.

Die Boa zischte wütend, als ihr Käfig herunterfiel, und Charlie war in Versuchung, sie herauszulassen, aber er konnte nicht riskieren, dass noch einem Tier Leid zugefügt wurde. Charlie stellte den Karton mit den Kaninchen und Springmäusen neben der Boa ab und stürzte sich auf Joshua.

„Lass ihn los!", schrie er und versuchte, Joshuas Finger vom Hals des Papageis loszustemmen.

Charlie hatte keine Chance. Alfred drehte ihm die Arme auf den Rücken und Albert boxte ihn in die Magengrube.

„Auuu!" Charlie ging in die Knie und krümmte sich vor Schmerz.

Albert griff sich den Käfig und strebte zum Ausgang der Frog Street. Alfred folgte ihm mit dem Karton. Sie marschierten die enge Gasse hinauf und trieben die arme Nancy vor sich her, während Dorcas Joshua half, den Papagei in seinen Rucksack zu stopfen.

„Den Hund kannst du meinetwegen behalten", rief Alfred Charlie zu, „vorerst." Plötzlich blieb er stehen. „Was zum …?" Seine Stimme zitterte ein wenig.

Charlie sah auf.

Am Ende der Frog Street waren drei glühende Wesen erschienen.

„Die Flammen“, hauchte Charlie.

Ein tiefes Grollen vibrierte durch die enge Gasse. Es war das wütende Gebrüll eines Raubtiers. Eine zweite Stimme fiel ein, dann eine dritte. Der schreckliche Chor wurde immer lauter. Joshua und die Looms wichen ängstlich zurück. Als sie sich gerade anschickten wegzurennen, schoss ein leuchtender Blitz auf sie zu und teilte sich in drei feurige Bündel, die auf den Schultern der Jungen landeten.

Joshua und die Looms stießen Schreckensschreie aus und schlugen wild um sich, als ihnen die leuchtenden Geschöpfe die Zähne ins Genick gruben.

„Hilf uns, Dorc!“, schrie Albert.

Mit einem schuldbewussten Schluchzen suchte Dorcas das Weite, ohne sich auch nur einmal umzuschauen.

Albert hatte den Käfig fallen gelassen, Alfred den Karton weggeworfen. Eine gelbe Katze krallte sich noch immer an Joshuas Rucksack fest. Vor Angst wimmernd, riss sich der Junge den Rucksack vom Rücken und stürzte hinter den Looms her, die jetzt so schnell die Gasse entlangrannten, wie er es ihnen nie zugetraut hätte.

„Was war das denn?“, hörte Charlie hinter sich jemanden sagen.

Mr Onimous stand in der Tür des Cafés. Er trug einen Morgenrock aus (wie Charlie hoffte) künstlichem Pelz und hatte verblüffend viel Ähnlichkeit mit einem Maulwurf. „Es ist noch nicht mal Frühstückszeit“, sagte er, „und noch dazu Samstag. Wir wollten gemütlich ausschlafen.“

„Die Looms haben mich angegriffen“, sagte Charlie und rieb sich den schmerzenden Bauch. „Sie und dieser komische Joshua Tilpin.“

„Du hast da ja eine Ente – und einen Hund – oh, und unsere blaue Boa. Onoria wird überglücklich sein.“

Runner bellte freudig, als Charlie ihn losmachte.

„Ich glaube, ich hab sie alle“, sagte Charlie und lugte in den Karton. „Livs Kaninchen und Gabriels Springmäuse.“

„Der Rucksack führt Selbstgespräche“, sagte Orvil Onimous verwundert.

Charlie hob den Rucksack auf und öffnete ihn. Homer schoss heraus und flatterte schimpfend und fluchend davon. Mr Onimous hielt sich die Ohren zu.

„Eine Ausdrucksweise hat dieser Papagei!“, sagte er tadelnd. „Wo hat er diese Sachen nur gelernt?“

„Bei der Armee“, sagte Charlie. „Jedenfalls sagt das Lysander.“

„Tss! Tss!“ Mr Onimous trug Karton und Käfig ins Café, während Charlie Nancy zur Tür hereinlockte. Runnerbean brauchte niemand zu locken. Er stürmte in die Gaststube, um den Tresen herum und in die Küche, wo ihn, wie er wusste, mindestens ein Hundeschokodrops erwartete.

Mrs Onimous stand in einem pinkfarbenen Kimono am Herd und briet gerade Speck, als ihr Mann und Charlie hereinkamen. „Die Tiere sind wieder da!“, rief sie. „Oh, die lieben Tierchen. Schokodrops für Runner, Toast für Nancy und für die Boa etwas Besonderes. Wo hast du sie gefunden, Charlie?“

Charlie tat, als habe er nicht gehört. „Hätten Sie vielleicht ein paar Karotten für die Kaninchen und einen Apfel oder so was für die Springmäuse?“

„Sicher doch, Charlie. Aber wo waren sie denn?“, fragte Mrs Onimous wieder.

„Ähm, das ist schwer zu sagen.“

Die Onimouses fragten erst mal nicht weiter. Sie machten sich daran, alle zu füttern, die Tiere und Charlie. Mrs Onimous goss ihm gerade die zweite Tasse Tee ein, als eine ölige Stimme draußen im Café „Hallo!“ sagte.

„Wir haben zu“, rief Mrs Onimous stirnrunzelnd. Leise sagte sie: „Ich kann es nicht leiden, wenn mich Leute im Morgenrock überraschen.“

„Ich weiß genau, dass ich die Tür abgeschlossen habe, Liebling.“ Mr Onimous schlich auf Zehenspitzen aus der Küche und erschien kurz darauf wieder, einen verblüfften Ausdruck im Gesicht und einen Papagei auf dem Kopf. „Muss hier reingeflogen sein, bevor ich die Tür zugemacht habe“, sagte er. „Noch einen Schnabel zu stopfen, Liebling.“

Aber Homer wartete nicht, bis er bedient wurde.

Er stieß auf den Tisch herab, schnappte sich eine Scheibe Toast und flog damit auf ein hohes Bord, wo er das Brot genüsslich zerkleinerte und dabei die ganze Zeit vor sich hin brabbelte.

„Äußerst ungehörig!“, sagte Mr Onimous und meinte damit wahrscheinlich Homers Benehmen, vielleicht aber auch seine Ausdrucksweise.

Als alle Tiere versorgt waren, fragte Mrs Onimous Charlie noch einmal, wo er sie denn gefunden habe. Charlie rang mit sich. Er wusste, er konnte den Onimouses vertrauen, aber er hatte Bartholomäus versprochen, keiner Menschenseele von dem Haus im wilden Wald zu erzählen.

„Auf der Brücke“, sagte Charlie schließlich. „Ich habe Runnerbean bellen hören und bin einfach hingegangen.“

„Einfach hingegangen“, sagte Mrs Onimous skeptisch. „Und da hast du rein zufällig all die Tiere gefunden, die deinen Freunden gehören, und sonst keine? Keine Kätzchen, Mäuse oder Hündchen, die irgendjemand anderem gehören?“

„Äh … nein“, stotterte Charlie.

„Lass ihn bitte, Onoria“, sagte Mr Onimous. „Ich nehme an, er hat jemandem ein Versprechen gegeben. Hab ich Recht, Charlie?“

Charlie scharrte verlegen mit den Füßen. „Na ja – ja. Und ich würde es Ihnen sagen, ehrlich, aber ich kann nicht.“

„Du kannst uns nicht vertrauen?“, sagte Onoria beleidigt.

„Nein. Ich meine, doch, klar kann ich das, aber ich …“

„Du brauchst dich nicht zu winden“, sagte Mr Onimous beruhigend. „Bring den Hund zu Benjamin, wir kümmern uns um die anderen, bis deine Freunde sie abholen. Wir sorgen schon gut für sie, was, Schatz?“ Er sah seine Frau an.

„Bei dem Papagei bin ich mir nicht so sicher“, sagte Mrs Onimous mit einem Blick nach oben. „Aber ich werde mein Bestes tun.“

„Danke! Sie sind echt die Größten!“ Charlie fasste Runnerbean am Halsband und führte ihn aus dem Café.

In der Filbert Street zögerte Charlie, zur Haustür von Nummer zwölf zu gehen. Benjamins Eltern benahmen sich so seltsam, dass er Zweifel hatte, ob er dort willkommen war. „Aber du bist nun mal Bens Hund“, sagte er zu Runnerbean. „Also gehörst du jetzt vermutlich nach Hause.“

Runnerbeans freudiges Bellen entschied die Sache.

Mrs Brown öffnete die Haustür. „Charlie, das ist ja großartig. Du hast Benjamins Hund gefunden.“ Sie strahlte ihn an.

Charlie verstand gar nichts mehr. Einmal ignorierte Mrs Brown ihn einfach, dann wieder hieß sie ihn in ihrem Haus willkommen, als wäre er das Erfreulichste auf der Welt seit der Erfindung des Handys. „Benjamin, Runnerbean ist hier!“, rief sie die Treppe hinauf.

„Was?!“, tönte es aufgeregt von oben.

Im nächsten Moment kam Benjamin die Treppe heruntergestürzt und Runnerbean rannte ihm freudig winselnd entgegen.

„Charlie, du hast ihn gefunden? Wo war er? Oh, danke, Charlie, danke, danke, danke! Du bist der Allerbeste!“

Hund und Junge purzelten durch die Diele, wo Charlie stand und nicht recht wusste, was er sagen sollte.

„Wo hast du ihn gefunden?“, fragte Benjamin noch einmal.

„Ach, einfach so auf der Straße“, sagte Charlie lahm. „Wahrscheinlich war er gerade auf dem Weg hierher.“

„Auf der Straße?“ Mrs Browns graue Augen wurden schmal. „Bist du sicher?“

„Aber klar.“ Es gefiel Charlie gar nicht, wie ihn Mrs Brown beäugte.

„Und was ist mit den anderen Tieren? Ich habe keine Vögel gehört. Und keine Hunde auf der Straße gesehen.“

Mrs Brown guckte so misstrauisch, dass Charlie sich am liebsten rückwärts durch die Haustür verdrückt hätte. Aber dann hörte er sich sagen: „Von den anderen weiß ich nichts. Ich habe Runnerbean gefunden und zurückgebracht. Und wenn Ihnen das nicht reicht, kann ich auch nichts dafür!“ Er drehte sich um und wollte gehen.

„Charlie!“, rief Benjamin und fasste ihn am Arm. „Klar reicht das. Komm rauf zu Billy und mir.“

„Ja, komm rauf“, rief Billy von oben.

Mrs Browns Mund war jetzt ein schmaler Strich. Sie marschierte wortlos in die Küche.

Charlie kickte die Stiefel von sich und rannte nach oben. Sobald er in Benjamins überheiztem Zimmer in Sicherheit war, warf er die dicke Jacke von sich und platzte heraus: „Ben, was ist denn mit deiner Mum? Weißt du, dass sie im Bloor ermittelt und dein Dad auch?“

Benjamin guckte verlegen. „Billy hat's mir gesagt, aber vorher wusste ich's nicht, ich schwör's. Als ich Mum gefragt hab, hat sie gesagt, es sei einfach nur ein Job wie jeder andere.“

„Aber sie sind Detektive, Ben“, sagte Charlie. „Sie müssen doch hinter irgendwas her sein.“

„Na ja, ich hab da was mitgehört“, gestand Benjamin.

„Was? Was denn?“ Charlie ließ sich zwischen Benjamin und Billy aufs Bett plumpsen.

Rembrandt, der in Billys Pantoffel ein Schläfchen gehalten hatte, schrak auf und flitzte unters Bett.

Runnerbean, froh, dass die Ratte mit ihm spielen wollte, zwängte sich freudig bellend hinterher.

„Lass das!“, rief Billy verzweifelt. „Wenn du meiner Ratte was tust, bring ich dich um, du räudiger Köter.“

„Billy!“, sagte Benjamin schockiert.

Ehe sich die beiden in die Haare kriegen konnten, obwohl unterm Bett jetzt alles ruhig war, sagte Charlie rasch: „Also, was hast du gehört, Ben?“

„Na ja, ich war draußen vor ihrem Schlafzimmer, deshalb hab ich's nicht so ganz mitgekriegt, aber Mum hat irgendwas von Illusionen gesagt. Billy hatte mir erzählt, dass im Bloor welche aufgetaucht waren, also bin ich näher rangegangen und hab gehört, wie Dad gesagt hat, er sei der Sache auf der Spur. Er hat gesagt, er weiß, wer dahintersteckt, braucht aber noch eine Illusion, um …“

„Die Illusionen!“ Charlie sprang auf. „Sie wollen rauskriegen, wer das macht, diese hinterlistigen …“ Er verstummte, als er merkte, was er da sagte.

„Es ist nicht Mums und Dads Schuld“, sagte Benjamin. „Sie tun es doch nur für Geld.“

„Bist du derjenige, Charlie?“, fragte Billy. „Du bist es doch, oder?“

„NEIN, bin ich nicht.“ Charlie schüttelte den Kopf. „Ich kann keine Illusionen erzeugen.“

„Aber du weißt doch sicher, wer es ist, stimmt's?“, bohrte Benjamin.

„Nein“, sagte Charlie.

„Du würdest es uns nicht sagen, auch wenn du’s wüsstest“, sagte Billy.

Charlie sah Billy an. „Nein, würd ich nicht.“

„Kann ich dir nicht verdenken“, sagte Billy ein bisschen traurig.

Runnerbean schnarchte unterm Bett und Rembrandt nutzte die Chance zu neuen Taten. Er tauchte zu Charlies Füßen auf und knabberte an irgendetwas herum.

„Was hat er denn da?“, fragte Benjamin.

„Sieht aus wie ein Foto“, sagte Billy.

„FOTO?“ Charlie packte die Ratte. „Nein, nicht. Das ist *mein* Foto. Meine einzige Chance.“

Erschrocken über den Ausdruck in Charlies Augen, öffnete Rembrandt die Schnauze und das kleine quadratische Foto flatterte zu Boden. Charlie setzte die Ratte unsanft auf Billys Schoß und hob das Foto auf. Zum Glück war nur eine Ecke angenagt. Bartholomäus hatte Recht. Es war kein gutes Foto. Vor lauter Schneetreiben war die einsame Gestalt im Vordergrund kaum zu erkennen.

„Ich hatte es ganz vergessen.“ Charlie presste das Foto an seine Brust. „Wie konnte ich nur? Er hat es mir in die Tasche gesteckt und als ich die Jacke ausgezogen habe, muss es rausgerutscht sein.“

„Wer hat es dir in die Tasche gesteckt?“, fragte Benjamin.

„Was?“, fragte Charlie, um Zeit zu gewinnen, und murmelte dann: „Ach, niemand. Ich wollte sagen, ich hab’s reingesteckt.“

Benjamin starrte ihn an. „Du bist zurzeit ganz schön geheimnistuerisch“, sagte er. „Wir sind doch Freunde, oder?“

Bevor Charlie etwas sagen konnte, stürzte sich Runnerbean wieder auf Rembrandt.

Die Ratte flüchtete auf ein Regal. Runnerbean stellte sich auf die Hinterbeine und wischte, wild bellend, mit der Pfote über das Regalbrett. Bücher und Spielsachen krachten herab und im nächsten Moment flog die Tür auf und eine wütende Mrs Brown stand im Türrahmen.

„Benjamin!“, schrie seine Mutter. „Kannst du den Hund nicht unter Kontrolle halten? Dein Vater und ich versuchen, unseren Bericht zu schreiben, und wir finden unsere Wörterdings nicht.“

Benjamin blinzelte. „Meinst du eure Wörterbücher, Mum?“

Mrs Brown stampfte mit dem Fuß auf. „Schaff ihn hier raus!“ Sie trat einen Schritt zurück und zeigte auf die Treppe. „Auf der Stelle!“

Wortlos schlüpften die drei Jungen in ihre Jacken und gingen nach unten, um ihre Stiefel anzuziehen. Billy steckte Rembrandt in die Tasche und Benjamin nahm Runnerban an die Leine.

Draußen empfing sie eisige Kälte.

Auf der anderen Straßenseite fuhr gerade ein ziemlich vornehm aussehender Lieferwagen an, aber Charlie dachte sich nichts weiter dabei. Er erklärte den anderen, er könne nicht mit in den Park gehen, weil er etwas Dringendes zu tun habe, und mit einem resignierten Achselzucken nahmen seine Freunde zur Kenntnis, dass Charlie offenbar Wichtigeres vorhatte als ein Wettrennen im Park.

Aus der Küche von Nummer neun drangen aufgeregte Stimmen. Obwohl Charlie es kaum erwarten konnte, Bartholomäus' Foto in Ruhe zu studieren, war er doch neugierig. Er fand seine Familie um einen großen, prall gefüllten Fresskorb versammelt, der auf dem Küchentisch stand. Grandma Bone saß am warmen Ofen und kehrte den anderen den Rücken zu.

„Schau mal, Charlie, Patons Delikatessenkorb!", sagte Maisie fast schon ehrfürchtig. „Er ist vor fünf Minuten gekommen."

Der Deckel war aufgeklappt und in dem Korb steckte eine große Flasche Sekt zwischen lauter Packungen mit exotischen Bezeichnungen darauf.

„Da ist noch was", sagte Amy, griff zwischen ein glitzerndes Beutelchen Nüsse und ein Glas mit glasierten Früchten und zog eine Goldrandkarte heraus.

„Ziemlich verschnörkelte Handschrift", bemerkte Paton, als er die Karte musterte.

Umrahmt von einer Bordüre aus goldglitzernden Federn stand da:

Theurer Mister Darkwood,
leyder ward Ihr Freytagsfest durch ein unselig Geschehnis vereytelt. Hoffentlich hatten Sie nicht zu groszen Verdrusz. Hier ein bescheyden Präsent zum Begleyche.

„Komische Rechtschreibung", sagte Charlie. „Das hätte ja ich besser hingekriegt, obwohl ich erst im zweiten Jahr am Bloor bin."

„Was sind wir heute wieder neunmalklug", sagte Grandma Bone grimmig, ohne sich auch nur umzudrehen.

„Oh, guckt mal, Hummerkrabben!", sagte Maisie. „Die sind noch tiefgefroren. Sollen wir sie in den Gefrierschrank tun, Paton?"

„Mmm." Onkel Paton leckte sich die Lippen. „Lass sie auftauen. Ich werde sie zum Mittagessen verspeisen."

Für Charlie war der Korb gerade im richtigen Moment gekommen. Während Maisie und seine Mutter jede einzelne Leckerei mit entzückten Ausrufen kommentierten, schlich er sich in sein Zimmer, froh, dass ihn niemand gefragt hatte, wo er den ganzen Morgen gewesen war.

Sobald er die Tür hinter sich zugemacht hatte, zog

er das Foto heraus und setzte sich damit aufs Bett. Da stand ein Mann, halb der Kamera zugewandt. Trotz der Schneeflocken im Vordergrund erkannte Charlie, dass es sich um Bartholomäus handelte. Er trug eine Wollmütze, eine dicke Steppjacke und hohe, geschnürte Stiefel.

Als Charlie sich immer tiefer über das Foto beugte, kam die weiße Motte durchs Zimmer geflogen und ließ sich auf seinem Arm nieder.

„Das Foto hier hat mein Vater gemacht“, erklärte Charlie der Motte. „Er stand hier, hat durch den Sucher geguckt und Bartholomäus Bloor – klick – für immer festgehalten. Wenn ich da reingehe und mich zur Kamera drehe, müsste ich ihn doch sehen, oder? Was meinst du?“

Die Motte krabbelte auf sein Handgelenk, als wollte sie ihn beschützen, und Charlie lächelte über das sanfte Kitzeln der Mottenfüßchen. Vor Aufregung war er so verkrampft, dass seine Hand zu zittern begann, und die Motte krabbelte weiter, bis sie auf Charlies Zeigefingerspitze mit den glänzenden Flügeln schlug.

„Wird schon gut gehen, oder?“ Charlie hörte bereits das Knirschen von Schnee und ein fremdes, gleichmäßiges Atmen an seinem Ohr.

Er genoss jedes Mal den Moment, wenn er, kurz nachdem ihn die Geräusche erreicht hatten, in das Bild hineingezogen wurde.

„Es geht los“, flüsterte er. Sein Körper wurde schwerelos und der dichte Nebel der Zeit verschlang ihn. Jetzt begann der langsame, taumelnde Flug hin zu Bartholomäus' einsamer Gestalt – und dem Mann hinter der Kamera.

Lachen. Fröhlich und sanft zugleich. Kannte er diese Stimme? Charlie hörte Bartholomäus amüsiert glucksen, aber das Lachen kam von jemand anderem.

„Gib's auf, Lyell, der Schnee ist zu dicht."

Keine Antwort.

„Du lässt noch die Kamera fallen. Zieh deine Handschuhe an. Dir erfrieren ja die Hände."

Keine Antwort. Nur das sanfte Lachen.

Charlie fragte sich, ob Bartholomäus in dem dichten Schneegestöber sein Gesicht sah. Während seiner „Reisen" konnten die Leute, die er „besuchte", immer nur sein Gesicht sehen und das war manchmal ziemlich erschreckend für sie.

Bitterkalter Wind blies Charlie Schnee in die Augen. Er wollte sie reiben, aber seine Hände waren taub vor Kälte. „Bartholomäus!", rief er.

Bartholomäus konnte ihn nicht hören. Der Bergsteiger drehte sich weg und rief: „Komm jetzt, Lyell. Du hast doch dein Foto."

Jetzt war der Moment, sich umzudrehen. Gleich würde Charlie den Mann hinter der Kamera sehen.

Er drehte sich um.

Er sah einen Mann mit einer pelzgefütterten Ka-

puze. Sein Kinn verbarg der wattierte Anorakkragen und das restliche Gesicht war von der Kamera verdeckt.

„Lyell!“, rief Bartholomäus. „Es bleibt nicht ewig hell. Wir müssen zurück.“

Wieder das sanfte Lachen. „Ich komme.“

Wessen Stimme war das? Erkannte Charlie sie wieder? Die Kamera wurde gesenkt und in eine Anoraktasche gesteckt. Die Kapuze fiel dem Mann über die Augen. Er zog Handschuhe an und sah dabei auf seine Hände.

„Dad!“, rief Charlie. „Dad!“

Der Mann stapfte los. Er marschierte direkt an Charlie vorbei, den Kopf wegen des Schneetreibens gesenkt.

„Dad!“ Charlie streckte die Hand aus und erwischte eine Handvoll Eis.

Der Mann hob den Kopf, als hätte er eine Stimme in der turbulenten Luft gehört. Die Kapuze rutschte zurück, aber Charlie sah nur einen verschwommenen Fleck, ein Gesicht wie hinter einer Milchglasscheibe. Dann hatte der Schnee den Fleck verschluckt.

„Warte!“, rief Charlie. Als er den Mund öffnete, kamen winzige Eiskristalle heraus und rieselten in den Schnee. Charlies Brust fühlte sich an, als wäre sie mit Messern gespickt. „Wo soll ich jetzt hin?“, krächzte er.

Geh dahin zurück, wo du hergekommen bist, sagte die Stimme der Vernunft, aber Charlies Gehirn war von der Kälte so gelähmt, dass ihm nicht mehr einfiel, wie er dorthin kommen konnte.

Ich werde erfrieren, dachte er. Aber es heißt ja, das sei ein schöner Tod.

Er schloss die Augen. Im Dunkeln war es friedlich. Bald würde er eingeschlafen sein.

Etwas biss Charlie in die Hand. Er wollte sie wegziehen, aber das Etwas ließ nicht locker. Jetzt stach es ihn in die Finger, krabbelte über sein Gesicht, zog ihn an den Haaren, zwickte ihn ins Kinn.

„Lass mich schlafen", stöhnte Charlie. Die Kälte hüllte ihn ein wie eine weiche Decke.

Komm zurück! Das Wispern schien aus feiner Seide, sanft, aber von ungeheurer Kraft. Charlie fühlte, wie er emporgehoben wurde. Er purzelte durch die Luft und ihm wurde immer wärmer. Wärmer und wärmer, bis plötzlich … Er schlug die Augen auf.

Er lag auf seinem Bett. Die Motte flatterte über ihm auf der Stelle und ihre Flügel glänzten silberner denn je.

„Du warst das", sagte Charlie ungläubig. „Du hast mich zurückgeholt."

Die Motte setzte sich auf seine Hand. Sie hatte keine Stimme und dennoch konnte Charlie ihre Antwort hören.

Ja.

Charlie setzte sich auf. „Heißt das, wenn du bei mir bist, während ich reise, schaffe ich es immer wieder zurück?"

Darauf erhielt er keine Antwort, denn ein Schrei hallte durchs Haus, so schrill vor Angst und Entsetzen, dass Charlie war, als bliebe sein Herz stehen.

Es war die Stimme seiner Mutter.

Der Hummerkrabbenanschlag

Charlie stolperte, strauchelte und stürzte die Treppe hinunter. Die Warnung der Flammen hallte ihm in den Ohren. *Pass auf deine Mutter auf*. Er hatte nicht aufgepasst. Im Haus hatte er sie sicher geglaubt. Und woanders konnte er schlecht auf sie aufpassen.

Geschrien hatte zwar Amy, aber der Anlass war Maisie gewesen.

Als Charlie in die Küche stürmte, war das Erste, was er sah, Maisie, die mitten im Raum stand. Sie war der Tür zugewandt und schien Charlie anzustarren. Ihr Mund war weit geöffnet und ihr Gesicht hatte einen erstaunten Ausdruck. Amy und Onkel Paton standen rechts und links von ihr. Amys Hände waren ineinander verkrampft und Paton hielt seine vor sich ausgestreckt, als wüsste er nicht recht, was er damit machen sollte.

„Was ist?", rief Charlie. „Was ist passiert?"

„Wir – wissen es nicht genau", sagte Onkel Paton.

„Sie ist gefroren", wimmerte Amy. „Maisie ist gefroren."

Selbst Grandma Bone hatte sich aus ihrem Sessel

erhoben. „Was hat sie jetzt wieder Dummes gemacht? Sie hat irgendwas getan, was sie nicht hätte tun sollen.“

„Um Himmels willen, Grizelda“, donnerte Onkel Paton. „Maisie ist in einer Notlage.“

„Ha!“ Grandma Bone kehrte ihnen wieder den Rücken zu. „Ihr solltet etwas unternehmen. Sie fängt an zu tropfen.“

Charlie berührte Maisies Arm. Sie hatte ihren rosa Angorapulli an und die weichen Wollhaare waren jetzt piksige, eisige Stacheln. Ihm kam ein schrecklicher Gedanke. Gerade eben war er in eine Welt voller Schnee gereist. Hatte er Maisie irgendwie mitgenommen? Er berührte ihr Gesicht. Es war so kalt und hart wie ein Eisblock.

„Nicht, Charlie“, schluchzte seine Mutter. „Fass sie nicht an, es ist zu schrecklich.“

Grandma Bone hatte Recht. Maisie fing tatsächlich an zu tropfen. Um ihre Füße hatte sich bereits eine kleine Pfütze gebildet.

„Vielleicht taut sie ja auf“, sagte Onkel Paton. „Wir könnten es beschleunigen. Bringen wir sie näher an den Ofen.“

Unter einigen Schwierigkeiten bugsierten Amy und Onkel Paton Maisie zum Ofen hinüber. Onkel Paton stellte den Temperaturregler hoch und Wärme strömte in den Raum. Nach wenigen Minuten war es so heiß, dass alle ihre Strickjacken und Pullover von sich warfen, doch obwohl Maisie weiter vor sich hin tropfte, blieb sie so hart wie ein Eisberg.

„Das ist ein Zauber." Charlies Mutter schlug sich die Hände vors Gesicht. „Muss einer sein. Aber warum Maisie? Sie hat doch niemandem was getan."

„Charlie, hast du wieder diesen Hexenmeister besucht?", fragte Onkel Paton streng.

„N-nein", sagte Charlie ein bisschen unsicher.

„Aber du bist wieder gereist?"

Charlie nickte. Er spürte Grandma Bones Blick auf sich. „Ich war bei keinem Hexenmeister", sagte er leise, „aber ich bin wohin gegangen, wo es sehr kalt war."

„Wohin?", herrschte ihn Grandma Bone an.

„Ach – in eine Weihnachtskarte", sagte Charlie. „Einfach nur aus Spaß. Da ist doch nichts dabei, oder?"

„Du sollst deine Gabe nicht zum Spaß gebrauchen", fauchte Grandma Bone.

„Okay, okay", murmelte Charlie. Er bemerkte, dass der Tisch fürs Mittagessen schon gedeckt war. Der Inhalt des Korbs war so verteilt worden, dass jeder seine Lieblingsdelikatesse direkt neben dem Teller stehen hatte. Da gab es Gänseleberpastete für Grandma Bone, Wildpastete für Maisie und Charlie, Thunfisch für Amy und Hummerkrabben für Onkel Paton. Der Deckel des Krabbentöpfchens war abgehoben und zwei große Hummerkrabben lagen auf dem Tischtuch, als wären sie versehentlich heruntergefallen.

„Onkel Paton, hast du die Krabben schon probiert?“, fragte Charlie.

„Nein, ich ...“ Paton sah die verstreuten Hummerkrabben. „Guter Gott, wer ...?“ Er beugte sich hinab und spähte in Maisies offenen Mund. „Eine Krabbe!“, rief er. „Sie war an meinen Hummerkrabben.“

„Paton“, schalt ihn Amy. „Bitte! Du wirst meiner armen Mutter doch wohl ein paar Krabben gönnen.“

„Du missverstehst mich, meine Liebe“, sagte Paton. „Maisie hat gerade eine Hummerkrabbe gegessen, als sie – als sie in diesen schrecklichen Zustand verfiel.“

Amy sah auf. „Vergiftet?“, fragte sie fassungslos.

„Ein bisschen mehr als vergiftet“, sagte Paton. Er drehte sich zu seiner Schwester um. „Grizelda, weißt du etwas darüber?“

„Sei nicht albern.“ Grandma Bone schnappte sich ihren Teller mit Gänseleberpastete, marschierte aus der Küche und knurrte noch: „Ich lasse mich doch von euch nicht beleidigen.“

Sonst wagte niemand, das Essen anzurühren. Sie packten alles wieder in den Korb und Paton rief das Kaufhaus an. Eine Viertelstunde später kam ein junger Mann in dem Lieferwagen, den Charlie vorhin hatte wegfahren sehen. Paton übergab ihm den Korb an der Haustür. „Ein Mitglied unserer Familie ist schwer erkrankt“, erklärte er dem jungen Mann. „Wir glauben, dass Ihre Hummerkrabben schuld sind. Sie müssen sie sofort analysieren lassen.“

„Heute ist Sonntag“, sagte der junge Mann, der nervös und verwirrt wirkte.

„Es geht womöglich um Leben und Tod!“, donnerte Paton. „Klemmen Sie sich dahinter!“

„Ja, Sir“, murmelte der Bursche. „Vielleicht im Krankenhaus.“ Er ging zittrig die Stufen hinunter, stellte den Korb auf den Beifahrersitz und fuhr los.

Charlie hatte eine Idee. „Die Flammen“, sagte er. „Die können bestimmt helfen.“

Er fuhr in seine Jacke, stürzte hinaus und rannte in Richtung *Glückliches Haustier*. Dort waren die Flammenkatzen zwar nicht immer anzutreffen, aber er wusste nicht, wo er sonst suchen sollte.

Noch ehe Charlie am Ende der Filbert Street angelangte, spürte er, dass die Flammen bereits in der Nähe waren. Sein Blick wanderte zu einem Hausdach empor und da saßen sie, oben auf dem First. Ihre Silhouetten leuchteten klar und deutlich vor dem grauen Himmel. Sobald die Katzen Charlie erblickt hatten, sprangen sie nacheinander in einen Baum und kletterten geschickt durchs Geäst herab, bis sie zu Charlies Füßen saßen.

„Ich brauche eure Hilfe, ihr Flammen!“ Charlie drehte sich um und rannte zu Nummer neun zurück und die Katzen rannten mit: Aries wie immer ein Stückchen vorneweg, Leo und Sagittarius rechts und links neben Charlie.

Als sie alle vier zur Haustür hereingestürmt kamen, schrie Grandma Bone: „Nicht diese grässlichen Kreaturen! Schaff sie raus!"

Sie stolzierten zur offenen Wohnzimmertür und starrten mit ihren glühenden Augen hinein. Grandma Bone wich zurück und krächzte: „Schaff sie weg!"

Die Flammen fauchten sie an und sie stieß die Tür mit ihrer glänzend schwarzen Schuhspitze zu.

Charlie grinste. Er führte die Katzen in die Küche, wo sie das Problem sofort erkannten. Sie liefen zu Maisie, umringten sie und miauten leise.

„Oh, Charlie, können sie wirklich helfen?" Amy umklammerte Charlies Hand.

Die Katzen schienen verblüfft. Ihre Gesichter nahmen einen Ausdruck an, den man eigentlich nur als Stirnrunzeln beschreiben konnte. Die goldenen Augen wanderten Maisies reglose Gestalt empor, bis sie bei ihren erstaunt aufgerissenen Augen landeten. Die Flammenkatzen miauten wieder.

Eine ganze Minute lang musterten die drei Maisies steif gefrorene Finger, ihre stämmigen Beine, ihren eisigen rosa Pulli und ihre adretten grauen Löckchen. Sie gingen näher heran und schnupperten, die schwarzen Nasen gekraust.

Charlie hielt den Atem an. Konnten die Flammen

Maisie helfen? Er sah, wie Aries sich streckte und einen Buckel machte. Der kupferfarbene Kater begann auf leisen Pfoten Maisies Füße zu umrunden. Ihre Füße in den neuen roten Turnschuhen, auf die sie so stolz gewesen war, dachte Charlie. Auf die sie hoffentlich immer noch stolz war.

Leo und Sagittarius folgten Aries. Der leise Gang der Katzen wurde immer schneller. Bald schon glichen ihre Körper lodernden Flammen. Maisie schien in einem Feuerring zu stehen. Winzige glimmende Funken stoben empor und Charlie hörte es knistern und zischen.

„Sie hat geblinzelt!" Amys Stimme war ganz heiser vor Aufregung. „Habt ihr's gesehen?"

Charlie sah in Maisies Gesicht. Sie blinzelte, einmal und noch einmal.

„Ich hab's auch gesehen", rief Charlie. „Sie hat geblinzelt."

„Ganz ohne Zweifel", bestätigte Onkel Paton.

„Sie taut auf", seufzte Amy erleichtert.

„Die Flammen haben es geschafft. Hurra!", rief Charlie.

Maisie schloss den Mund und um ihre Mundwinkel zuckte eine Art Lächeln.

Sie warteten. Mehr geschah nicht. Das Blinzeln erstarb, der Mund blieb zu und Maisies Gesicht starr gefroren.

Der wirbelnde Flammenring verlor an Leuchtkraft.

Das wilde Sausen verlangsamte sich und die drei Katzen, die jetzt wieder ihre eigentliche Gestalt annahmen, liefen noch ein-, zwei-, dreimal um Maisie herum und setzten sich dann hin. Sie schienen vollkommen erschöpft.

Aries hob eine Pfote und leckte sie vorsichtig. Leo und Sagittarius ließen sich auf die Seite fallen und sahen zu Charlie empor, als wollten sie sagen: *Wir haben's versucht. Mehr können wir nicht tun.*

„Ihr habt euer Bestes getan", sagte Charlie. „Das weiß ich."

„Sie war schon fast wieder da", sagte seine Mutter. „Wenn sie's doch noch mal versuchen könnten, nur noch ein einziges Mal."

„Das geht nicht", sagte Charlie. „Sie haben alles gegeben. Sie können nicht mehr tun." Er ging an den Kühlschrank, nahm ein Stück Schinken heraus und schnitt es in kleine Würfel, die er auf eine Untertasse gab. Er stellte die Schinkenwürfel den Katzen hin, die sie hungrig verschlangen.

Onkel Paton setzte sich hin und verschränkte die Arme. „Das galt mir", sagte er grimmig. „Da bin ich mir sicher. Ich bin hier normalerweise der Einzige, der Hummerkrabben isst. Jemand hat sie irgendwie manipuliert und das war garantiert einer von *denen* – oder sollte ich eher sagen, von *uns*? –, den Sonderbegabten." Er hob die Hände und ließ sie in seinen Schoß fallen.

„Wir müssen unbedingt einen Arzt rufen“, sagte Amy. „Schnell. Bevor es zu spät ist.“

Onkel Paton nickte. „Ja. Aber es muss einer sein, auf dessen Diskretion wir uns verlassen können.“

Ein jäher Hoffnungsschimmer erhellte Amys Gesicht. „Ich kenne einen. Er sieht aus, als ob er es gewöhnt wäre, Geheimnisse zu bewahren. Er kauft immer jede Menge Gemüse bei uns im Laden und einmal hat er mir seine Karte gegeben. Er ist Doktor für ... irgendwas Außergewöhnliches.“

„Vielleicht Doktor der Mathematik oder Musik.“ Charlie wollte nicht, dass seine Mutter sich falsche Hoffnungen machte.

„Aber versuchen können wir's doch.“ Amy lief zum Telefon in die Diele.

Während Amy telefonierte, rief Grandma Bone: „Sind diese Biester weg?“

Beim Klang ihrer Stimme begannen die Flammenkatzen wieder zu grollen. Leo leckte noch einmal über die Untertasse und folgte dann seinen Brüdern hinaus in den Flur. Sie gingen mit hocherhobenen Schwänzen und Köpfen. Sie mochten ja in diesem Fall ausnahmsweise versagt haben, hatten aber immer noch ihren Stolz. Charlie bedankte sich leise bei ihnen und ließ sie hinaus.

„Er kommt.“ Amy legte auf. „Er heißt Dr. Tanaka.“

Dr. Tanaka war ein lächelnder junger Mann in

einem adretten grauen Anzug. Auf den ersten Blick wirkte er nicht, als könne er mit irgendwelchen außergewöhnlichen Dingen umgehen. Aber Amy hatte Recht gehabt. Als Dr. Tanaka die gefrorene Maisie sah, hob er nur eine Augenbraue. „Ah!“, sagte er. „Cryogenik. Das Herunterkühlen eines menschlichen Körpers auf Tieftemperaturen, wenn auch in diesem Fall mit übernatürlichen Mitteln.“

„Wird sie sterben?“, fragte Amy und bekam das letzte Wort kaum heraus.

„Nicht unbedingt“, antwortete der Arzt in seinem munter-kompetenten Ton. „Wenn die Macht gebrochen ist, wird sie wieder zurückkehren.“

„Die Macht“, murmelte Charlie.

Dr. Tanaka sah ihn lächelnd an. „Die Macht“, wiederholte er. „Jemand in dieser Stadt verfügt über eine außerordentliche, übernatürliche Macht. Selbstverständlich weiß ich, dass hier eine ganze Reihe von ungewöhnlichen Leuten herumlaufen. Kinder des Roten Königs nennt man sie, wenn ich nicht irre. Ja, vermutlich befinde ich mich gerade in einem Haus, in dem einer von diesen Leuten wohnt? Oder vielleicht sogar zwei?“

Paton nickte nur. Er besaß ebenfalls eine Gabe.

„Meiner Erfahrung nach gibt es auf dieser Welt keine Macht, die nicht gebrochen werden kann“, fuhr der Arzt fröhlich fort, „und zwei besondere Gaben sind besser als eine.“

„Und bis dahin?“, fragte Amy mit einem Blick auf Maisie. „Was sollen wir mit meiner Mutter machen?“

„Machen Sie’s ihr einfach nur bequem“, sagte der Doktor.

Sie befanden, dass Maisie im Bad am besten aufgehoben war, da sich um ihre Füße immer noch Tropfen sammelten. Dr. Tanaka half Onkel Paton noch, die steif gefrorene Gestalt die Treppe hinaufzutragen. Sie mussten dazu Handschuhe anziehen und es war nicht leicht, Maisie ins Bad zu manövrieren, doch schließlich hatten sie sie in die Wanne bugsiert. Charlie schob ihr behutsam ein Kissen unter den Kopf und Amy deckte sie mit einer Wolldecke zu.

„Ich hoffe, ich werde noch oft das Vergnügen haben, in Ihrem exzellenten Laden Gemüse zu kaufen“, erklärte der Doktor Amy zum Abschied.

„Das hoffe ich auch“, sagte Amy und erwiderte sein höfliches Kopfnicken.

Als der Doktor gerade gegangen war, rief das Delikatessengeschäft an, um Paton mitzuteilen, dass die Hummerkrabben keinerlei giftige Substanzen enthalten hätten. Man habe sie an Laborratten verfüttert, ohne dass sich irgendeine schädliche Wirkung gezeigt habe. Ja, die Ratten hätten die Hummerkrabben sogar ausgesprochen genossen und seien hinterher allenfalls munterer gewesen als vorher.

„Die waren bestimmt halb verhungert“, murmelte Charlie.

„Es war nur eine Hummerkrabbe nötig", erklärte Onkel Paton. „Und die brauchte Maisie nur in den Mund zu stecken. Ich tippe auf Venetia."

„Aber Großtante Venetia vergiftet doch nur Kleider", erinnerte ihn Charlie. „Warum sollte sie plötzlich auf Hummerkrabben umsteigen?"

„Keine Ahnung", knurrte Paton.

Charlie wollte nicht auf das Klo im Bad gehen, solange Maisie dort lag, also ging er ins Dachgeschoss, wo Amy und Maisie schliefen, und benutzte dort die Toilette. Paton hielt es genauso.

Charlie fielen die Augen zu, kaum dass er im Bett lag. Als er schläfrig noch einmal die Ereignisse des Tages vorbeiziehen ließ, fiel ihm Naren ein. War es wirklich erst heute Morgen gewesen, dass sie über die Brücke in den wilden Wald gewandert waren?

Was hatte sie gesagt? „Mach heute Nacht deine Vorhänge nicht zu." Was mochte ihre Gabe sein? Konnte sie fliegen oder Botschaften per Mondlichtstrahlen schicken? Müde taumelte er noch einmal aus dem Bett und ging ans Fenster. Als er die Vorhänge aufzog, landete die weiße Motte auf dem rechten. Draußen glitzerte schon eine dünne Reifschicht auf den Ästen der Kastanie. Die nächste eiskalte Nacht hatte begonnen.

Charlie stieg wieder ins Bett und schlief sofort ein.
Als er irgendwann aufwachte, schien der Mond hell ins Zimmer. Charlie sah sich um und bemerkte kleine

schwarze Schatten, die auf sein Bett zuhuschten. Er drückte sich erschrocken in die Kissen, während die Schatten die Bettpfosten emporkletterten und über die Bettdecke krochen. Wie winzige, bizarr geformte Geschöpfe wimmelten sie über Charlies Hände und seinen Ärmel hinauf, aber er spürte nichts.

„Schatten", dachte er. „Nur Schatten."

Er sah die kleinen Dinger die Wand hinter ihm hinaufgleiten. Sie bewegten sich jetzt in wildem Durcheinander, als ob jedes in dem Gewimmel einen bestimmten Platz finden wollte. Während Charlie verblüfft zusah, merkte er plötzlich, dass die kleinen Schattenflecken Buchstaben waren. Nach und nach legte sich ihre fieberhafte Aktivität und Charlie erkannte Wörter – eine Botschaft:

Ich bin's, Naren. Das ist meine Gabe. Hast du Angst gekriegt, als du meine kleinen Schatten gesehen hast? Wenn du zur Wand sprichst, kann ich dich hören.

„Hallo, Naren", flüsterte Charlie unsicher.

Die Buchstaben gruppierten sich neu und Charlie las:

Hallo, Charlie. Hoffentlich bist du gut nach Hause gekommen. Wenn irgendwas ist, lass mich es wissen, dann sag ich es meinem Vater. Er will zwar nicht, dass ich in die Stadt gehe, aber er wird dir helfen.

Wo anfangen?, dachte Charlie. Er beschloss, Naren von der gefrorenen Maisie zu erzählen. Als er ihr flüsternd das schreckliche Missgeschick seiner Großmutter in allen Einzelheiten geschildert hatte, rührten sich die Schatten an der Wand eine ganze Minute nicht von der Stelle, als ob Narren die Botschaft erst mal verdauen müsste.

Endlich bewegten sie sich. Diesmal formten sich die Wörter ganz langsam.

Das mit deiner … Großmutter … ist so … schrecklich … Ich werde … mit Bartholomäus reden … Vielleicht kann er … dir morgen … einen Ratschlag schicken.

„Aber morgen Nacht bin ich im Internat, wie willst du …“ Charlie hörte Schritte draußen auf dem Gang. Plötzlich ging die Tür auf und er flüsterte hastig: „Tschüss!“

Grandma Bone kam hereinmarschiert. „Mit wem hast du gesprochen?“

„Mit niemandem, Grandma“, sagte Charlie. „Vielleicht hab ich im Schlaf geredet.“

„Du hast doch gar nicht geschlafen. Was ist das da?“ Grandma Bone musterte die Wand über Charlies Kopf.

Charlie drehte den Kopf und hoffte verzweifelt, dass Narens Buchstaben verschwunden wären. Zum Glück hatte sie seine hastige Verabschiedung offenbar richtig gedeutet, denn die winzigen Formen verblassten bereits.

„Das sind Schatten, Grandma", sagte Charlie schnell, „von den Kastanienzweigen."

„Dummer Junge! Du hast ja die Vorhänge offen gelassen. Wie willst du schlafen, wenn der Mond taghell hereinscheint." Grandma Bone marschierte durchs Zimmer und zog die Vorhänge fest zu. „Schlaf jetzt."

Charlie legte sich hin und zog sich die Decke über den Kopf. Als Grandma Bone draußen war, schlug er die Augen noch einmal kurz auf. Es war so dunkel im Zimmer, dass er nicht mal die Wand erkennen konnte. Binnen einer Sekunde war er eingeschlafen.

Am nächsten Morgen war Charlie so müde, dass er die tiefgefrorene Maisie völlig vergessen hatte. Er ging ins Bad und sah sie dort liegen. Ihr Gesicht schien blauer als am Vortag, oder war das nur Einbildung? Er stellte fest, dass er sich nicht mal die Zähne putzen konnte, wenn er Maisies starren Blick im Rücken spürte, also witschte er rauf ins Dachgeschoss.

Als Charlie zum Frühstück herunterkam, war Amy noch in der Küche. „Ich gehe nicht zur Arbeit", erklärte sie ihm. „Ich kann nicht, wenn Maisie dort oben liegt. Oh, Charlie, was sollen wir nur machen?"

Der Topf mit Petersilie, der auf der Fensterbank stand, brachte Charlie auf eine Idee. „Eisenkraut", murmelte er. „Weißt du noch, Mum, wie Onkel Paton letztes Jahr verhext war?"

„Als ob ich das je vergessen könnte“, sagte Amy.

„Da hab ich ein Büschel Eisenkraut aus Großtante Eustacias Garten geklaut und wir haben Tee draus gemacht und …“

„… Onkel Paton wurde geheilt!“, rief Amy.

„Na ja, Fidelios Mum hat damals einen Teil von dem Eisenkraut eingepflanzt, für künftige Notfälle“, fuhr Charlie aufgeregt fort. „Wenn du zu den Gunns gehst, kann Mrs Gunn dir bestimmt was davon abgeben. Fidelio hat mir erzählt, seine Mum tut es ihm manchmal aufs Brot, als eine Art Stärkungsmittel.“

„Charlie, du bist genial!“ Seine Mutter drückte ihn so fest, dass er eine halbe Scheibe Toast auf einmal verschluckte.

„Ich werde gleich nach dem Frühstück rübergehen zu Mrs Gunn“, sagte Amy freudig. „Ach, was, ich gehe jetzt sofort.“ Sie sah aus dem Fenster. „Da draußen ist Billy Raven. Du wirst Maisies kleines Problem doch für dich behalten?“

„Klar“, sagte Charlie. Als ob er freiwillig jemandem erzählen würde, dass seine Großmutter tiefgekühlt im Badezimmer lag.

Amy lief in die Diele hinaus und fuhr in ihren Mantel. Als sie die Haustür öffnete, hörte Charlie Billys Stimmchen fragen, ob er reinkommen könne.

„Natürlich, Billy, klar doch!“, sagte Amy.

Die Haustür schlug zu und gleich darauf stand Billy in der Küche und guckte verlegen.

„Benjamin muss erst in einer halben Stunde zur Schule", sagte Billy niedergeschlagen, „deshalb hat Mrs Brown gemeint, ich soll zu dir rübergehen, damit wir zusammen den Bloor-Bus nehmen können."

„Kann sie dich nicht mitnehmen?" Charlie strich Honig auf seine zweite Scheibe Toast.

Billy zuckte die Achseln. „Sie hat nichts gesagt."

„Na ja, wir haben noch drei Minuten", sagte Charlie fröhlich. „Willst du Müsli? Es ist mit Erdbeeren."

„Nein, danke." Billy setzte sich trotzdem an den Tisch. Er trug einen blauen Wollmantel mit Kapuze, der ihm ein paar Nummern zu klein schien.

„War dein Wochenende schön?", fragte Charlie.

Billy starrte traurig auf Charlies Toast. „Doch, schon. Aber Rembrandt hat's nicht so gefallen. Kann ich nächstes Wochenende mit zu dir kommen, Charlie?"

„Okay." Charlie verdrückte sein letztes Stückchen Toast und leckte sich die Finger ab. „Wir müssen so langsam."

Billy stand auf und ging zur Tür. „Kann ich noch mal auf euer Klo?"

„NEIN!", rief Charlie. „Ich meine, ja. Geh auf das im Keller."

Billy blieb an der Tür stehen. „Was ist denn mit dem Klo oben?"

„Verstopft", sagte Charlie.

Während sie die Filbert Street hinaufrannten, versuchte Charlie, mehr aus Billy herauszukriegen. Warum hatte es ihm bei den Browns nicht so gefallen? Und was war mit Rembrandt gewesen?

„Das meiste hat mir ja gefallen", keuchte Billy. „Aber Benjamins Mum hat mir so viele Fragen gestellt und Runnerbean und Rembrandt haben sich die ganze Zeit gestritten und es nervt echt, Tieren beim Streiten zuzuhören."

„Das kann ich mir vorstellen", sagte Charlie mitfühlend.

„Runnerbean ist so wild", fuhr Billy fort. „Rembrandt ist ganz erschöpft."

„Hast du ihn bei den Browns gelassen?"

„Nein, ich hab ihn in der Tasche."

Charlie bremste jäh ab. „Billy, du kannst im Schlafsaal keine Ratte halten."

Billy kam neben ihm zum Stehen. „Weiß ich ja. Ich werde ihn der Köchin geben, wenn wir in der Cafeteria sind."

Charlie fand das ganz schön riskant, sagte aber nichts mehr.

„Runnerbean ist nicht gerade ein netter Hund", murmelte Billy, als sie wieder losrannten.

„Er ist ein toller Hund", sagte Charlie. „Du siehst es nur vom Rattenstandpunkt aus."

„Wie soll ich's denn sonst sehen?", wandte Billy ein. „Schließlich ist Rembrandt mein Freund."

Der blaue Bloor-Bus hielt an der Ecke Filbert Street und die beiden Jungen sausten hin.

Als sie in der Bloor-Akademie ankamen, mussten sie feststellen, dass Dorcas ganze Arbeit geleistet hatte. Die ganze Schule hatte die Geschichte von Charlie und den Tieren gehört. In allen Garderoben war sie *das* Thema. Charlie Bone war mit den Tieren seiner Freunde gesehen worden, wo also waren die anderen?

Als Charlie in der Vormittagspause nach draußen ging, kam eine ganze Gang auf ihn zu. Er sah Dorcas und Joshua, flankiert von den Branko-Zwillingen. Und sein alter Feind Damian Smerk war da, mit Bagger Braine und Rupert Sellby im Rücken. Und da waren noch mindestens zehn andere, darunter ein paar aus dem vierten und fünften Schuljahr, die Charlie nur vom Sehen kannte. Joshuas magnetische Kräfte hatten sie offenbar angezogen. Normalerweise hätten sie sich nie mit einem Zweitklässler wie Charlie abgegeben.

Asa Pike zwängte sich nach vorne durch. „Na, Charlie Bone, was hast du uns zu sagen?“, knurrte er.

Ehe Charlie den Mund aufmachen konnte, fuhr ihm eine Bö um die Knöchel und Asa taumelte rückwärts, als ihn ein eisiger Windstoß fast umriss.

 Hinter Charlie sagte eine ihm vertraute Stimme: „Nichts hat er euch zu sagen. Also verzieht euch!“

Knöcheltief im Eisbärenfell

Tancred und Lysander tauchten neben Charlie auf. Ihre Anwesenheit war ihm mehr als willkommen.

„Halt du dich da raus, Torsson", fauchte Asa gegen die Eisluft an. „Du hast ja nicht mal ein Tier."

„Aber *ich* hab eins", rief Lysander.

„Wir wollen wissen, was er mit unseren Tieren gemacht hat", kreischte Dorcas, die sich an Bagger Braines kräftigen Arm klammerte.

„Sag's uns!", schrien nun auch Idith und Inez gegen den heulenden Wind an. „Sag's uns! Sag's uns! Sag's uns!"

Charlie hielt sich die Ohren zu. Er fühlte die bohrenden Blicke der Zwillinge auf sich. Lysander und Tancred spürten die Macht ihrer schwarzen Augen ebenfalls. Sie wichen alle drei einen Schritt zurück, dann noch einen. Da ein Windstoß offenbar nicht ausreichte, um Asa und seine Truppe einzuschüchtern, probierte es Tancred mit einem anderen Trick. Ein jäher Regenguss ging auf die „Sag's uns!" schreiende Meute nieder und durchnässte alle bis auf die Haut.

Die meisten der Schreihälse verstummten jäh und

machten sich davon, nur die Sonderbegabten harrten entschlossen in einer Reihe aus: Asa, Joshua, Dorcas und die Zwillinge. Mit triefenden Haaren, klatschnassen Kleidern und feucht glänzenden Gesichtern funkelten sie Charlie wütend an. Er konnte sich ein Grinsen nicht verkneifen.

Ohne Vorwarnung stürzte sich Joshua auf Charlie. Überrumpelt fiel Charlie rückwärts um und Joshua landete auf ihm. Die beiden wälzten sich im nassen Gras.

Tancred und Lysander befanden, dass Charlie von der Größe her deutlich im Vorteil war, und ließen den Kampf laufen. Joshua war so ein Hänfling, dass sie ihm keine Chance gaben. Ihre Gegner hingegen waren überzeugt, dass Joshuas Gabe ihm die Kraft verleihen würde, die Wahrheit aus Charlie Bone herauszuprügeln.

„Sag's uns! Sag's uns, Charlie Bone!", schrien sie immer weiter. „Wo sind die Tiere?"

„Ich weiß es nicht." Charlie landete einen Fausthieb auf Joshuas schmächtiger Schulter.

Drei weitere Jungen erreichten den Kampfplatz. Es waren Gabriel, der keuchend die geballten Fäuste schwang, Fidelio, der „Was ist los?" brüllte, und dazwischen Billy, der nervös von einem Fuß auf den anderen hüpfte.

Gegen Joshua zu kämpfen war, als würde man sich gegen eine Tonne Ziegelsteine stemmen. Wie konnte ein so kleiner Kerl nur so schwer sein, wunderte sich Charlie. Er trommelte auf den Rücken seines Angreifers ein, zerrte an dessen dürren Armen, trat ihn gegen die streichholzdünnen Beine. Doch Joshua schien ihm alle Kraft aus dem Leib zu saugen. Charlie hatte das Gefühl, von einer mächtigen Mauer erdrückt zu werden. Er rang nach Luft, krallte mit den Händen ins Leere, schaffte es dann mit einer gewaltigen Anstrengung doch, die Faust zu ballen und sie Joshua ins Gesicht zu rammen.

„Aaaiiiie!“ Joshuas Schrei war markerschütternd. Er rollte von Charlie herunter und hielt sich die Nase.

Charlie rappelte sich hoch. Fünf Hände klopften ihm auf den Rücken, wovon er beinah wieder zu Boden gegangen wäre.

Lysander brach in Triumphgeheul aus. „Gut gemacht, Charlie!“

„Geschieht ihm recht, dem kleinen Aas“, sagte Tancred.

Joshua lag immer noch schniefend am Boden. Dorcas half ihm auf und er starrte Charlie grimmig an, während er sich die blutende Nase wischte. „Eines Tages krieg ich dich, Charlie Bone“, knurrte er. Sein Ton war drohend, aber er sah so jämmerlich aus, dass Fidelio losprustete.

„WIE KANNST DU NUR!“ Niemand von ihnen hatte Miss Crystal herbeieilen sehen.

„Ausgerechnet du, Fidelio. Wie kannst du es wagen, einen verletzten Jungen auszulachen." Sie wandte sich an die anderen. „Was war hier los?"

Alle riefen durcheinander. Die eine Seite beschuldigte Charlie, die andere beteuerte, dass er nichts Unrechtes getan habe.

Miss Crystal hob die Hand. „Asa, du bist Aufsichtsschüler. Warum hast du die Schlägerei nicht verhindert?"

Asa wusste zuerst nicht recht, was er sagen sollte. Schließlich erklärte er: „Ich hab's ja versucht, aber die hier", er zeigte auf Dorcas und die Zwillinge, „w-wollten wissen, warum die da", und zeigte auf Charlie und dessen Freunde, „ihre Tiere wiedergekriegt haben. Es ist nämlich die allgemeine Meinung, Miss, dass Charlie Bone was damit zu tun hat, dass die ganzen Tiere verschwunden sind."

Miss Crystal fuhr herum und musterte Charlie mit eisigem Blick. „Hast du etwas damit zu tun?"

Charlie war erschrocken über den Ausdruck auf Miss Crystals sonst so hübschem Gesicht. Es war jetzt kalt und verächtlich. Ihre hellblauen Augen waren halb zugekniffen, ihre wohlgeformten Lippen nur noch ein schmaler, harter Strich.

„Ich hab nichts mit irgendwelchen verschwundenen oder wiedergefundenen Tieren zu tun", behauptete Charlie.

Miss Crystal starrte ihn noch einen Moment an und marschierte dann wortlos davon. Joshua rannte hinter ihr her. Er packte sie am Arm und jammerte: „Ich bin verletzt. Charlie muss bestraft werden."

Miss Crystal blieb stehen und sagte leise etwas zu ihm. Charlie konnte es nicht genau verstehen, meinte aber gehört zu haben: „Reiß dich zusammen, Josh. Denk dran, wer wir sind."

Joshuas Arm sank herab. Er guckte zu Boden und biss sich auf die Unterlippe.

Das Horn verkündete das Ende der Pause und als sie alle zur Eingangstür strömten, sah Charlie, wie Miss Crystal Joshua übers Haar streichelte. Sie blickte auf und merkte, dass Charlie sie beobachtete. In ihrem Gesicht stand blanker Hass.

„Runde eins an dich, Charlie", sagte Fidelio, als sie die Halle betraten. „Gut gemacht!"

Irgendetwas sagte Charlie, dass noch viele Runden kommen würden und dass keineswegs sicher war, ob er die nächste ebenfalls gewinnen würde.

Währenddessen half Charlies Mutter Mrs Gunn, die chaotische Küche der Gunns aufzuräumen. Trotz des ganzen Durcheinanders fand Amy Bone es dort sehr gemütlich. Mrs Gunn war inzwischen ihre beste, ja, vielleicht einzige Freundin und Amy schaute öfter nach der Arbeit bei ihr vorbei.

Amy griff nach einer Gitarre, die wacklig auf zehn verschiedenen Teebechern auf dem Küchentisch balancierte. Sie brachte das Instrument neben einem

Kontrabass unter, der in der Speisekammer stand. Als sie auf dem Rückweg auf einem marmeladeverschmierten Messer ausrutschte, bückte sie sich danach und hob gleich noch drei weitere Messer, zwei dreckige Löffel und einen abgenagten Apfel auf.

„Ich weiß nicht, wie du das machst, Chloe." Amy legte das Besteck in eine Spüle, in der sich bereits das Geschirr stapelte. „Hinter acht Kindern herräumen. Bis du fertig bist, sind alle zum Tee wieder da und du kannst von vorn anfangen."

„Fidelio nicht." Mrs Gunn fegte Cornflakes von drei Stühlen. „Du weißt ja, er ist im Bloor. Und Felix ist jetzt auch viel mit seiner Band weg, bleiben also nur noch sechs." Sie nahm eine Flöte und drei Notenbücher von der Arbeitsplatte und steckte alles in die Waschmaschine.

„Sind die Sachen da drin sicher?", fragte Amy besorgt.

„So sicher wie in Abrahams Schoß", sagte Chloe mit einem Lächeln. „Muschka ist da drin und würde es mich wissen lassen, wenn ich eine Maschine anwerfen wollte."

Eine dicke graue Katze sprang aus der Waschmaschine.

„Oh, na ja", sagte Chloe fröhlich. „Lass uns jetzt Kaffee trinken."

Amy wischte einen Klecks Butter von einem Stuhl und setzte sich hin. Chloe sang, während sie den Wasserkessel füllte. Sie sang fast immer, genau wie ihr Mann, der Musiklehrer war. All ihre Kinder waren musikalisch, aber Fidelio war der Star in der Familie. Ein Musikgenie. Chloe wusste, ihr viertes Kind würde es weit bringen.

Draußen vor dem Küchenfenster sprossen allerlei Kräuter aus Tontöpfen. Aber das Kraut, das Amy hatte holen wollen, war spurlos verschwunden.

„Wer stiehlt denn Eisenkraut?“, fragte Amy und nahm einen Schluck von ihrem Kaffee.

„Keine Ahnung“, sagte Chloe und zuckte ratlos die Achseln. „Vorgestern Abend war es noch da. Ich habe ein bisschen in den Salat getan. Es tut mir ja so leid, Amy. Was willst du jetzt machen? Du kannst deine Mutter doch nicht ewig im Bad liegen lassen.“

Amy seufzte verzweifelt. „Ach, Chloe, ich weiß nicht, was ich machen soll.“

„Ich finde, du solltest zum Geschäftsführer vom *Kaufrausch* gehen. Wenn jemand diese Hummerkrabben manipuliert hat, ist das Kaufhaus doch verantwortlich.“

„Die sagen, nein.“

„Dann geh zur Polizei“, riet Chloe.

„Kann ich nicht. Verstehst du denn nicht – es ist ein Zauber. Das hat Dr. Tanaka auch gesagt. Gegen Zauber kann die Polizei nichts machen.“ Amy trank ihren Kaffee aus. „Ich gehe jetzt besser, Chloe. Ich lasse Maisie nicht gern so lange allein. Sie könnte ja auftauen und hätte sicher fürchterliche Angst, wenn niemand bei ihr wäre."

„Vor allem, wenn deine Schwiegermutter auf der Pirsch ist", sagte Chloe grimmig.

Amy wollte eigentlich direkt nach Hause gehen, aber als sie auf der High Street war, wurde ihr Blick von einem prächtigen Gebäude auf der anderen Straßenseite angezogen. Das Treppenvordach ruhte auf grünen Marmorsäulen und aus jedem einzelnen der neunzig Fenster leuchtete sanftes Licht, die Sorte Licht, die verkündet, dass die Räume hinter diesen Fenstern Schätze bergen, von denen die meisten Leute nur träumen können.

Amy ging über die Straße und die Stufen zwischen den Säulen hinauf. Über und unter ihr schimmerte grüngoldener Marmor. Zwei ernst dreinblickende Türsteher in grünen Fräcken und schwarzen Zylindern flankierten die Tür. Ihre weiß behandschuhten Finger ruhten leicht auf den mächtigen Bronzeknäufen.

„Möchten Sie rein, Madam?", fragte einer der Türsteher gelangweilt.

„Ja, möchte ich", sagte Amy entschlossen und trat einen Schritt vor.

Mit einem Gesichtsausdruck, der wohl bedeuten sollte: „Wenn es unbedingt sein muss", öffnete ihr der Mann die Tür.

Amy ging hinein. Sie war erst zweimal im *Kaufrausch* gewesen. Einmal, vor langer Zeit, mit ihrem Mann Lyell. Hier hatte er ein ganzes Monatsgehalt für den Brillantring ausgegeben, den Amy noch immer am Ringfinger der linken Hand trug.

Plötzlich stiegen ihr Tränen in die Augen und sie wischte sie verstohlen weg.

Rings um sie herum lagen auf samtbezogenen Verkaufstischen erlesener Schmuck, Seidentücher, schön verpackte Öle, Cremes und Parfüms. Handgeschriebene Schildchen mit Namen, die Amy noch nie gehört hatte, und Preisen, die für sie völlig undenkbar waren, lugten verschämt hinter Lederkästchen, bunten Fläschchen, schimmernden Spraydosen und Samtbeutelchen hervor.

Die Lampen hingen tief über den Vitrinen und warfen helles Licht auf die Auslagen, während die Verkäuferinnen im Schatten standen. Man sah nur ab und zu ein paar blasse, gepflegte Hände über einem Verkaufstisch schweben. Amy fragte sich, ob die Verkäuferinnen nur wegen ihrer Hände ausgesucht worden waren.

Sie beschloss, zu den Händen zu gehen, die für den Schmuck zuständig waren. Immerhin trug sie einen Ring, der einmal auf einem dieser Tische gelegen hatte. Sie beugte sich unter der Lampe durch und spähte ins Gesicht einer blonden Frau, die ausgesprochen streng wirkte.

„Ich bin Mrs Bone“, sagte sie, „und möchte den Geschäftsführer sprechen.“

„Warum?“, fragte die blonde Frau.

„Es geht um einen Fall von Lebensmittelvergiftung.“

„Die Lebensmittelabteilung ist im Untergeschoss.“ Im Gesicht der blonden Frau regte sich nichts.

„Ich weiß, aber ich möchte zum Geschäftsführer“, sagte Amy wieder.

Die blonde Frau seufzte, nahm ein dezent mit Samt verkleidetes Sprechgerät und drückte auf einen Knopf. „Ich habe hier eine Dame, die den Geschäftsführer sprechen möchte“, sagte sie in hochnäsigem Ton.

Amy konnte die zwölf Überwachungskameras an der fernen, dunklen Decke nicht sehen. Sie hörte nicht, wie sie auf sie schwenkten. Doch plötzlich fand sie sich von einem hellen Lichtstrahl erfasst, der von irgendwo hoch oben zu kommen schien.

„Oh!“, rief Amy. „Was habe ich denn getan?“

Die Verkäuferin antwortete nicht. Sie sprach immer noch in ihr samtverkleidetes Sprechgerät.

Amy wusste nicht, dass sie ganz oben im Dachgeschoss des Kaufhauses von jemandem auf zwölf verschiedenen Monitoren beobachtet wurde. Ihr war auch nicht bewusst, dass sie – selbst in ihrem abgetragenen Wintermantel, ungeschminkt und nachlässig frisiert – sehr schön war.

„Der Eigentümer will Sie sprechen.“ Die blonde Verkäuferin knallte den Hörer wieder auf.

„Der *Eigentümer* ...“, sagte Amy unsicher. „Ich dachte, der sei ... äh, nicht mehr am Leben. Ich wollte doch nur den Geschäftsführer sprechen.“

„Ganz oben“, sagte die Verkäuferin barsch. „Der Lift ist da drüben.“ Sie zeigte auf ein Leuchtschild in einiger Entfernung.

„Danke.“ Amy wünschte jetzt, sie wäre nicht hierhergekommen. Was sollten die Leute vom Kaufhaus denn tun? Gegen einen Zauber konnten sie doch nichts ausrichten. Es sei denn natürlich, hier versteckte sich irgendwo ein Zauberer ... ganz oben vielleicht?

Sie erreichte den Lift und drückte den Knopf. Die Tür glitt auf und sie betrat eine Kabine mit verspiegelten Wänden, Marmorboden und goldenen Vögeln an der Decke. Die Vögel wirkten erstaunlich echt – bis auf die goldene Farbe.

Im obersten Stock stieg Amy aus. Sie stand jetzt fast knöcheltief in schwarzem Fell. Was für ein Fell es war, konnte sie nicht erkennen. Rechts von ihr ging eine Tür auf und ein Mann trat heraus: der attraktivste Mann, dem Amy je begegnet war. Sie fuhr sich prüfend durchs Haar, zupfte an ihrem Mantel und sah auf ihre abgetragenen Schuhe.

Der Mann nickte. „Mrs Bone?“ Er hatte braunes Haar, das golden schimmerte. Sein Gesicht war sonnengebräunt, seine Augen leuchteten in dunklem Olivgrün.

„Ja, die bin ich", sagte Amy schüchtern.

Der Mann verbeugte sich und winkte sie mit einer schwungvollen Armbewegung hinein.

Amy watete durch das schwarze Fell und betrat einen Raum, der mit weißem Pelz ausgelegt war.

„Oh", sagte sie und sah auf den Boden, „sehr ..."

„Henryk Nobel." Der Mann ergriff ihre Hand und beugte sich darüber wie ein hungriges Tier. „Der Teppich ist aus Eisbärenfell."

Amy erschrak. „Aber ich dachte ..."

„Bitte, nehmen Sie doch Platz." Er half ihr galant aus dem Mantel.

Amy setzte sich auf die Kante eines Sofas, das mit etwas überzogen war, das ... konnte das Ponyfell sein?

„Was haben Sie auf dem Herzen?" Mr Nobel setzte sich neben sie. Er trug ein weißes Seidenhemd und eine Weste, die nur aus Seehundpelz sein konnte.

Während Amy Mr Nobel von der gefrorenen Maisie und der verdächtigen Hummerkrabbe erzählte, nahm er wieder ihre Hand und sah ihr in die Augen. Ihr war, als würde sie in einen tiefen grünen Teich gezogen.

Als sie mit ihrer Geschichte fertig war, stand Henryk Nobel wortlos auf und holte von einem Elfenbeintischchen zwei Kristallgläser, in denen Champagner perlte.

Amy trank und sah sich um. Der ganze Raum war verspiegelt und sämtliche Möbelstücke schienen aus Tieren gemacht: aus Stoßzähnen, Knochen, Häuten, Federn und Fellen. Normalerweise hätte Amy diese Dinge schrecklich gefunden. Aber sie verfiel mehr und mehr einem Zauber.

Ihr Glas wurde aufgefüllt. Als Amy sich in einer der Spiegelwände betrachtete, sah sie eine Person, die sie kaum erkannte: eine wunderschöne Frau mit glänzendem Haar und funkelnden Augen. Selbst ihre alte, pinkfarbene Strickjacke wirkte wie neu.

Mr Nobel brachte ihr einen Teller mit Sushi – kleine Reisbällchen, die mit rohem Fisch belegt waren. Amy verschlang sie unter verzücktem Seufzen. Als Henryk ihr erklärte, das sei Delfinfleisch, zuckte sie nicht einmal mit der Wimper.

Er brachte sie dazu, von ihrem Leben zu erzählen, und Amy erinnerte sich plötzlich an Dinge, die sie jahrelang vergessen hatte. Sie bemerkte gar nicht, wie es draußen dunkler wurde, und erst als sie sanfter Kerzenschein umfing, wurde ihr bewusst, wie lange sie geredet hatte.

„Du liebe Güte, es muss ja schon spät sein." Amy erhob sich unsicher.

Mr Nobel half ihr in den Mantel und geleitete sie zum Lift. „Adieu", sagte er und warf ihr ein charmantes Kusshändchen zu.

Amy ging wie in Trance durch das Kaufhaus.

Draußen glitzerte Reif auf dem Bürgersteig. „Wie wunderschön“, sagte sie laut. „Ich gehe auf Sternen.“

„Sterne?“, sagte eine Frau, die ihr entgegenkam. „Es ist zum Erfrieren kalt! Sie müssen verliebt sein.“

Als Amy nach Hause kam, ging sie geradewegs in ihr Zimmer und zog sich den Brillantring vom Finger.

Charlie durchfuhr ein Stich, so schmerzhaft, dass er zusammenzuckte.

„Was ist? Zu schnell gegessen?“, witzelte Fidelio.

Sie saßen nach dem Tee noch in der Cafeteria. Alle anderen waren schon gegangen, bis auf Billy, der gerade in diesem Moment der Köchin verstohlen Rembrandt übergab.

„Meine Mum würde wohl Verdauungsbeschwerden dazu sagen“, stöhnte Charlie und rieb sich die Brust. Aber er war sich nicht sicher, was es war. Und er wusste nicht, warum er, als der Schmerz weg war, das Gefühl hatte, etwas Kostbares verloren zu haben.

Die Köchin kam um die Essensausgabe herum und setzte sich zu ihnen.

„Was ist los, Charlie?“, fragte sie. „Hier brummt es nur so von Gerüchten. Es heißt, ein paar Tiere seien wieder da, und zwar ganz bestimmte. Da ist die Rede von Runnerbean, von Lysanders Papagei, der Ente Nancy, Gabriels Springmäusen und dergleichen. Wie kommt's, dass die anderen immer noch verschwunden sind?“

„Benedikt ist doch noch da“, sagte Charlie ausweichend.

„Natürlich, dafür habe ich gesorgt. Aber vor irgendetwas hat er schreckliche Angst.“

„Ich glaube nicht, dass uns Charlie was sagen kann“, sagte Fidelio. „Nicht mal ich weiß was.“

Die Köchin schüttelte den Kopf. „Du hast doch nicht irgendeinen blödsinnigen Eid geleistet, Charlie?“

„Nicht direkt …“

„Mein Lieber, pass auf dich auf. Es braut sich was zusammen. Hoffentlich hast du für die Bloors eine Antwort parat, sonst werden sie die Wahrheit auf sehr unsanfte Art aus dir herausholen.“ Die Köchin ging wieder in die Küche, eine Hand auf ihrer großen Schürzentasche. „Ist ja gut, gleich gibt’s was zu fressen“, erklärte sie der Schürzentasche, während sie durch die Schwingtür verschwand.

Was sich zusammenbraute, offenbarte sich nach dem Abendessen. Statt die Kinder nach beendetem Mahl zu entlassen, klatschte Dr. Bloor gebieterisch in die Hände.

Von den drei langen Speisesaaltischen blickten dreihundert Kinder zu dem Podest mit dem Lehrertisch, wo jetzt der Direktor in seinem schwarzen Umhang hin und her marschierte, den Kopf gesenkt und die Hände hinter dem Rücken verschränkt. Er war ein hünenhafter Mann mit einem säuberlich gestutzten grauen Schnauzbart, ganz kurzem stahlgrauen Haar und blassem Gesicht. Heute allerdings war sein Gesicht ziemlich rot. Als er schließlich stehen blieb, starrte er auf die Kinder am Schauspieltisch direkt zu seinen Füßen.

„Es gibt ja wohl keinen unter euch, der nicht weiß, welche Katastrophe diese Stadt ereilt hat. Wie?" Er legte sich die Hand hinters Ohr. „Wie bitte?"

„NEIN, Sir", riefen die Kinder in den lila Umhängen.

Dr. Bloor marschierte zur Mitte des Podests. „Und was sagt ihr?", fragte er die Kinder vom Kunstzweig.

„NEIN, Sir", riefen die Kinder in Grün.

Dr. Bloor ging noch ein paar Schritte weiter bis zum Musiktisch. Er stand jetzt genau vor Charlie, der als Letzter gekommen war und sich deshalb auf einen der unbeliebten Plätze direkt unterhalb des Lehrertischs hatte setzen müssen. Fidelio saß ihm gegenüber.

„Und wie steht es hier?" Dr. Bloors Gesicht färbte sich dunkelrot. „Ist bekannt, welches Unglück diese Stadt ereilt hat?" Er sah Charlie durchdringend an.

Charlie glaubte, die Frage sei an ihn persönlich gerichtet, und fragte zurück: „Meinen Sie das mit den Tieren, Sir?"

„Natürlich meine ich die Sache mit den Tieren." Dr. Bloor straffte sich ärgerlich. „Dummer Junge."

„In dem Fall, ja, Sir", sagte Charlie.

Die anderen Kinder am Musiktisch wiederholten: „Ja, Sir."

Dann sagte der Direktor etwas sehr Erstaunliches: „Natürlich ist es eine Katastrophe, wenn geliebte Haustiere verschwinden. Besonders betroffen sind ältere Mitbürger, deren Tiere oft ihre einzigen Gefährten sind. Aber", Dr. Bloor marschierte wieder über das Podest, „so etwas kommt vor, da kann man nichts machen."

Charlie war baff. Wusste der Direktor, was die Tiere in die Flucht getrieben hatte? Er schien jedenfalls von ihrem Verschwinden nicht gerade überrascht.

Dr. Bloor drehte sich abrupt um und marschierte wieder zurück, bis er genau vor Charlie stand. „Aber ganz und gar unverzeihlich ist es, wenn jemand ein paar Tiere findet, die seinen Freunden gehören, und niemandem sagen will, wo er sie gefunden hat." Der Schulleiter reckte das Kinn vor und starrte Charlie an. „Wo hast du die Tiere gefunden, Bone? Der Stadtrat will es wissen. Wo hast du den Hund, die Ente, den Papagei, die Kaninchen und die Springmäuse gefunden und die Schlange, die meinem Großvater gehört?"

„Sie … äh … sind einfach so rumgelaufen, Sir", sagte Charlie.

„STEH AUF, BONE!"

Charlie stand auf.

„Ich wiederhole meine Frage“, sagte Dr. Bloor. „Wo hast du die Tiere gefunden?“

„Ich kann Ihnen die Schlange zurückbringen, wenn Sie wollen, Sir“, erwiderte Charlie und betrachtete angestrengt den Fußboden.

„Wir wollen die Schlange nicht. Denn sie ist jetzt, nach allem, was man hört, ein kraftloses Geschöpf.“ Dr. Bloor stampfte mit dem Fuß auf. „UND LENKE NICHT VOM THEMA AB!“

„Nein, Sir.“ Charlie guckte am zornroten Gesicht des Schulleiters vorbei. „Vielleicht kommen die anderen Tiere ja auch einfach von alleine wieder, so wie die, die ich gefunden habe.“

„Nun ja, aber wenn nicht, Charlie Bone“, zischte Dr. Bloor und beugte sich zu ihm herab, „wenn nicht, gibt es auf dem Speicher einen Raum, wo man einen Lügner so lange einsperren kann, bis er die Wahrheit sagt.“

„Ja, Sir“, sagte Charlie mit erstickter Stimme.

„IHR SEID ENTLASSEN!“, donnerte der Schulleiter.

Dreihundert Kinder sprangen gleichzeitig auf und begannen eilig, das dreckige Geschirr aufeinanderzustapeln.

„Was willst du jetzt machen?“, fragte Fidelio Charlie, als sie aus dem Speisesaal gingen.

„Weiß nicht“, sagte Charlie. „Muss mir während der Hausaufgabenzeit was überlegen. Falls ich überhaupt nachdenken kann. Heute Abend geht es dort drinnen bestimmt ziemlich übel zu."

Aber es wurde gar nicht so schlimm, wie Charlie befürchtet hatte. Vielleicht hatte die Standpauke des Direktors Joshua und Dorcas ja so befriedigt, dass sie erst mal fanden, Charlie hätte genug abgekriegt.

Charlie schien fleißig über seinen Geschichtshausaufgaben zu brüten, aber mit seinen Gedanken war er ganz woanders. Wie konnte er all die Tiere wieder zurückholen? Und wodurch würde Maisie wieder auftauen? Beim Gedanken an Maisie, die reglos zu Hause im Bad lag, fröstelte ihn. Und dann überkam ihn wieder das schreckliche Gefühl, etwas Kostbares verloren zu haben.

Nach der Hausaufgabenzeit trottete Charlie geistesabwesend zum Schlafsaal. Jemand puffte ihn in die Seite und er merkte, dass Gabriel neben ihm herging.

„Danke, dass du meine Springmäuse zurückgeholt hast, Charlie", sagte Gabriel leise. „Ich frag auch nicht, wo du sie gefunden hast."

„Schon okay." Charlie ging es gleich besser, als er Gabriels gut gelauntes Gesicht sah. „Ich hab sie im *Glücklichen Haustier* gelassen. Du kannst sie am Wochenende dort abholen."

„Toll. Meinst du, du kannst die anderen Tiere auch zurückbringen?"

Charlie seufzte tief. „Wie denn, Gabe? Überleg doch mal. Fast alle Vögel der Stadt, alle Ratten,

Mäuse, Frösche, Kröten, Hunde, Katzen – egal was, sie sind weg. Und wie soll ich sie *alle* zurückholen, ohne … ohne …"

„… zu verraten, wo sie jetzt sind", vollendete Gabriel den Satz für Charlie. „Ich verstehe, wo dein Problem liegt."

Es machte Charlie nichts aus, dass die Jungen in seinem Schlafsaal nicht mit ihm sprachen. Ihm ging so viel im Kopf herum. Er lag noch lange nach Lichtaus wach und als er sicher war, dass alle schliefen, schlich er ans Fenster und öffnete die Vorhänge gerade so weit, dass sich ein Strahl Mondlicht hindurchzwängen konnte und auf die Wand hinter seinem Bett fiel.

Charlie kroch unter die Decke und wartete. Würde ihn Naren finden? Würde sie ihm eine Botschaft schicken? Er wollte so dringend mit ihr reden. Als er die Hoffnung schon fast aufgegeben hatte, glitten die ersten winzigen schwarzen Schatten über die Fensterbank in den Raum. Charlie sah sie über sein Bett und die Wand hinaufkrabbeln. Endlich kamen sie zur Ruhe und er las:

Wie geht's dir, Charlie?

„Ich sitze in der Tinte", flüsterte Charlie. „Ich muss die Tiere zurückholen, Naren, und zwar bald, oder sie sperren mich ein."

Die kleinen Schatten gruppierten sich schnell um und zu seiner Verblüffung las Charlie:

Sie sind schon unterwegs. Morgen werden sie alle wieder in der Stadt sein.

„Wieso?“, fragte Charlie.

Drei leuchtende Katzen sind gekommen. Magische Katzen. Du hättest sie sehen sollen, Charlie. Sie haben in unserem Hof gesessen und so laut und wunderschön miaut, dass alle Tiere sich um sie geschart haben und ihnen zum Tor hinausgefolgt sind. Das war ein Anblick: die ganze Luft voller Vögel und all diese rennenden, wuselnden, springenden Wesen …

Plötzlich gellte ein Schrei durch den Schlafsaal. Charlie flüsterte „Tschüss“, und die Wörter verblassten.

„Was war *das*?“, rief Rupert Sellby. „Das war gruselig.“

Inzwischen waren alle Jungen im Schlafsaal durch das Geschrei geweckt worden.

„Auf der Wand waren lauter – Dinger – Tiere oder so was“, sagte Rupert. „Charlie Bone hat mit ihnen geredet.“

„Urgh!“ – „Was?“ – „Gittigitt!“ – „Natürlich wieder Charlie Bone!“, kam es von der einen Seite des Schlafsaals.

„Haltet die Klappe und schlaft“, sagte Fidelio. „Du hast geträumt, Rupert Sellby.“

„HAB ICH NICHT!“

Die Tür ging auf und Lucretia Darkwoods langer

Schatten fiel in den Raum. Sie knipste Licht an. „Was geht hier vor?“, wollte sie wissen.

Rupert zeigte auf Charlie. „Da waren Dinger überall an der Wand und *er* hat mit ihnen geredet.“

Die Augen der Hausmutter verengten sich. „Was waren das für *Dinger*?“

„Gar keine“, sagte Charlie.

„Ich hab sie gesehen“, sagte Bagger Braine. „Sie sind verschwunden, als Charlie ihnen was zugeflüstert hat.“

„Das waren nur Fliegen“, sagte Charlie. „Ich weiß nicht, wo die herkamen.“

„Lüg mich nicht an, Junge“, sagte seine Großtante. „Es gibt keine Fliegen. Wir haben Winter. Da sind sie alle tot.“

Darauf wusste Charlie nichts zu sagen.

Die Hausmutter trat an Charlies Bett und starrte auf ihn herab. „Immer du, was? Hältst andere wach, störst ihren Schlaf. Ich weiß nicht, was du gemacht hast, und will es auch gar nicht wissen. Das gibt Arrest, Charlie Bone. Du wirst das halbe Wochenende hier in der Schule verbringen.“

„Aber das geht doch nicht“, protestierte Charlie. „Meine Großmutter ist krank.“

„Deiner Großmutter geht es bestens“, sagte die Hausmutter und marschierte davon.

„Nicht *die* Großmutter. Nicht Grandma Bone. Ich meine Maisie, meine andere Großmutter.“

„Ach, die“, sagte die Hausmutter abschätzig. „Was hat sie denn?“

„Sie ha-hat … sich erkältet“, stotterte Charlie.

„Erkältet? Das ist ja wohl keine Sache auf Leben und Tod. Schlaf jetzt.“ Die Hausmutter knipste das Licht aus und machte die Tür zu.

Als Charlie unter die Decke schlüpfte, hörte er etwas, das sein Herz hüpfen ließ. Eine Eule machte huhuu, dann noch eine.

Sie kommen wirklich zurück, dachte er und schlief ein.

Unterm Tisch

Wenn Charlie aus dem Fenster geblickt hätte, dann hätte er etwas Erstaunliches gesehen. Der Himmel war voller Vögel. Sie schwiegen, aber die Luft war erfüllt vom Rauschen ihrer Flügel.

Nach und nach lösten sich kleine Grüppchen von dem riesigen Schwarm. Sie flogen herab und ließen sich auf Mauern, Bäumen, Zäunen und Hausdächern nieder. Dort steckten sie die Köpfe ins Gefieder und schliefen sofort ein. Bald waren nur noch die Eulen wach.

Unten in der Stadt zog es diejenigen, die einen leichten Schlaf hatten, ans Fenster, wo sich ihnen ein Anblick bot, den sie nie vergessen würden. Eine stumme Prozession von Tieren zog durch die Straßen. Angeführt wurde sie von drei Katzen mit so glühend rotem, orangefarbenem und gelbem Fell, dass sie ein Feuerschein zu umgeben schien. Unterwegs fanden immer mehr Tiere ihr Zuhause. Sie sprangen durch Fenster, liefen in Gärten und Ställe und die staunenden Beobachter seufzten erleichtert auf. Die Stadt starb doch nicht aus.

Die Nachricht verbreitete sich rasch. Bis zur Vormittagspause hatten selbst die Kinder im Bloor von der wundersamen Rückkehr gehört. Lachen schallte durch die Cafeterias und Klassenzimmer. Man sah Kinder lächeln, die geschworen hatten, sie würden nie wieder fröhlich sein. Charlie war besonders erleichtert, obwohl ihn einige Klassenkameraden immer noch argwöhnisch beäugten.

Kaum dass sich ein Problem gelöst hatte, stand Charlie schon vor dem nächsten. Dem Arrest. Er wollte doch unbedingt wissen, ob Maisie aufgetaut war, und außerdem hatte er das Gefühl, nach Hause zu müssen, um auf seine Mutter aufzupassen.

Zur Mittagszeit fand Charlie Billy in der Cafeteria vor einem Teller mit einer neuen Spezialität der Köchin: Kartoffeligeln.

„Es sind keine richtigen Igel“, sagte Billy mit ernsthafter Miene. „Sie heißen nur so, weil sie so leckere, knusprige Stacheln haben.“

Während die Köchin Charlie den Teller füllte, sagte sie leise: „Ich habe gehört, die Tiere sind wieder da.“

Charlie nickte. „Die Flammen haben sie zurückgebracht. Aber ich hab dieses Wochenende leider Arrest, also …“

„Wie bitte?“ Die Köchin ließ den Schöpflöffel sinken. „Das geht doch nicht.“ Sie schien überaus erstaunt zusein.

Charlie wollte gerade fragen, warum nicht, als hinter ihm Gabriel sagte: „Ich bin am Verhungern. Mach schon, Charlie."

Charlie ging mit seiner Portion Kartoffeligel zu Billys Tisch. Kurz darauf setzten sich auch Fidelio und Gabriel zu ihnen.

„Wisst ihr, was dieses Wochenende los ist?", fragte Billy die anderen.

„Ich hab Arrest", sagte Charlie.

„Nein, das meine ich nicht." Billy straffte die Schultern und setzte ein bedeutungsvolles Gesicht auf. „Am Freitag ist ein Gala-Diner und am Samstag ein großer Ball. Ich hab gehört, wie Dr. Bloor die Hausmutter dran erinnert hat. Er war sauer, weil sie dir Arrest gegeben hat, Charlie, und weil er keine Kinder im Bloor haben wollte. Aber die Hausmutter hat gesagt, es verstößt gegen ihre Prinzipien, Arrest zurückzunehmen. Also ist Dr. Bloor wütend davonmarschiert. Er hat noch gesagt, sie soll gefälligst dafür sorgen, dass du keinen Ärger machst. Ich nehme an, das gilt auch für mich, denn wenn du hier bist, bin ich's ja auch, oder, Charlie?"

Charlie fühlte sich selbst ganz außer Atem, als Billy endlich innehielt, um Luft zu holen.

„So viel hab ich dich noch nie an einem Stück reden hören, Billy", sagte Gabriel.

„Und was ist das, das Gala-Diner und der große Ball?", mischte sich nun Fidelio ein.

„Na ja“, sagte Billy, „ich hab aus Manfred noch ein bisschen mehr rausgekriegt.“

„Aus *Manfred*!“, sagten die anderen ungläubig.

„Er kommt sich gern wichtig vor, also hab ich gedacht, er ist bestimmt froh, wenn er es mir erklären kann“, sagte Billy. „Und so war's auch. Er sagt, alle zehn Jahre sei hier ein großes Treffen. Schulleiter von hundert anderen Akademien kommen her und reden über ihre Schüler und so.“

„Von was für anderen Akademien?“, fragte Charlie.

„Wo all die anderen sonderbegabten Kinder hingehen“, antwortete Billy.

„Es gibt noch andere?“, sagte Charlie erstaunt.

„Logisch“, sagte Gabriel nachdenklich. „Überleg doch mal – es muss doch Hunderte oder vielleicht auch Tausende von Menschen wie uns geben, auf der ganzen Welt. Der Rote König hatte ja zehn Kinder und wenn die alle wieder Kinder hatten, vor neunhundert Jahren …“

„Wow!“ Charlie schlug sich die Hand vor den Mund. „Na klar! Die können ja nicht alle aufs Bloor gehen, oder? Nicht, wenn sie in China oder Afrika leben.“

Sie machten sich über ihre Kartoffeligel her und jeder dachte an diese anderen Schulen, anderen Kinder und anderen Schulleiter.

„Ich muss es irgendwie schaffen, bei diesem Gala-

Diner dabei zu sein", sagte Charlie. „Es gibt so vieles, was ich rauskriegen muss."

„Ich auch", sagte Billy.

Charlie schlang sein letztes Stück Kartoffeligel hinunter und grinste. Das Wochenende schien gar nicht so übel zu werden, wie er befürchtet hatte. Vielleicht hatte seine Mutter ja das Eisenkraut besorgt und wenn er nach Hause kam, würde Maisie wieder ganz die Alte sein.

Den Schülern im Bloor hätte unmöglich entgehen können, dass sich in ihrer Schule ein großes Ereignis anbahnte. Bereits am Freitagmorgen funkelte die Decke der großen Halle von tausend Lampions. Schwerter, Armbrüste, Krummsäbel, Speere und viele andere imposante Waffen waren aus Truhen und Schränken geholt worden. Silbern glänzend hingen sie an den eichengetäfelten Wänden und riefen ängstliches und bewunderndes Staunen hervor. Ein Heer von Putzfrauen hatte die Fußböden auf Hochglanz gebohnert und die Kinder wurden angewiesen, nur am äußersten Rand zu gehen.

Im Speisesaal war die Beleuchtung verhaltener, obwohl auffiel, dass an den Wänden eiserne Halter montiert worden waren. Waren sie für brennende Fackeln gedacht? Würden die wichtigen Gäste nur bei Flammenschein speisen?

Selbst die freundlichsten Küchenfrauen waren gereizt. Die zusätzliche Arbeit zehrte an ihren Nerven. Den ganzen Tag sah man sie mit Tabletts voller Tafelsilber, das seit Jahren nicht mehr benutzt worden war, durch die Flure eilen.

Porzellan, Kristallgläser und goldene Schüsseln wurden aus den Kellern zutage gefördert, in die Küchen hinaufgetragen und blitzblank gespült.

In dem dunklen Gang, der von der Halle zu den Cafeterias und zum Speisesaal führte, waren Lichterketten aufgehängt worden und Charlie bemerkte, dass einige der alten Porträts mit goldenen Bändern geschmückt waren.

Charlie und Billy saßen im Schlafsaal und sahen den anderen beim Packen zu. Charlie war seltsam aufgekratzt. Er versuchte, angemessen trübselig zu gucken, als Bagger Braine und Rupert Sellby, die Reisetaschen lässig über der Schulter, zur Tür gingen, konnte aber nicht verhindern, dass sich sein einer Mundwinkel zu einem schiefen Grinsen verzog.

„Was grinst du so?“, fragte Bagger.

„Rupert tut so cool, aber die Tasche da ist so schwer, dass es aussieht, als würde er gleich zusammenbrechen. Wie viele Dosen *Blütenzauber* hast du da drin, Rupert?“

Ein paar andere kicherten.

„Halt die Klappe“, rief Rupert mit weinerlicher Stimme.

„Ich wünsch dir ein mieses Wochenende, Charlie“,

sagte Bagger und wankte, Rupert im Schlepptau, zur Tür hinaus.

Gabriel und Fidelio gingen als Letzte. Sie wünschten Charlie noch viel Glück und versprachen, am Sonntag ins *Glückliche Haustier* zu kommen.

„Ich bring auch ein paar Springmäuse mehr mit“, sagte Gabriel und winkte noch ein letztes Mal.

Kaum dass der letzte Schüler das Bloor verlassen hatte, erschien Lucretia Darkwood in der Tür des Schlafsaals und erklärte Charlie und Billy, dass sie heute schon früh zu Abend essen würden. „Um sechs Uhr seid ihr wieder hier oben“, sagte sie. „Lichtaus ist um sieben und bis zum Frühstück verlässt keiner von euch diesen Raum.“

„Lichtaus um *sieben*!“, beschwerte sich Charlie. „Warum?“

„Warum wohl? Zur Strafe. Und jetzt wascht euch die Hände. Abendessen um halb sechs in der Cafeteria.“ Mit einem grimmigen Lächeln rauschte die Hausmutter hinaus.

Als sich die Jungen auf die Suche nach der Köchin machten, fanden sie sie in der Küche, ganz rot im Gesicht und hochgradig nervös. Küchenhilfen huschten hektisch um sie herum, während sie von den Herden zur Kühlkammer und wieder zurück sauste und dabei vor sich hin brummelte: „Hundert von diesem, hundert von jenem, Schildkrötensuppe, Taubenpastete, Filet-Schnickschnack und Boeuf-Trallala. Kein Fleisch für den einen, keine Sahne für die andere …“ Ohne aufzublicken, fuhr sie fort: „Hallo, Jungs, für euch gibt's heute leider nur gebackene Bohnen auf Toast. Hier, bitte sehr.“

Die Köchin verteilte ein Töpfchen Bohnen auf zwei Teller mit gebuttertem Toast und stellte diese dann auf ein Tablett mit zwei Schälchen Vanillepudding.

„Wann fängt das Gala-Diner denn an?“, fragte Charlie.

„Halb acht, und bis dahin werde ich niemals fertig.“

Ein paar hektische Küchenhilfen kamen angelaufen und die Köchin wedelte die Jungen weg. „Tut mir leid, ihr Lieben, aber ich muss weitermachen.“

Charlie trug das Tablett in die Cafeteria hinaus und stellte es auf den Tisch, der am weitesten von der Essensausgabe entfernt war. Aus der Küche kam ein solcher Lärm, dass die Jungen gar nicht richtig denken konnten. Sie schlangen ihr Essen hinunter und verließen die Cafeteria so schnell wie möglich.

Oben im Schlafsaal zogen sie ihre Schlafanzüge an und schlichen sich dann auf den Treppenabsatz über der Halle. Dort legten sie sich flach auf den Bauch und spähten zwischen den Geländerstäben hindurch. Die große Halle war kaum wiederzuerkennen.

Im hellen Schein von tausend Lampions bewegten sich Massen von Menschen langsam hin und her. Die meisten Männer trugen dunkle Anzüge, aber da waren auch drei Gäste mit Turbanen und ein paar mit golddurchwirkten Umhängen und regenbogenfarbenen Jacken. Man sah ein paar weiße Gewänder und ein Mann war von Kopf bis Fuß in lila Seide gehüllt und trug eine juwelenbesetzte Dolchscheide am breiten goldenen Gürtel. Frauen in Saris plauderten mit anderen, die Kimonos trugen, und ein paar bunte Volkstrachten konnten Charlie und Billy gar nicht einordnen.

Mr Ezekiel war in einen schwarzen Samtüberrock gehüllt, auf seinem fast kahlen Schädel trug er ein rotes Käppchen. Er rollte durch die Menge, während an seiner Rollstuhllehne Wunderkerzen zischten und Funken spien, was zur Folge hatte, dass der eine oder andere Sari Feuer zu fangen drohte.

Serviererinnen in kurzen schwarzen Kleidern und weißen Schürzen und Häubchen fädelten sich mit großen Platten voller Häppchen durchs Gedränge und Kellner in rotgoldenen Westen balancierten vorsichtig Tabletts mit Sekt.

Am unteren Ende der Treppe ließ eine Harfenistin in einem wallenden rosa Kleid die Finger über die Saiten einer riesigen goldenen Harfe gleiten. Die sanften Töne perlten beharrlich gegen das allgemeine Gemurmel an.

Billy beugte sich zu Charlie herüber und flüsterte: „Nur die Bösen sind hiergeblieben."

„Wovon sprichst du?", flüsterte Charlie zurück.

„Der Rote König. Seine guten Kinder haben das väterliche Schloss für immer verlassen. Manche sogar das Land. Also sind die Leute da unten, na ja, jedenfalls die von weit weg, vielleicht die Nachfahren der guten Kinder."

Auf diese Idee war Charlie noch gar nicht gekommen, aber jetzt musterte er die Gesichter dort unten genauer. Bildete er sich das nur ein, oder machten die meisten Leute in einheimischer Abendkleidung tatsächlich eher böse Gesichter? Auf jeden Fall sahen sie finsterer und entschlossener drein als die anderen. Die meisten Leute aus fremden Ländern wirkten freundlich und entspannt. Sie lächelten viel mehr und lachten sogar laut.

Plötzlich fiel es Charlie ein, auf die Uhr zu schauen. Fünf vor sieben. Er stieß Billy an. „In fünf Minuten guckt die Hausmutter in den Schlafsaal."

Sie krochen vom Geländer weg und rannten zum Schlafsaal zurück. Kaum dass sie in ihre Betten gehüpft waren, ging auch schon die Tür auf und die Hausmutter sah herein. Sie bot einen verblüffenden Anblick in ihrem langen smaragdgrünen Abendkleid, mit grünen Ohrringen, die ihr fast bis auf die Schultern hingen. Ihr grauweißes Haar war stramm auf dem Kopf festgesteckt und mit einer riesigen grünen Schleife dekoriert.

„Licht aus", sagte sie kalt. „Und falls einer von euch auf die Idee kommt, diesen Raum zu verlassen, bedenkt bitte, dass die nächste Strafe wesentlich härter sein wird als diese."

„Ja, Hausmutter", sagte Charlie betont unterwürfig. Er fand es ziemlich unfair, dass Billy seine Strafe mit ausbaden musste, beschloss aber, lieber nichts zu sagen.

Die Hausmutter knipste das Licht aus, doch bevor sie die Tür zumachte, sagte sie noch: „Sag deiner Tante ja nicht, wie hübsch sie aussieht, hm?"

„Nein, Tante", sagte Charlie. „Ich meine ..."

Sie knallte die Tür zu.

Charlie horchte ihren entschwindenden Schritten hinterher. „Die kommt nicht wieder", sagte er. „Nicht in dem Aufzug."

„Wetten, sie will sich einen reichen Schulleiter angeln?", sagte Billy kichernd.

Sie warteten noch fünf Minuten, schlüpften dann in ihre Hausschuhe, schlichen zur Hintertreppe und ins Erdgeschoss hinunter. Jetzt waren sie in dem Gang, der an den Cafeterias vorbei und zu dem unterirdischen Speisesaal führte. Sie hielten sich immer im Schattendunkel und waren schon fast am Speisesaal, als eine der Serviererinnen rückwärts aus der grünen Küche trat. Sie schob einen Servierwagen voller Tellerstapel.

Die Jungen drückten sich an die Wand, aber sie hatte sie schon gesehen. „Hallo, Jungs", sagte sie und beäugte ihre Schlafanzüge. „Was macht ihr hier?"

„Wir wollten nur ein bisschen Wasser", sagte Charlie schnell. „Wir hatten solchen Durst und aus dem Hahn oben dürfen wir nicht trinken, weil die Leitungen rostig sind oder so."

„Arme Kerlchen. Huscht schnell rein und holt euch was." Sie nickte zur Küchentür hin.

„Danke!" Charlie schenkte ihr sein schönstes Lächeln. Aber nie und nimmer würde er in die grüne Küche gehen, wo Mrs Weedon, die Frau des Hausmeisters, herrschte.

Die Serviererin rollte den Wagen an ihnen vorbei, zur blauen Cafeteria. „Die falschen Teller", brummelte sie. „So ein Getue."

Sobald sie ihnen den Rücken zugekehrt hatte, flitzten die Jungen zum Speisesaal. Als sie gerade durch die Tür schlüpfen wollten, sagte Billy: „Wo sollen wir uns verstecken?"

„Unter einem Tisch", sagte Charlie.

„Aber – wenn sie uns sehen?"

Daran wollte Charlie gar nicht denken. Er öffnete die Tür einen winzigen Spalt und linste hinein. So ein Glück. Auf allen Tischen lagen riesige weiße Tischtücher, die bis auf den Boden reichten.

Eine Frau vom Küchenpersonal war gerade dabei, Gläser auf Dr. Bloors erhöhte Tafel zu stellen, aber die anderen Tische waren schon fertig gedeckt. Silberne Kärtchen mit aufgedruckten Namen standen auf roten Platzdeckchen und die Teller waren von mehr Messern, Gabeln, Löffeln und Gläsern umgeben, als Charlie auf die Schnelle zählen konnte.

An den eisernen Wandhaltern hingen jetzt brennende Kohlebecken, deren sanfter Widerschein alles in orangerotes Licht tauchte, und selbst an der Tür spürte Charlie Wellen von Hitze, die von den züngelnden Flammen ausgingen.

Als sich die Frau nach einem heruntergefallenen Messer bückte, witterte Charlie ihre Chance. „Los!“, zischte er.

Tief geduckt huschten die Jungen zum mittleren Tisch und schlüpften unters Tischtuch. Ein übler Geruch schlug Charlie entgegen und zu seinem Entsetzen stellte er fest, dass Benedikt sich dasselbe Versteck ausgesucht hatte. Es war zu spät, noch unter einen anderen Tisch zu flitzen. Seitlich des Podests öffnete sich eine Tür und zwei Kellner rollten einen Wagen mit dampfenden Speisen herein.

Unter dem Tisch kam Benedikt leise winselnd auf Billy zugewatschelt.

„Sag ihm, er soll still sein“, flüsterte Charlie. „Er verrät uns noch.“

Billy gab ein paar leise Grunzlaute von sich. Benedikt legte sich neben ihn und sein haarloser Schwanz klopfte auf den Boden.

„Was ist das?“, sagte einer der Kellner.

Billy hauchte Benedikt etwas ins Ohr und das Klopfen hörte auf.

„Eine Ratte wahrscheinlich“, sagte der andere Kellner.

Der erste Kellner lachte. „Hoffentlich beißt sie jemanden in den Fuß. Ich hab die Nase voll von diesem Job. Ich bin schon seit sechs Uhr morgens hier und die Bezahlung ist lausig.“

„Ist wirklich ein geiziger Haufen“, stimmte ihm sein Kollege zu.

Als die beiden Kellner die Speisen vom Servierwagen auf den Tisch stellten, veranstalteten sie ein derartiges Geklapper, dass Charlie und Billy unbemerkt zum Podest krabbeln konnten. Charlie wollte hören, was an Dr. Bloors Tisch gesprochen wurde.

Zwei weitere Servierwagen wurden hereingerollt und kurz darauf hörten die Jungen ein mächtiges Stimmengewirr, das immer näher kam, bis es sich schließlich in den Speisesaal ergoss. Hundert Paar Füße stapften, schlurften, schritten und trippelten im Saal umher, als die Gäste ihre Plätze suchten.

Im Dunkeln zusammengekauert lauschten Charlie und Billy dem Kauen, Schlürfen und Schlucken über sich. Charlie war zwischen zwei Paar extrem langen, schwarz behosten Beinen gefangen. Er beschloss, sich vorsichtig zu entfernen, und prallte im Rückwärtskriechen gegen Billy, der sich unglücklicherweise auf einem silbern beschuhten Fuß abstützte.

„Ich muss doch bitten“, sagte eine Frauenstimme.

„Pardon?“, fragte der Mann ihr gegenüber.

„Sie haben mich getreten."

„Das ist ein Irrtum. Das war ich nicht."

Benedikt vor sich herschiebend, krochen die Jungen, so schnell es ging, von dem silbernen Schuh weg. Gerade noch rechtzeitig. Das Tischtuch wurde angehoben und die Besitzerin des Schuhs spähte unter den Tisch. Die Jungen hielten den Atem an, bis die Frau mit einem ärgerlichen Schnauben das Tischtuch wieder fallen ließ.

Das Gala-Diner wollte einfach kein Ende nehmen. Benedikt schlief ein und auch Billy begann zu gähnen. Doch dann trat plötzlich Stille im Raum ein und Dr. Bloor begann mit seiner Festansprache.

Nachdem er seine Gäste willkommen geheißen hatte, folgte eine lange Aufzählung sämtlicher Akademien: Loth, Oranga, Morhan, Derivere, Somphammer, Festyet, Ipakuk, Altabeeta ... Die Liste war endlos. Charlie fielen die Augen zu, doch dann war er schlagartig hellwach. Dr. Bloor hatte den Namen Lyell Bone genannt und zwar in Zusammenhang mit einem Verbrechen. Charlie fuhr hoch, wobei er beinahe mit dem Kopf gegen die Tischplatte gedonnert wäre.

„Diejenigen von Ihnen, die vor zehn Jahren hier waren, werden meinen Großvater Ezekiel Bloor als aktiven, agilen Neunzigjährigen in Erinnerung haben. Heute ist er bedauerlicherweise an den Rollstuhl gefesselt. Lyell Bone ist ein entfernter Verwandter von uns, was dieses Verbrechen doppelt schockierend macht.“ Dr. Bloor hielt inne und räusperte sich.

„Bitte“, sagte eine Männerstimme ganz in Charlies Nähe, „können Sie uns den genauen Hergang dieses Verbrechens erläutern?“

„Er hat mich niedergeschlagen“, rief Ezekiel. „Wollte mich umbringen. Hat mich gestoßen. Bin mit dem Kopf auf den Steinboden geschlagen. Das war's! Ich konnte mich nicht mehr bewegen. Dieser SCHURKE!“

Erregtes Raunen ging durch den Saal.

„Aber warum?“, fragte jemand anders, diesmal eine Frau. „Warum hat er diese schreckliche Tat begangen?“

„Einige von Ihnen“, wich Dr. Bloor der Frage aus, „führen ihre Institute vermutlich ganz anders, als wir es hier tun. Aber Sie alle handeln zweifellos stets im Interesse unserer weitverzweigten Familie. Genau wie Sie holen wir die Kinder des Roten Königs zu uns. Wir bieten ihnen Stipendien, erstklassigen Unterricht und eine bestens ausgestattete Schule. Wir beschützen sie, hegen und pflegen sie, bereiten sie auf die Probleme vor, mit denen sie als Erwachsene konfrontiert sein werden … Gelegentlich ist es erforderlich, ein Kind von seinen Eltern zu … trennen. Wohlbemerkt: natürlich ausschließlich zu seinem eigenen Besten.“

„Heißt das, Sie stehlen diese Kinder?“, fragte eine empörte Stimme.

„Er sagte ‚trennen'", kreischte Ezekiel. „Mit Stehlen hat das nichts zu tun. Um der Sache willen müssen wir diese Kinder unter unserer Aufsicht haben, und wenn es wahrscheinlich ist, dass die Eltern sich dagegen sträuben, dann, jawohl, dann müssen wir diese Kinder mit allen Mitteln zu uns holen."

Zustimmendes Gemurmel ging durch den Saal, aber Charlie hörte durchaus auch ein paar missbilligende Kommentare.

„Allerdings", fuhr Ezekiel ruhiger fort, „war im Fall eines bestimmten Kindes, das fliegen konnte, der Vater, Dr. Tolly, nur zu gern bereit, uns das Mädchen zu übergeben. Lyell Bone versuchte es zu verhindern, indem er mich niederschlug. Sein Widerstand war jedoch zwecklos und er wurde prompt bestraft."

„Entsprach denn die Strafe auch dem Verbrechen?", fragte ein Mann mit barscher Stimme.

„Jawohl, Dr. Loth. Dank meines Urenkels Manfred Bloor. Manfred, erhebe dich!"

Das Schrappen eines Stuhls in einiger Entfernung ließ darauf schließen, dass Manfred ebenfalls am erhöhten Tisch saß. Jemand klatschte und andere fielen ein. Warum, war Charlie schleierhaft.

„Manfred ist vielleicht der größte Hypnotiseur aller Zeiten", verkündete Ezekiel stolz. „Im zarten Alter von neun Jahren löschte er Lyell Bones Gedächtnis mit einem einzigen Blick. Jetzt ist der Mann absolut hilflos. Er weiß nicht mal mehr, wer er ist."

Tiefes Schweigen folgte auf diese Enthüllung, und aus irgendeinem Grund begann Ezekiel zu lachen. Er lachte so heftig, dass er fast erstickte. Charlie fand dieses Geräusch unerträglich. Er konnte seine Wut kaum im Zaum halten und musste die Arme ganz fest um sich schlingen, um sich davon abzuhalten, einfach hinauszustürzen.

In begeistertem Ton fuhr Dr. Bloor dann fort: „Auch Mr Tollys Tochter Emma versetzte Manfred in Trance. Sie war damals zwei Jahre alt. Die Wirkung hielt an, bis sie zehn war und Lyell Bones verwirrter Sohn sie aufweckte."

Überraschtes Gemurmel. Gesprächsfetzen drangen an Charlies Ohr: „Wer?" – „Wie hat er das gemacht?" – „Glauben Sie ...?" – „Könnte das ...?"

„Meine verehrten Damen und Herren", dröhnte erneut Dr. Bloors Stimme, „seien Sie unbesorgt. Das Mädchen ist immer noch hier und Lyells Sohn Charlie ebenfalls. Diese sonderbegabten Kinder halten zusammen wie Pech und Schwefel. Charlie ist ein Bilderreisender, eine unschätzbar wertvolle Gabe, wie Sie alle wissen. Er hat sich als schwierig erwiesen, wohl, weil er nun mal der Sohn seines Vaters ist, aber er wird bestens bewacht. Diese reizenden Damen zu meiner Rechten sind seine Großmutter, Grizelda Bone, und seine drei Großtanten, Lucretia, Eustacia und Venetia Darkwood. Sie alle behalten Charlie Bone im Auge ..."

„Und eines Tages“, mischte sich Ezekiel ein, „wird Charlie mich mitnehmen in die Vergangenheit, wo es mir endlich möglich sein wird … die Geschichte zu korrigieren.“ Daraufhin begann er wieder hysterisch zu lachen.

Dr. Loth rief: „Bravo!“, und andere stimmten ein. Allerdings schienen nicht alle Anwesenden ihre Begeisterung zu teilen und schwiegen.

Billy, der halb auf Benedikt lag und schlief, wachte plötzlich auf und nieste leise. Direkt vor Charlie wurde das Tischtuch gelüpft und ein Gesicht erschien. Der Mann hatte einen Bart und trug einen blauen Turban.

Charlie starrte genau in die dunkelbraunen Augen des Mannes. Sie starrten zurück. Charlie wartete, dass irgendetwas passierte. Der Mann mit dem Turban schien ebenfalls zu warten. Also tat Charlie das Einzige, was ihm einfiel. Er legte sich den Zeigefinger an die Lippen.

Der Mann grinste ihn an und ließ das Tischtuch wieder herabfallen.

Charlie hatte kaum wieder zu atmen begonnen, als eine dünne, nörgelige Stimme rief: „Hier riecht es nach Junge!“

„Junge?“, fragten mehrere Stimmen.

„Gerüche sind meine Spezialität“, sagte die dünne Männerstimme. „Ich rieche einen Jungen, vielleicht auch zwei – oder drei.“

Charlie und Billy sahen sich entsetzt an. Jetzt war alles aus. Gleich würden sie entdeckt werden.

Da hatte Charlie eine Idee. Er zeigte auf Benedikt.

Billy grunzte dem alten Hund etwas ins Ohr und Benedikt rappelte sich mühsam hoch. Dann versetzte der Junge ihm einen kleinen Schubs und Benedikt watschelte unter dem Tischtuch durch und in den Speisesaal hinaus. Dabei gab er den übelsten Gestank von sich, den Charlie jemals gerochen hatte und von dem er fast ohnmächtig wurde. Billy hatte Benedikt nämlich befohlen, zu furzen wie noch nie in seinem Leben.

Empörte Rufe hallten kreuz und quer durch den Saal. „Igitt!“ – „Puuuh!“ – „Was *stinkt* hier so?“ – „Das ist ja ein Hund!“ – „Ein uralter Hund!“ – „Was für ein Monstrum!“

„Der Geruch kam gar nicht von einem Jungen, sondern von einem Hund“, sagte eine verwirrte Stimme.

„Ihre Nase lässt allmählich nach, Professor Morvan“, sagte eine vergnügt klingende Frauenstimme. „Sie kann schon einen Jungen nicht mehr von einem steinalten Hund unterscheiden.“

Gelächter folgte und Ezekiel kreischte: „Seien Sie nicht so gemein zu meinem Hundchen. Es kann nichts dafür.“

„Ich glaube, wir sollten ihn rauslassen, Dr. Bloor“, schlug eine Frau vor. „Er möchte sicher … gehen.“

„Gute Idee“, stimmte Dr. Bloor zu. „Würde jemand so freundlich sein …“

„Und zwar möglichst schnell“, setzte eine andere Frauenstimme hinzu.

Ein Stuhl schrappte. Jemand rannte zur Tür und machte sie auf. Benedikt bellte einen kurzen Dank und tappte hinaus. Erneutes Gelächter.

Zum Glück hatte der alte Hund einen so intensiven Gestank hinterlassen, dass Professor Morvans Nase gründlich irritiert war und er das Thema „Jungengeruch“ nicht mehr erwähnte.

Als sich das Gelächter wieder gelegt hatte, hüstelte Dr. Bloor und erklärte: „Ich entschuldige mich vielmals für die Störung, würde aber jetzt gern auf die gewichtige Entwicklung zurückkommen, die wir bei Ihrer Ankunft bereits angesprochen haben.“

„Wir sind ganz Ohr“, sagte Dr. Loth.

„Danke.“ Dr. Bloor wartete, bis im Saal absolute Ruhe herrschte, und fuhr fort. „Zunächst muss ich Ihnen kurz die Lebensgeschichte eines Mannes darstellen, von dem ich bis letzte Woche selbst noch nie gehört hatte. Die Geschichte des Grafen Harken Badlock.“ Dr. Bloors Stimme zitterte vor Erregung.

Schweigen. Offensichtlich kannte niemand Graf Harken Badlock. Charlie horchte ganz genau hin,

weil ihm klar war, dass er gleich etwas ungeheuer Wichtiges erfahren würde.

„Graf Harken war achtzehn, als er nach Spanien

kam. Dort hielt er um die Hand der schöne Berenice, Tochter des Ritters von Toledo, an. Der Graf war ein Hexenmeister, der sich auf Magnetismus verstand, und bald schon war ihm Berenice verfallen. Die Hochzeit war schon geplant, doch dann ..."

„Aber Berenice hat doch den Roten König geheiratet", unterbrach ihn jemand.

„Ja, das hat sie", bestätigte Dr. Bloor. „Aber zuvor kam es zu einem Zweikampf zwischen den beiden jungen Männern und Harken wurde geschlagen. Bei all seinen Zauberkräften und all seinem Charme konnte er doch mit den magischen Fähigkeiten des Roten Königs nicht konkurrieren, also verlor er die schöne Berenice."

Mucksmäuschenstill wartete Dr. Bloors Publikum auf die Fortsetzung der Geschichte.

„Wie Sie wissen, starb Königin Berenice bei der Geburt ihres zehnten Kindes, Prinzessin Amoret. Der Rote König ging, wie es der Brauch seines Volkes war, in die Wälder, um zu trauern. Seine Kinder blieben in der Obhut von Bediensteten zurück – bis Graf Harken auftauchte. Ja, meine Freunde, er kam, um die Kinder seiner geliebten Berenice zu beschützen. Er lehrte sie alles, was er wusste, verteidigte sie gegen marodierende Fremde und heiratete schließlich die älteste Königstochter, Lilith."

„Wie ist denn das alles so plötzlich ans Licht gekommen, Dr. Bloor?", fragte jemand.

Es folgte eine dramatische Pause. Charlies Kopfhaut prickelte und er konnte förmlich sehen, wie sich Dr. Bloor mit triumphierender Miene vorbeugte.

„Ich habe es vom Grafen selbst erfahren."

Ungläubige Ausrufe von allen Seiten, dann fuhr Dr. Bloor fort: „Ich weiß, es ist schwer zu glauben, dass jemand, der vor neunhundert Jahren gelebt hat, wieder unter uns sein kann. Doch ich versichere Ihnen, es ist so. Ich bin ganz und gar überzeugt, dass es die Wahrheit ist."

Über einen Chor von Fragen und Einwänden hinweg rief der alte Ezekiel: „Er war lediglich ein Schatten auf dem Bild des Roten Königs, aber jemand hat ihn befreit."

Charlie umklammerte Billys Arm so fest, dass der kleine Junge vor Schmerz aufstöhnte. Im Schummerlicht unter dem Tisch konnte Charlie erkennen, dass Billys rubinrote Augen genauso weit aufgerissen waren wie seine eigenen.

Der Schatten, formte Billys Mund tonlos. Charlie nickte.

„Wer hat ihn herausgelassen?"

„Wo ist der Graf jetzt?"

Diese beiden Fragen waren aus dem Stimmengewirr herauszuhören. Dr. Bloor bat um Ruhe und wartete, bis sich der Tumult gelegt hatte. „Wo er ist? Er ist in Sicherheit. Er hat sich in diesem Jahrhundert bemerkenswert gut akklimatisiert. In nur zehn Minuten hatte er unsere Sprache gelernt und sich in wenigen Stunden sämtliches Wissen über unsere Politik, unser Finanzwesen, unsere Kleidermode, unsere Lebensgewohnheiten, kurzum ..."

„Aber er ist schließlich ein Hexenmeister", warf Ezekiel ein.

„Ja, das stimmt", sagte Dr. Bloor. „Leider musste er bei der Beschaffung einer Unterkunft und eines Broterwerbs ein wenig rücksichtslos vorgehen, aber solche Kleinigkeiten lassen sich nun mal nicht immer vermeiden." Er lachte blechern. „An diesem Punkt, meine lieben Gäste, muss ich Sie bitten, absolutes Stillschweigen über diese Angelegenheit zu wahren. Aber unsereins ist es gewohnt, Geheimnisse zu bewahren, oder nicht? Wir müssen es tun, sonst kehrt sich die Welt gegen uns."

Zustimmendes Gemurmel erhob sich, dann übertönte Dr. Loths Stimme alle übrigen. „Wer war es?", wollte er wissen. „Wer hat den Schatten herausgelassen und wie hat er das gemacht?"

„Ah." Dr. Bloor zögerte kurz. „Das weiß der Graf selbst nicht genau. Er behauptet, es sei mittels eines Spiegels geschehen, des Spiegels der Amoret, wie er genannt wird. Wir haben diesen Spiegel in der Halle gefunden, während eines Schneesturms. Die Person, die den Schatten herausgelassen hatte, war bereits verschwunden."

„Wir dachten, es wäre unsere Venetia gewesen",

sagte Ezekiel. „Sie ist die Gescheiteste von uns. Und die Boshafteste." Er gluckste.

„Aber ich war es nicht", brummte Venetia verdrossen.

„Sie sehen also ...", hob Dr. Bloor an.

„Ich war es", sagte plötzlich eine helle Stimme. „Ich habe es getan."

„*Sie*?" Der Direktor klang völlig verblüfft.

„Ja, ich. Ich habe den Spiegel der Amoret gefunden."

Charlie erstarrte. Jeder einzelne Nerv in seinem Körper begann zu kribbeln. Diese Stimme kannte er. Sie gehörte so ziemlich der letzten Person auf der Welt, der er das zugetraut hätte.

Schockierende Enthüllungen

Im Saal war es totenstill, bis auf Schritte, die von der Tür herkamen: leicht und klackend, eindeutig von einer Frau mit Stöckelschuhen.

Charlie war so geschockt, dass ihm fast schlecht wurde. Billys Gesicht im Halbdunkel war aschfahl vor Angst. Wenn *das* sein konnte, dann war alles möglich.

Die Schritte hatten nun das Podest erreicht und Dr. Bloor fand jetzt die Sprache wieder: „Miss Crystal, bitte kommen Sie herauf und erzählen Sie uns, wie sich das alles zugetragen hat."

„Danke." Charlie hörte, wie sie auf das Podest stieg.

„Würde ihr jemand einen Stuhl anbieten?", sagte Ezekiel.

„Ich stehe lieber", erklärte Miss Crystal.

„Erzählen Sie uns jetzt Ihre Geschichte, meine Liebe?", bat Dr. Bloor. „Und wie Sie den Grafen herausgelassen haben! Wir sind alle sehr gespannt."

Das brach das Schweigen im Saal. Von allen Tischen kamen zustimmende Rufe.

„Selbstverständlich." Miss Crystals Stimme, die immer so hell und freundlich geklungen hatte, hatte nun etwas Kaltes, Hartes, Klirrendes, das Charlie frösteln machte.

„Vor vierzehn Jahren war ich das glücklichste junge Mädchen der Welt. Ich war verliebt und glaubte, der Mann, den ich liebte, würde meine Gefühle erwidern. Aber er stieß mich zurück und heiratete eine andere. Es brach mir das Herz. Ich dachte, ich müsste sterben. Schließlich heiratete ich einen Mann namens Matthew Tilpin. Wir bekamen einen Sohn, Joshua."

Charlie wäre beinah ein verblüffter Ausruf herausgerutscht, aber Billy hielt ihm schnell den Mund zu.

„Schon sehr bald nach Joshuas Geburt", fuhr Miss Crystal fort, „verließ uns mein Mann. Er sagte, er habe Angst vor unserem Baby. An Joshua blieb nämlich alles hängen, Staub, Flusen, Insekten, Papierfetzchen, und wenn man seine kleinen Händchen berührte, kam man kaum wieder davon los. Matthew sagte, wenn er bei uns bliebe, würde ihn das Kind eines Tages dazu bringen, etwas Schreckliches zu tun. Er fühlte bereits, wie Joshua seinen Willen beeinflusste." Im Saal herrschte gespannte Stille.

„Meine Mutter hatte mir oft erzählt, dass wir vom Roten König abstammen", fuhr Miss Crystal fort, „und als Kind war ich selbst gar nicht schlecht in magischen Dingen. Aber in Herzensangelegenheiten nützt das nichts, also gab ich die Zauberei weitgehend auf. Doch dann starb letztes Jahr an Weihnachten mein Onkel und hinterließ mir eine Truhe voller Papiere. Vieles davon war nicht zu entziffern oder nur belangloses Geschreibsel, aber immerhin bekam ich heraus, dass wir Abkömmlinge der ältesten Tochter des Roten Königs, Lilith, und ihres Gemahls, des Grafen Harken Badlock, sind."

Miss Crystal nahm sich kaum die Zeit, Atem zu holen, und redete hastig weiter. „Und da war eine Karte. Sie war hervorragend erhalten, aber sehr klein, kaum zu glauben, wie klein diese Karte war – ist. Vermutlich ist sie jahrhundertelang einfach übersehen worden. Ich habe keine Ahnung, wer sie gezeichnet hat, vielleicht der Graf selbst, ich werde ihn fragen." Sie lachte kurz und hart. „Diese Karte verriet mir, wo ich den Spiegel der Amoret finden würde. Den Spiegel, der den Grafen wieder in diese Welt zurückholen konnte. Dort stand geschrieben, man müsse ihn nur vor das Bild des Roten Königs halten, und zwar so, dass das gebündelte Licht genau auf den Schatten hinter dem König falle." Sie hielt kurz inne. „Das habe ich getan – und es hat funktioniert. Der Graf ist wieder da!" Bei den letzten fünf Worten schnappte Miss Crystals Stimme vor Verzückung über.

„Ein Glas Wasser", sagte Dr. Bloor.

„Hier, ein Stuhl." Jemand schob einen Stuhl über den Fußboden.

Im Saal brach aufgeregtes Gemurmel aus. Wenn Charlie und Billy ihre Position hätten wechseln wollen, wäre jetzt der Moment dazu gewesen, aber Charlie war wie betäubt.

Miss Crystal war noch nicht fertig. „Ich möchte noch etwas sagen“, verkündete sie. „Mein Sohn Joshua besitzt ungeheure Kräfte. Genau wie Charlie Bone hat er das Blut zweier Zaubererlinien in den Adern. Wenn jemand Charlie kontrollieren kann, dann ist es Joshua. Und was Charlies Vater angeht – der Graf wird dafür sorgen, dass er nie wieder erwacht.“ Sie lachte gehässig. „Oh, ja, der Graf wird sicherstellen, dass Lyell Bone für immer verschwunden bleibt.“

Nachdem es kurz still im Saal gewesen war, meldete sich eine Stimme direkt über den beiden Jungen. „Miss Crystal, ich möchte Sie etwas fragen.“ Charlie hatte das Gefühl, dass die Stimme dem Mann mit dem Turban gehörte. „Würden Sie uns sagen, wer der Mann war, der Sie damals zurückgewiesen hat?“

„Wer soll das schon gewesen sein?“, sagte sie kalt. „Es war Lyell Bone.“

Charlie zitterte so heftig, dass ihn Billy am Arm festhalten musste.

„Wir müssen hier raus“, flüsterte Charlie.

Im Speisesaal ging es jetzt so turbulent zu, dass niemand mitbekam, wie die beiden Jungen panisch ans Ende des Tischs krabbelten. Stühle schrappten. Leute standen auf und gingen umher. Servierwagen wurden hereingerollt und Porzellan klapperte.

„Es gibt noch Kaffee!“, verkündete Dr. Bloor. „Kaffee und Fruchtkonfekt. Bitte bleiben Sie noch ein paar Minuten sitzen.“

„Wie sollen wir jetzt hier rauskommen?“, wisperte Billy.

Charlie zuckte ratlos die Achseln. Die Tür war mindestens zwei Meter vom Tisch entfernt. Auch wenn sie auf dem Boden robbten, würde sie garantiert jemand sehen. Doch dann hatte er eine Idee. Er krabbelte bis ans Ende des Tisches Richtung Ausgang, dicht gefolgt von Billy.

Und tatsächlich. Nachdem Sie einige Augenblicke gewartet hatten, kamen die Kellner mit den Servierwagen herein und rollten auf die Tische zu. Charlie bedeutete Billy pantomimisch, er solle ins unterste Fach des Servierwagens auf seiner Seite krabbeln. Es war gar nicht so leicht, das Billy begreiflich zu machen, aber schließlich nickte er.

Endlich waren die beiden Kellner am Tischende angelangt. Charlie sah noch einmal in Billys ängstliches Gesicht, grinste aufmunternd und krabbelte unter das rote Tuch, das über den Servierwagen vor ihm gebreitet war. Das unterste Fach war jetzt leer und der Kellner durch das Ausschenken des Kaffees abgelenkt. Als Charlie sich mühsam hineingequetscht hatte, bemerkte er, dass ihn das rote Tuch nicht ganz verdeckte. Er hielt den Atem an und rührte sich nicht, während der Wagen langsam zum anderen Ende des Saals gerollt wurde. Kaum dass sie durch die Schwingtür waren, blieb der Kellner stehen und knurrte: „Was zum ...?“ Er guckte unter das Tuch und entdeckte Charlie.

„Du grüne Neune“, sagte der Kellner, ein junger Mann mit pickligem Gesicht. „Was machst du denn hier?“

„Ich hatte Arrest und mir war langweilig“, sagte Charlie in der Hoffung, dass der junge Mann von der mitfühlenden Sorte war.

Der junge Mann lachte. „Das glaub ich gern. Aber jetzt raus da, mein Rücken tut mir sowieso schon weh.“

„Bitte, können Sie mich nicht noch ein kleines Stück weiterfahren?“, bettelte Charlie. „Nur durch die Küchen.“

„Machst du Witze? Ich bin seit sechs Uhr morgens am Schuften.“

„Dann nur noch durch die grüne Küche“, beschwor ihn Charlie. „Ich will nur nicht, dass mich Mrs Weedon erwischt.“ Mrs Weedon war, genau wie ihr Mann, der Hausmeister, ein richtiger Drache.

Der Kellner grinste. „Verstehe. Also gut, halt dich fest.“

Charlie hielt die Luft an, während sie Mrs Weedons Revier durchquerten. Er sah die untere Hälfte ihrer massigen Gestalt in einer Dampfwolke die mächtigen Spülen entlangpatrouillieren. Und dann waren sie in der nächsten Küche, hinter der Schauspielcafeteria. Der Kellner karrte Charlie durch die Cafeteria und auf den Gang hinaus.

„Jetzt zieh Leine“, sagte der Kellner, „oder ich bin auch dran.“

Charlie rollte sich vom Servierwagen und bedankte sich überschwänglich. „Ich hab einen Freund, der …“, setzte er an, aber der Kellner war schon weg.

In der Hoffnung, dass Billy ebenfalls in mitfühlenden Händen war, flitzte Charlie die Hintertreppe hinauf und durch die dunklen Gänge zu seinem Schlafsaal.

Billy tauchte nicht auf. Charlie wartete und wartete. Die Turmuhr der Kathedrale schlug zehn. Unten im Hof waren jetzt die Stimmen aufbrechender Gäste zu hören. Was war mit Billy? Charlie kaute vor Nervosität an den Fingernägeln. Wenn sie Billy erwischt hatten – würde er den Bloors verraten, dass Charlie mit dabei gewesen war?

Als es elf Uhr schlug, machte Charlie ein Bündel aus Kleidungsstücken und packte es unter Billys Bettdecke. Kurz darauf schaute die Hausmutter herein. Charlie machte die Augen zu und lag ganz still. Tante Lucretia verschwand wieder.

Charlie konnte nicht schlafen. Er ging ans Fenster und schaute in den Hof hinab. Im Westflügel war nirgends Licht. Das ganze Akademiegebäude lag im Dunkeln. Als Charlie gerade beschlossen hatte, sich auf die Suche nach Billy zu machen, kam endlich eine kleine Gestalt hereingeschlichen.

„Billy, wo warst du denn?“, rief Charlie.

„Bin eingeschlossen worden“, sagte Billy matt.

„Wieso?“

„Der Kellner hat den Wagen einfach in eine Abstellkammer geschoben und die Tür abgeschlossen.“ Als Billy durch den stockdunklen Schlafsaal auf Charlie zukam, wurde sein Gesicht plötzlich von einem winzigen, flackernden Licht erhellt. Charlie sah, dass Billy eine schlanke Kerze hielt, die sich offenbar von selbst entzündet hatte.

„Und dann?“, fragte Charlie.

An seinem Bett angekommen, pustete Billy die Kerze aus, kroch unter die Decke und warf das Kleiderbündel auf den Boden. „Guter Trick“, sagte er gähnend.

„Billy, ich bin hellwach. Bevor du einschläfst, sag mir bitte, wie du aus der Kammer rausgekommen bist und wieso die Kerze da von selbst angeht.“

„Na ja“, sagte Billy und gähnte wieder, „ich hab gewartet, bis alles still war. Dann hab ich ein Stück Papier gefunden und unter der Tür durchgeschoben. Ich hab mit einem Bleistift im Schlüsselloch gebohrt, bis der Schlüssel auf der anderen Seite rausgefallen und auf dem Papier gelandet ist. Dann hab ich das

Papier wieder reingezogen. Es war so dunkel und ich hatte solche Angst. Ich hab immer meine Kerzen dabei, du weißt ja, die, die mir Christopher, mein Vormund, geschenkt hat, bevor er ums Leben gekommen ist. Bis heute Abend wusste ich nicht, was die Kerzen können. Ich hab eine rausgenommen und ... und ..." Billys nächstes Gähnen war fast schon ein Stöhnen.

„Und?", bohrte Charlie.

„Ich hab gesucht, ob ich ein Streichholz finde, aber es war so schrecklich dunkel und ich hatte so schreckliche Angst und ... und dann ..."

„Und dann?", rief Charlie, dem es jetzt egal war, ob ihn die Hausmutter hörte.

„Und dann ... hab ich geweint", gestand Billy, „und gesagt: ‚Ach, wenn ich doch nur was sehen könnte', und da ist die Kerze einfach angegangen."

„Wow!" Charlie legte sich jetzt wieder hin. „Irre. Du hast diese Kerzen schon so ewig und hattest keine Ahnung, was sie können. Der arme Christopher Crowquill."

„Ich hab fünf Kerzen, weil mir dein Onkel ja noch die gegeben hat, die ihm Christopher geschickt hatte. Ich wünschte, er wäre noch am Leben!" Billy kroch tiefer unter die Decke und drehte sich zur Wand.

Auch Charlie fielen jetzt die Augen zu, aber bevor er einschlief, fragte er Billy noch, ob er am Samstagabend mit zu ihm kommen wolle.

„Diesmal nicht", murmelte Billy. „Ich glaub, ich

bleib hier. Ich hab noch nie einen großen Ball gesehen."

Charlie auch nicht, aber keine zehn Pferde hätten ihn dazu gebracht, noch eine Nacht im Bloor zu bleiben.

Am nächsten Morgen, als die Jungen beim Frühstück saßen, steckte ein glatzköpfiger Mann mit einem dicken rotbraunen Schnurrbart den Kopf zur Tür der blauen Cafeteria herein.

„Aha. Hier also nicht?", brummte er.

„Was suchen Sie denn, Sir?", fragte Charlie, den Mund voller Cornflakes.

„Man spricht nicht mit vollem Mund", schnauzte ihn Mr Schnurrbart an.

Die Köchin kam aus der Küche und schon nahm der Fremde keinerlei Notiz mehr von Charlie. „Sie sehen wenigstens *einigermaßen* vernünftig aus. Also, wo ist die Versammlungshalle?", fragte er sie barsch.

Die Köchin blies empört den Brustkorb auf und funkelte den Mann grimmig an. „Ich bezweifle nicht, dass ich um *einiges* vernünftiger bin als Sie. Raus aus meiner Küche und dann nach rechts."

Mr Schnurrbart zog empört den Kopf zurück und knallte die Türe hinter sich zu.

„Schulleiter", knurrte die Köchin. „Keine Manieren. Halten sich alle für den lieben Gott. Und manche können sich's einfach nicht verkneifen, ein bisschen anzugeben. Ich habe genug von Gestaltwandlern, Verschwindibus-Tricks und diesem ganzen Hokuspokus. Sie zaubern das Essen weg, lassen es durch die Luft fliegen, verwandeln es in Schokolade oder sonst irgendwas, worauf sie gerade Lust haben. Außerdem sind schon etliche silberne Löffel verschwunden. Aber heute Abend müssen sie sich zügeln, der Bürgermeister kann so was gar nicht leiden."

Unter dem Tisch hatten die Jungen gar nichts von irgendwelchen Zauberkunststücken mitgekriegt und sie bedauerten, dass sie das verpasst hatten. Aber das Wichtigste war ihnen nicht entgangen.

„Haben Sie's schon gehört?" Charlie senkte die Stimme. „Miss Crystal ist ..."

„Ich weiß, Charlie. Ich kann jetzt nicht drüber reden, weil sie gleich alle hier sein werden. Die ganze Schulleiterbande. Sie versammeln sich in der Aula und tagen anschließend überall in Gruppen, in den Klassenzimmern und in der Turnhalle. Keine Ahnung, wo ihr beide dann hinsollt."

Diese Frage beantwortete sich bald. Auf dem Rückweg zum Schlafsaal liefen sie Manfred Bloor über den Weg.

„Was macht ihr zwei denn hier?", blaffte Manfred.

„Wir wissen nicht, wo wir sonst hinsollen", sagte Billy.

„Raus!" Manfred zeigte auf die Haupttreppe.

„Raus?", sagte Charlie. „Bis wann?"

„Bis ich euch wieder reinhole", sagte Manfred.

Argumentieren war hier zwecklos. Widerstrebend gingen Charlie und Billy zur Treppe, wo sie auf ein Meer von Schulleitern und Schulleiterinnen hinabblickten. Einige gaben gerade mit ihren Zauberkünsten an. Charlie entdeckte einen Esel und einen Bären und sah, wie sich ein Zebra in eine Frau in einem schwarz-weißen Kleid zurückverwandelte. Ein Mann im schwarzen Mantel löste sich in Luft auf und an einem Deckenbalken hing plötzlich eine Riesen-eidechse.

Charlie und Billy stiegen vorsichtig die Treppe hinunter. In der Halle mussten sie sich einen Weg durch die schwatzende Menge bahnen. Niemand beachtete die beiden Jungen, die sich zu den Garderoben durchkämpften. Bis sie plötzlich vor dem Mann mit dem blauen Turban standen.

„Ah, so trifft man sich wieder", sagte Mr Turban mit einem breiten Lächeln. Er legte den Zeigefinger an die Lippen und zwinkerte Charlie verschwörerisch zu. „Viel Glück!"

Eine dicke Frau drängte Charlie beiseite und ehe er sichs versah, war der Mann mit dem blauen Turban in der Menge verschwunden.

„Wer war das?", fragte Billy.

„Er hat mich gestern Abend unterm Tisch gesehen. Aber er hat mich nicht verraten." Charlie zog Stiefel und Umhang an.

„Dann sind sie also nicht *alle* fies. Er sah nicht aus wie ein Schulleiter, oder?“ Billy setzte sich auf eine Bank, um seine Schuhe aufzuschnüren.

„Na ja, vielleicht sehen die Schulleiter dort, wo er herkommt, ja so aus“, erwiderte Charlie.

Draußen steuerten sie auf die Ruine zu. Das gefrorene Gras knirschte unter ihren Füßen und über dem Schulgelände lag eisiger Nebel. Der große rote Torbogen der Ruine war kaum zu erkennen.

„Was ist denn hier passiert?“, fragte Billy erschrocken, als er den verwüsteten Innenhof mit den zerborstenen Steinplatten sah.

„Sie hat den Spiegel gesucht und hier hat sie ihn gefunden.“ Charlie zeigte auf das Rechteck von dunkler Erde. „Miss Crystal, die wir alle für die beste und netteste Lehrerin der ganzen Schule gehalten haben.“

„Und dabei ist sie die Schlimmste“, wisperte Billy.

„Eine Hexe“, ergänzte Charlie. „Ich muss die anderen warnen, aber sie darf nicht merken, dass wir es mitgekriegt haben.“

„Wir müssen aufpassen“, sagte Billy.

Sie tasteten sich durch einen der fünf dunklen Gänge, die vom Innenhof abgingen. Am Ende des Gangs war ein runder, grasbewachsener Platz, umgeben von Bäumen und dicken, halb zerfallenen Mauern. Die Jungen setzten sich auf eine Mauer und Charlie rieb sich die kalten Hände und dachte an Bartholomäus Bloor. Er hatte gesagt, der Rote König sei immer noch in seinem Schloss und halte sich dort versteckt.

„Und wo ist er?“, sagte Charlie mehr zu sich selbst.

„Wo ist wer?“, fragte Billy.

„Der Rote König. Wir brauchen ihn, Billy.“

Ein kalter Wind wehte ihnen ins Gesicht und die kahlen Äste über ihnen machten merkwürdige Geräusche. Irgendwo knackte ein Zweig, dann noch einer. Charlie drehte sich um, halb darauf gefasst, Asa in seiner Bestiengestalt durch die Büsche brechen zu sehen. Aber es war nicht Asa. Unter einem der Bäume stand ganz still ein weißes Pferd.

„Die Königin“, sagte Charlie leise.

Die Jungen rutschten von der Mauer und Königin Berenice kam auf sie zugetrottet.

„Sie ist es, sie ist es wirklich“, sagte Charlie und streichelte den seidigen weißen Pferdehals.

Billy grunzte und wieherte und dann senkte die Königin den Kopf, um die seltsamen schnaubenden Laute, die aus Billy hervorbrachen wie Niesanfälle, besser hören zu können. Sie antwortete auf ihre Weise, mit wiederholtem, lang gezogenem Wiehern.

Charlie platzte fast vor Ungeduld. Was hatte die Königin gesagt?

„Ich hab sie gefragt, ob der König hier ist“, erklärte Billy. „Und sie hat gesagt, er sei ganz tief drinnen in seinem Schloss. Ich hab sie gefragt, wie wir zu ihm gelangen können, und sie hat gesagt, wenn die Zeit gekommen sei, würden wir ihn finden."

„Weiter nichts?" Charlie war enttäuscht. „Aber wann soll das sein?"

Die weiße Stute beschnupperte sein Ohr und er legte ihr den Arm über die lange Mähne. Sie liebkoste die Gesichter und das Haar der Jungen mit ihren sanften Lippen. Plötzlich sah sie zum Himmel hinauf.

Durch die Luft ging ein Grollen, das zu unheimlich war, um Donner zu sein. Unmittelbar darauf verfinsterte sich der Himmel, als hätte jemand einen riesigen Vorhang über der Welt zugezogen.

In dem grauen Zwielicht waren die Augen der Stute weiß vor Angst. Sie wieherte, bäumte sich auf und galoppierte davon. Ihr Hufschlag entfernte sich und das Grollen in der Luft wurde ohrenbetäubend laut.

Charlie und Billy stürzten aus der Ruine. Sie rannten über das Schulgelände und fielen vor lauter Hast, das schützende Gebäude zu erreichen, fast über ihre eigenen Beine.

„Was ist das?", keuchte Billy. „Ein Erdbeben?"

„Vielleicht ist es ja das Ende der Welt", schrie Charlie.

Als sie an die Eingangstür kamen, war sie abgeschlossen. Charlie bummerte gegen das harte Eichenholz, bis die Tür schließlich aufging und Manfred auf die Jungen herabsah.

„Angst vor einem bisschen Donner?“, sagte Manfred verächtlich.

„Das ist kein Donner“, sagte Charlie. „Es ist … es ist … Dürfen wir bitte rein?“

„Du bist eine Nervensäge, Charlie Bone, aber meinetwegen, geht in euren Schlafsaal.“ Manfred trat zur Seite und die Jungen stürzten in die Halle. Die war jetzt leer, da sich die Schulleiter und Schulleiterinnen auf die Klassenräume verteilt hatten.

„Es war kein Donner, Sir“, sagte Billy.

„Was mag es dann wohl gewesen sein?“ Manfred schien die Antwort zu wissen, hatte aber offensichtlich nicht vor, sie ihnen zu verraten.

„Wann ist denn der große Ball, Sir?“, fragte Billy, der jetzt, im Schutz des Hauses, wieder mutiger geworden war.

„Unsere Gäste treffen um halb acht ein und du tust gut daran, immer schön außer Sichtweite zu bleiben, Billy Raven. Heute Abend kommen fünfhundert Personen in dieses Haus.“

„Fünfhundert!“, entfuhr es Charlie.

„Es ist *das* gesellschaftliche Ereignis des Jahrzehnts“, prahlte Manfred. „Der Bürgermeister wird da sein und der gesamte Stadtrat. Außerdem kommen drei Richter, ein Herzog und eine Herzogin, alle wichtigen Geschäftsleute der Stadt, ein Bischof, mehrere Aufsichtsratsvorsitzende, Direktoren und Präsidenten … nein, keine Staatspräsidenten“, sagte Manfred, als er sah, dass Charlie vor Staunen der Mund offen stand. „Ich meine Unternehmenspräsidenten."

„Wow!" Charlie war wider Willen beeindruckt.

Manfred lächelte befriedigt. „Wollt ihr den Ballsaal mal sehen?", bot er an.

Die beiden Jungen fragten sich, was in ihn gefahren war. Normalerweise war Manfred nicht so freundlich. Vielleicht konnte er ja einfach der Versuchung nicht widerstehen, sich ein bisschen aufzuspielen.

Billy sagte: „Ja, bitte", ehe Manfred es sich anders überlegen konnte.

„Folgt mir." Manfred schloss die schmale Tür auf, die zum Musikturm führte. Charlie erkannte verblüfft, dass der sonst so düstere Gang mit dickem Teppichboden ausgelegt war und an der Decke unzählige Lichterketten mit leuchtenden Sternen prangten.

Er hatte die Tür zum Ballsaal nie richtig wahrgenommen. Aber jetzt war die zweiflüglige Bogentür auf Hochglanz poliert. Manfred stieß sie leicht an und sie öffnete sich zu einem Raum, dessen Pracht Charlie buchstäblich den Atem raubte.

„Na, was sagt ihr, Jungs?" Manfred schien selbst ein bisschen überwältigt. Er drückte auf einen Lichtschalter und vier Kristalllüster erfüllten den Raum mit Funkeln. Sie hingen von einer Decke, deren Stuckornamente allerlei seltsame Geschöpfe darstellten. Keine gewöhnlichen Lebewesen, sondern Kobolde,

Gnome, Trolle, Fledermäuse mit spitzen Vampirzähnen, Teufel mit gespaltenen Schwänzen, Dämonen und böse aussehende Drachen.

Charlie brachte kein Wort heraus, aber Billy hauchte schließlich: „Wahnsinn!"

Charlies Blick folgte dem glänzenden Parkett bis zu einer Bühne am anderen Ende. Dort standen auf der einen Seite ein Flügel und auf der anderen mehrere Notenständer. Er konnte die Musik beinahe hören und im Geist sah er den ganzen Ballsaal voller schwingender Abendkleider, die im Kronleuchterlicht glitzerten.

„Nicht schlecht, was?" Manfred knipste das Licht aus und scheuchte die Jungen nach draußen.

„Ja", bestätigten sie. „Toll."

Als sie sich vom Ballsaal entfernten, hörten sie hinter sich leise Schritte. Sie drehten sich um. Mr Pilgrim, der Klavierlehrer, war am anderen Ende des Gangs aufgetaucht. Charlie war erstaunt. Es hatte doch geheißen, Mr Pilgrim habe das Bloor verlassen.

„Ich schlage vor, Sie gehen wieder in den Musikraum, Mr Pilgrim", sagte Manfred herrisch.

„Ich dachte ...", setzte Mr Pilgrim an.

„Die Köchin wird Ihnen später auch etwas zu essen bringen."

„Ich habe keinen Hunger." Mr Pilgrim kam auf sie zu.

„Wie Sie wollen. Kommt, Jungs." Manfred trieb

die Jungen den Gang entlang. Als sie in der Halle waren, schloss er die uralte Tür hinter sich ab.

„Du hast Mr Pilgrim ausgesperrt", sagte Charlie.

„Eingesperrt", verbesserte Manfred. „Zu seinem eigenen Wohl. Er kann Menschenmengen schlecht aushalten." Er reckte den dürren Hals und starrte Charlie an. „Zieht jetzt die warmen Sachen aus und geht wieder in den Schlafsaal."

Charlie hatte keine Angst vor Manfreds hypnotischen schwarzen Augen. Er starrte unverhohlen zurück und Manfred guckte weg.

Er verliert seine Kräfte, dachte Charlie. Doch jetzt war da etwas anderes. Aber was?

Manfred vergrub die Hände in den Taschen und marschierte davon.

Oben im Schlafsaal setzten sich Charlie und Billy auf ihre Betten und warteten. Ihnen knurrte der Magen. Noch eine ganze Stunde bis zum Mittagessen. Charlie dachte, dass er es nicht mehr lange aushalten würde ohne einen Happen zwischendurch. Er hatte gerade beschlossen, zur Köchin zu gehen, als ihm ein Bote von ihr zuvorkam.

Mehrfaches lautes Bellen vor der Tür verkündete, dass Benedikt draußen stand.

„Essen!" Billy sprang vom Bett auf. „Benedikt sagt, in der Cafeteria steht was zu essen für uns." Er öffnete die Tür und tätschelte den faltigen Hundekopf. „Danke, Benedikt."

In der Cafeteria fanden sie auf einem Tisch einen Stapel belegter Brote. Sie hörten die Köchin in der Küche Anweisungen geben. Dort schien wieder der Teufel los, jetzt, wo im Speisesaal ein raffiniertes Mittagessen für über hundert Personen anstand.

Als Charlie und Billy ihre Brote aufgegessen hatten, schauten sie in die Küche, in der Hoffnung, zumindest noch einen Schokoladenkeks pro Nase zu ergattern.

„In dem Schrank da", sagte die Köchin und deutete mit dem Finger. Sie war wieder ganz rot im Gesicht und ihre Schürze hatte große gelbe und braune Flecken. „Und, Charlie, du sollst um halb eins mit deiner Tasche am Hauptportal sein. Dein Onkel holt dich ab."

„Onkel Paton? Aber der kann doch nicht …" Paton hatte die Gabe, Glühbirnen zum Explodieren zu bringen, weshalb er tagsüber nur selten das Haus verließ.

„Er wird wohl müssen", schnaufte die Köchin. „Sonst hat niemand Zeit. Man hat mir gesagt, es sei so vereinbart. Also, dann geht jetzt!"

Die Jungen schnappten sich ihre Schokoladenkekse und verdrückten sich aus der Küche. Charlie sah auf die Uhr. Zwanzig nach zwölf. Er hatte noch zehn Minuten, um zu packen und zum Hauptportal zu gehen.

„Bist du sicher, dass du nicht mitkommen willst?",

fragte Charlie, während er mit Billy in aller Eile zum Schlafsaal hinaufrannte.

„Ich will die feinen Damen in ihren Ballkleidern sehen“, sagte Billy. „Dann kann ich dir alles ganz genau erzählen.“ Er sagte nicht, dass er sich vorstellte, eine der schönen tanzenden Frauen wäre seine Mutter.

Mr Weedon wartete schon in der Halle auf ihn, als Charlie mit seiner Tasche die Treppe hinunterpolterte. Noch eine Minute.

„Fast geschafft, was, Charlie Bone?“ Mr Weedon hatte so einen höhnischen Ton am Leib, dass Charlie immer irgendetwas Freches antworten wollte. Aber er hatte ein bisschen Angst vor dem kahl geschorenen, muskelbepackten Hausmeister. Wenn er jetzt etwas Falsches sagte, würde Mr Weedon ihn womöglich in eine Abstellkammer sperren. Mindestens.

„Danke“, brachte Charlie heraus, als der bullige Hausmeister die Riegel zurückschob und die Tür aufschloss, dann jedoch innehielt.

„Soll ich's mir noch einmal anders überlegen?“, höhnte Mr Weedon.

„Nein, Sir“, stammelte Charlie.

Mr Weedon öffnete einen Türflügel einen kleinen Spalt. Charlie quetschte sich durch und rannte über den Innenhof. Er stürmte so schnell die Stufen zu dem gepflasterten Platz hinunter, dass er auf der letzten beinahe noch gestolpert wäre. Er war so froh, Onkel

Patons Wagen am anderen Ende des Platzes stehen zu sehen.

Onkel Paton hörte Charlies freudige Rufe nicht. Er hatte seine dunkle Brille auf und schien ganz in das Buch auf seinem Schoß versunken.

„Onkel Paton!“ Charlie zog die Wagentür auf und schlüpfte auf den Beifahrersitz. „Da bin ich.“

Onkel Paton sah auf. „Ja, da bist du.“ Er lächelte Charlie an.

„Ist alles in Ordnung? Ich meine, Maisie – ist sie wieder …?“

„Unverändert, leider“, sagte Onkel Paton seufzend.

„Tut mir leid, dass du bei Tag herkommen musstest. Gab es irgendwelche Unfälle?“

„Bisher nicht.“ Paton ließ den Motor an. Er wirkte irgendwie zerstreut.

„Alles okay, Onkel P.?“, fragte Charlie.

„Okay? Na ja, mit mir schon. Es ist nur … ich mache mir Sorgen um deine Mutter, Charlie.“

„Warum?“, fragte Charlie erschrocken.

„Sie geht zum großen Ball.“

„Mum?“ Charlie konnte es nicht fassen. „Aber wie denn? Die lassen sie doch nie rein. Mit wem geht sie denn hin? Meine Mum? Das kann nicht sein.“

„Es ist aber so.“ Paton trat auf das Gaspedal und sie holperten über das Kopfsteinpflaster und vom Platz auf die Straße.

Ein Päckchen für Charlie

Onkel Paton bestand darauf, einen Weg zu nehmen, an dem es keine Ampeln gab. Es war schon vorgekommen, dass er durch einen einzigen Blick auf eine rote Ampel einen Glasregen ausgelöst hatte.

Charlie fiel es schwer, Geduld aufzubringen. Er bombardierte seinen Onkel mit Fragen, doch der schien auch keine Antworten zu haben, wusste aber immerhin, dass die Einladung für Amy vom *Kaufrausch* gekommen war, dem Kaufhaus, das die verhängnisvollen Hummerkrabben geliefert hatte.

„Vielleicht soll es ja die Entschädigung dafür sein, dass das mit Maisie passiert ist", sagte Charlie.

Onkel Paton schüttelte den Kopf. „Das mit Maisie ist nicht einfach so passiert. Es war ein gezielter Versuch, mich außer Gefecht zu setzen. Und das Verhalten deiner Mutter in den letzten Tagen bringt mich zu der Überzeugung, dass diese Einladung für sie sehr viel mehr ist als nur eine Entschädigung. Sie glüht förmlich."

„Sie glüht?" Charlie war verdutzt. Noch nie hatte jemand so etwas über seine Mutter gesagt.

„Du wirst gleich sehen, was ich meine.“ Paton hielt vor Nummer neun.

Charlie war schon aus dem Wagen gesprungen und die Treppe hinaufgestürzt, ehe sein Onkel auch nur die Schlüssel abziehen konnte. In der Diele rief er, so laut er konnte: „Mum! Mum!“

Sofort kam Grandma Bone aus der Küche und schnauzte ihn an. „Ruhe! Du bist zu groß, um so nach deiner Mami zu schreien.“

„Sie soll wissen, dass ich da bin“, sagte Charlie und stürmte die Treppe hinauf, ehe Grandma Bone ihn aufhalten konnte.

Er fand seine Mum in ihrem kleinen Dachzimmer. Das Erste, was er sah, als er die Tür aufmachte, war das Ballkleid. Es hing am Kleiderschrank, in schimmerndem Grün, mit schmalen Trägerchen, enger Taille und einem langen, ausgestellten Rock.

„Gefällt es dir, Charlie?“ Amy Bone sah von ihrem Schminktisch auf. Ihr Haar war anders. Glatt und glänzend und mit Strähnchen in hellerem Blond.

„Mum, warum gehst du zu diesem Ball?“

„Charlie, guck nicht so ernst.“ Amy Bones neues, von innen her glühendes Gesicht lächelte ihm aus dem Spiegel entgegen. „Ich will ein bisschen Spaß haben. Ich will ausgehen und wieder strahlen und funkeln.“ Sie war tatsächlich von oben bis unten ein einziges Strahlen und Funkeln und gar nicht sie selbst.

„Mit wem gehst du hin?“, fragte Charlie.

„Mit Mr Nobel. Er ist der neue Eigentümer des *Kaufrausches*. So ein netter Mensch. Du würdest ihn mögen, Charlie."

„Mögen? Warum sollte ich?"

„Er ist gut zu mir, Charlie. Bedeutet dir das denn gar nichts? Er gibt mir das Gefühl, etwas Besonderes zu sein." Ihre Stimme wurde träumerisch. „Er sagt so wunderbare Sachen."

Charlie ging zu dem grünen Kleid und berührte den seidigen Stoff. Er fühlte sich verhext an. „War Tante Venetia an diesem Kleid?"

„Aber Charlie, natürlich nicht. Ich hab's im *Kaufrausch* ausgesucht und selbst gesehen, wie das Mädchen an der Kasse es eingepackt hat."

„Muss ja eine Stange Geld gekostet haben", sagte Charlie.

„Es ist ein Geschenk", antwortete seine Mutter ein wenig beschämt.

Eine Falle wohl eher, dachte Charlie. „Aber du kannst doch Maisie nicht allein lassen", stieß er hervor. „Nicht so gefroren, wie sie ist. Du hast doch selbst gesagt, das geht nicht."

„Sei nicht albern, Charlie. Onkel Paton ist ja hier, falls Maisie – auftaut. Wenn du mir nichts Nettes zu sagen hast, dann geh lieber."

Charlie fühlte sich wie gelähmt. Er spürte, dass er einen Kampf verlor. Er wusste nicht, welche Waffen er gegen einen Mann einsetzen sollte, der ihm seine

Mutter wegnahm, indem er wunderbare Sachen sagte. Er schlich hinaus und machte die Tür hinter sich zu.

Auf dem Weg nach unten schaute er nach Maisie. Sie lag immer noch im Bad. Jemand hatte ihr eine Schlafmaske auf die Augen gelegt und damit hatte sie mehr von einem Einbrecher als von einer gefrorenen Großmutter. Abgesehen von dem rosa Pullover.

„Du hast vermutlich Hunger?“, sagte Grandma Bone, als Charlie in die Küche kam.

„Nein, danke, hab gerade zu Mittag gegessen.“

„Das war kein Angebot, nur eine Frage“, gab seine Großmutter zurück, ohne von ihrer Zeitung aufzublicken.

Charlie seufzte. „Ist der Korb gekommen?“, fragte er.

„Natürlich. Paton, der dumme Kerl, hat nichts angerührt. Dabei war alles überaus köstlich.“ Grandma Bone schmatzte mit den Lippen.

„Dann ist gar nichts mehr übrig?“

„Kein Krümel.“

Charlie seufzte wieder, ging nach oben und klopfte an die Zimmertür seines Onkels.

„Komm rein, mein Junge, komm rein“, rief Onkel Paton.

Charlie ging hinein und setzte sich auf das schrecklich unordentliche Bett seines Onkels, während dieser einen Stapel Papiere in seine Schreibtischschublade steckte.

„Du hattest Recht, Onkel P.“, sagte Charlie geknickt. „Mum glüht nicht nur, ich glaube sie ist irgendwie verhext.“

„Das glaube ich auch!“ Paton schwenkte mit seinem Schreibtischstuhl herum und sah Charlie eindringlich an. „Aber es ist nicht alles nur düster und beängstigend, Junge. Wir haben Neuigkeiten für dich.“

„Gute?“, fragte Charlie gespannt.

„Interessante zumindest“, erklärte sein Onkel. „Wenn unsere Damen zu dem Ball gegangen sind, kommt Miss Ingledew zum Essen hierher. Emma übernachtet wohl bei den Vertigos. Julia hat ein äußerst geheimnisvolles Päckchen für dich bekommen und wir sind beide schrecklich neugierig, was da drin ist.“

„Für mich?“, fragte Charlie verdutzt. Aber mehr konnte ihm sein Onkel nicht sagen, also ging er in sein Zimmer, um seine Sachen auszupacken. Die weiße Motte kam vom Vorhang herabgeflattert und ließ sich auf seiner Schulter nieder. Charlie spürte, dass das ihre Art war, ihn zu begrüßen.

Die Zeit schlich dahin. Charlie überlegte, ob er zu Benjamin hinübergehen sollte, aber seitdem er wusste, dass die Browns im Bloor herumspionierten, mochte er nicht mehr in Nummer zwölf sein. Benjamin würde wohl zu ihm kommen müssen.

Um sieben Uhr ging Grandma Bones Tür auf und sie rauschte die Treppe hinunter. Die Haustür knallte und Charlie sah aus dem Fenster. Unten standen Grandma Bone und seine beiden Großtanten Eustacia und Venetia dicht beisammen und redeten leise miteinander. Sie trugen alle lange, dunkle Capes, aber das von Venetia sah seltsam schleimig aus. Es glitzerte wie die Spur einer Nacktschnecke.

Die drei Schwestern stiegen in Eustacias Auto und im nächsten Moment schossen sie, ungeduldig hupend, die Filbert Street hinauf. Ein paar Minuten später vernahm Charlie ein Rascheln vor seiner Tür. Sie ging auf und eine Frau trat ein. Charlie erkannte sie kaum. War diese wunderschöne Dame im grünen Abendkleid wirklich seine Mutter?

„Wie sehe ich aus?“, fragte sie.

Charlies Blick wanderte ihre bloßen Arme hinunter. Ein breiter Silberarmreif umspannte ihr linkes Handgelenk, aber ihr Brillantring fehlte. Charlie fröstelte. Noch nie hatte er seine Mutter ohne ihren Ring gesehen. Kein einziges Mal.

„Dein Ring!“ Er sah ihr ins Gesicht.

„Mein Ring? Ach, den habe ich abgenommen. Ich will ja nicht zu sehr funkeln, was?“, sagte sie mit einem komischen, kleinen Lachen.

„Aber, Mum …“

„Gute Nacht, Charlie.“ Sie beugte sich unvermittelt vor und küsste ihn auf die Wange. Ein völlig unbekannter Duft hüllte Charlie ein. Er stand einen Moment ganz benommen da und rannte dann hinter seiner Mutter her. Unten klingelte schon jemand an der Haustür und Amy Bone ging hinaus, ohne sich auch nur umzudrehen. Ein Mann in einer schwarzen Livree schloss die Tür hinter ihr.

„Mum!“ Charlie zog die Tür auf und sah gerade noch, wie seine Mutter in den Fond einer langen, goldenen Limousine stieg. Sie hatte dunkel getönte Fenster, sodass er nicht hineinsehen konnte. Der Mann in Schwarz, zweifellos ein Chauffeur, warf Charlie einen fiesen Blick zu und setzte sich dann hinters Steuer. Die goldene Limousine glitt davon, so lautlos wie eine Schlange.

„Steh hier nicht in der Kälte herum, Junge“, sagte Onkel Paton hinter Charlie.

„Onkel Paton, hast du Mum gesehen?“

„Nein. Tut mir leid. Sah sie toll aus?“ Onkel Paton zog Charlie hinein und schloss die Tür.

„Ja“, sagte Charlie, „aber sie hat ihren Ring abgenommen.“

„Hm. Was das wohl zu bedeuten hat? Komm, hilf mir den Tisch decken. Julia muss jeden Moment da sein.“

Sie gingen in die Küche, wo Onkel Paton bereits auf jede freie Fläche Kerzen gestellt hatte. Charlie legte das Besteck neben die Teller, während Onkel Paton sich um die Gläser kümmerte. Aus dem Backofen drang ein köstlicher Duft und als Miss Ingledew schließlich kam, hatte Charlie vor lauter Hunger schon drei von Grandma Bones Lieblingskeksen gegessen.

Das Päckchen, das Miss Ingledew mitgebracht hatte, sah in der Tat interessant aus. Es war mit Bindfaden verschnürt und so gründlich versiegelt, dass Charlie gar nicht wusste, wo er mit dem Öffnen beginnen sollte. Sein Name stand in fetten Großbuchstaben über Miss Ingledews Adresse.

„Es wurde sogar persönlich abgegeben“, erklärte Miss Ingledew, „von einer ziemlich nervös wirkenden Chinesin.“

„Meng!“ Charlie hätte das Päckchen beinahe fallen lassen.

„Meng?“, sagte sein Onkel. „Du kennst sie?“

Charlie zögerte. Indem ihm Mengs Name herausgerutscht war, hatte er sein Versprechen schon halb gebrochen. Doch von allen Menschen auf der Welt waren Onkel Paton und Miss Ingledew die allervertrauenswürdigsten. Also setzte er sich hin, das Päckchen auf dem Schoß, und erzählte ihnen alles über seinen Ausflug in den wilden Wald und berichtete auch gleich noch, was er beim Gala-Diner im Bloor mitgehört hatte.

„Das gefällt mir gar nicht“, sagte Miss Ingledew. „Es beunruhigt mich, euch alle in der Hand dieser schrecklichen Leute zu wissen.“

Onkel Paton schien weniger besorgt. „Bartholomäus ist also wieder da. Wer hätte das gedacht.“

„Ich hab ihm versprochen, niemandem etwas zu sagen", sagte Charlie und fetzte an dem Packpapier herum. „Er will nicht, dass es jemand weiß."

„Kann ich ihm nicht verdenken. Er hatte es schwer mit seinem Vater und mit seinem Sohn. Und dann ist auch noch Mary gestorben." Paton schüttelte nachdenklich den Kopf. „Armer Barty."

„Er kannte meinen Vater", sagte Charlie.

„Ja, das stimmt." Onkel Paton reichte Charlie ein Steakmesser. „Sie waren zusammen in den Bergen, nur ein Jahr bevor Lyell – verschwand."

Charlie säbelte das letzte Stück Schnur mit dem Steakmesser durch, das Packpapier löste sich und ein paar kleine Büchlein rutschten zu Boden. Charlie hob sie auf. Sie waren abgeschubbert, vom Wetter strapaziert und jeweils mit einem dünnen Lederband umschnürt, damit die losen und ziemlich eselsohrigen Seiten nicht herausfielen.

„Tagebücher", verkündete Miss Ingledew. „Schaut doch, auf jedem steht eine Jahreszahl. Wie spannend."

„Tagebücher?", sagte Charlie. „Warum schickt er die mir?"

Onkel Paton sprach sich dafür aus, erst einmal sein eigenhändig zubereitetes Mahl zu essen und dann Bartholomäus' Tagebücher genauer zu inspizieren. Gebratene Ente, Pastinaken, Kartoffeln, Karotten und Erbsen wurden aufgetischt und hinterher noch ein Ananaspudding, der auf der Zunge zerging. Onkel

Paton hatte sich offenbar sehr ins Zeug gelegt, seinen Gast zu beeindrucken.

Sobald sie abgeräumt hatten, legte Charlie die Tagebücher auf den Tisch und löste das erste Lederband. Als er das Buch öffnete, fiel ein Zettel heraus.

„*Lieber Charlie*“, las er vor. „*Ich dachte, du solltest wissen, womit du es zu tun hast. Du hast von dem ‚Schatten‘ gesprochen und in diesen Tagebüchern habe ich die Stellen markiert, an denen von ihm die Rede ist. Wie du sehen wirst, bin ich viel gereist, ehe ich mich in China niedergelassen habe. In fast jedem Land, in dem ich war, bin ich auf Geschichten über den Roten König gestoßen. Ich habe sie aufgeschrieben und eines Tages wirst du Zeit finden, sie alle zu lesen. Jetzt aber musst du dich auf diejenigen konzentrieren, in denen es um den ‚Schatten‘ geht. Er ist unter vielen Namen bekannt, aber hier in Europa heißt er Graf Harken Badlock.*

Wenn du all diese wahren Geschichten über den Schatten zusammensetzt, wirst du erkennen, dass er ein Jäger und Mörder ist. Er stiehlt Seelen und bricht Herzen. Jedes Geschöpf, das seinen Weg kreuzte, musste bitter dafür bezahlen. Wenn du dein Leben retten willst, musst du den König finden und seine blutroten Tränen in klares Wasser verwandeln.

Alles Gute, mein Freund, und fürchte dich nicht.

Bartholomäus“

Miss Ingledew fing den Brief auf, als er Charlie aus der Hand glitt. „So was hätte er nicht schreiben dürfen“, sagte sie ärgerlich. „Er ängstigt Charlie ja zu Tode.“

„Ich muss es wissen“, sagte Charlie.

Onkel Paton kratzte sich am Kopf. „Schauen wir mal.“ Er griff nach den Tagebüchern. In jedem steckten mehrere schmale Lederstreifen als Lesezeichen. „Wir fangen mit 1965 an.“

Der Wind ließ einen Schneeregenschauer gegen die Fensterscheibe prasseln und Miss Ingledew zog die Vorhänge zu. Onkel Paton stellte noch eine Kerze auf den Tisch und sie rückten ihre Stühle dicht zusammen, damit sie alle gleichzeitig Bartholomäus Bloors feine, von Wasserflecken verwischte Handschrift lesen konnten.

Es fiel kaum ein Wort. Sie verständigten sich stumm, wenn eine Seite umgeblättert werden konnte, und kommentierten ab und zu besonders bestürzende Stellen mit schockierten Ausrufen. Die Nacht wurde immer kälter und die Kerzen brannten herunter, bis sie nur noch flackernde Stummel waren. Onkel Paton stand auf und holte Nachschub aus einer Schublade.

Sie lasen weiter, alle drei völlig gebannt von den Reisen, in deren Verlauf Bartholomäus auf die Geschichten über den „Schatten“ gestoßen war. Offenbar war Bartholomäus früher so ziemlich in jedem Land Europas, Afrikas und Asiens gewesen. Doch erst auf seiner Italienreise hatte er herausgefunden, woher das Bild des Roten Königs stammte.

Ein gewisser Luigi Salutari hatte von seiner Ahnherrin, der Prinzessin Guanhamara, den roten Mantel des Königs geerbt. Luigi war Maler und reiste irgendwann im fünfzehnten Jahrhundert nach Venedig, um dort bei dem großen Meister Jacopo Bellini zu lernen. Eines Nachts, als Luigi allein im Atelier war, hängte er sich gegen die Kälte den Mantel um. Augenblicklich verspürte er den Drang, das Bild eines Mannes zu malen, der ihm immer wieder im Traum erschienen war. Er sah das Gesicht dieses Mannes so deutlich vor sich, als stünden sie sich gegenüber. Luigi begriff, dass dieser Mann sein Urahn, der sagenumwobene Rote König sein musste, und begann ihn zu malen. Bei der Arbeit jedoch spürte Luigi eine feindselige Präsenz im Raum, einen Schatten, der darauf bestand, in das Bild aufgenommen zu werden. Obwohl er mit aller Macht versuchte, sich dagegen zu wehren, konnte Luigi es nicht verhindern, dass sein Pinsel immer wieder zur Seite wanderte, wo sich hinter der Gestalt des Königs ein dunkler Schatten abzuzeichnen begann. Luigi fügte sich schließlich der Gewalt eines bösen Zauberers, der wild entschlossen war, sich in das Andenken des Roten Königs zu drängen.

Das Bild war in Venedig geblieben, bis Luigis Nachfahren es im sechzehnten Jahrhundert nach Großbritannien mitnahmen. Damals änderten sie ihren Familiennamen in Silk um.

„Gabriel!“, rief Charlie. „Gabriels Familie gehört das Bild des Roten Königs.“

„Nicht mehr.“ Onkel Paton fuhr mit dem Zeigefinger die Seite hinunter. „Hier steht, das Bild wurde den Silks mit üblen Tricks abgeluchst und hängt jetzt in der Bloor-Akademie.“

Charlie rieb sich die Augen. Bei Kerzenschein zu lesen war gar nicht so leicht, vor allem, wenn man todmüde war. „Es war alles gelogen“, sagte er. „Alles, was ich über den Grafen gehört habe, als ich dort unterm Tisch war. Sie haben gesagt, er sei gekommen, um die Kinder des Königs zu beschützen, aber er wollte nur Böses anzetteln. Er hat ihnen beigebracht, zu morden und zu foltern, genau wie Bartholomäus gesagt hat.“

„So viel zu unseren Büchern, Julia“, sagte Onkel Paton. „Ich habe in meiner Bibliothek nirgends einen Hinweis auf eine solche Person gefunden.“

„Ich auch nicht“, sagte Julia. „Es müssen wohl Zeiten gekommen sein, in denen Leute wie der Graf kein Ansehen mehr genossen. Die Nachkommen der fünf Königskinder, die ihm so sklavisch gefolgt waren, haben wahrscheinlich beschlossen, ihn aus ihrer Familiengeschichte zu tilgen.“

„Nicht Miss Crystal“, murmelte Charlie gähnend. „Obwohl sie sich einen Namen zugelegt hat, bei dem man an etwas Gutes und Schönes denkt. Mit richtigem Namen heißt sie übrigens Tilpin." Er gähnte wieder. „Möchte wissen, wie sie vor ihrer Hochzeit geheißen hat."

„Schlafenszeit, Charlie Bone", sagte sein Onkel. „Wir haben alles gelesen, was Bartholomäus markiert hat. Jetzt werden wir's erst mal überschlafen. Heute Abend können wir sowieso nichts mehr tun."

Charlie war gar nicht böse darüber, ins Bett geschickt zu werden. Ihm fielen schon die Augen zu. Er ließ die Tagebücher bei seinem Onkel und Miss Ingledew, sagte ihnen Gute Nacht und ging nach oben.

Als er am Bad vorbeikam, sah er die weiße Motte vor der geschlossenen Tür herumflattern. Warum hatte er daran gar nicht gedacht? Die Motte war doch sein Zauberstab. Sie konnte ihm helfen. Er machte die Tür auf und ging ins Bad. Bildete er sich das nur ein, oder war Maisie noch tiefer in ihren Gefrierschlaf gesunken? Charlie lüpfte ihre Schlafmaske und sah, dass ihre Augen geschlossen waren.

„Bleib bei uns, Maisie", flüsterte er. „Halt aus. Bitte. Wir helfen dir."

Die Motte umschwirrte wie wild die Lampe und Charlie knipste schnell das Licht aus. Jetzt leuchteten im ganzen Bad nur noch die silbrig weißen Mottenflügel. Das kleine Wesen ließ sich auf Maisies Füßen nieder und krabbelte langsam zu ihrem Gesicht hinauf. Als sie ihr Kinn erreichte, flog sie auf und flatterte vor Maisies geschlossenen Augen hin und her. Plötzlich klappten die Augenlider auf.

„Maisie!“, rief Charlie. „Maisie! Maisie, komm zurück. Ich bin’s, Charlie!“

Sie schien ihn zu sehen und ihre Lippen bewegten sich ein winziges bisschen. Die Motte setzte sich auf Maisies graue Löckchen. Maisies Wangen bekamen Farbe. Dann, plötzlich, trübten sich ihre Augen und ihr Gesicht nahm einen panischen Ausdruck an. Wer es auch war, der Maisie eingefroren hatte – er wollte beweisen, dass er mächtiger war als Charlie und sein Zauberstab.

Charlie schlich zurück in sein Zimmer, die Motte auf der Schulter. Er wusste, bei aller Müdigkeit würde er doch nicht schlafen können.

Billy Raven kniete im Schattendunkel über der Halle. Benedikt saß neben ihm. Das Hauptportal stand offen und Böen von Schneeregen wehten herein. Billy hatte noch nie so viele Menschen auf einmal gesehen. Vor allem die Frauen sahen aus wie aus einem Märchen entsprungen. Die Farben ihrer Ballkleider waren atemberaubend. Selbst Charlies Großtanten sahen ganz passabel aus.

Plötzlich erstarb das allgemeine Geplauder. Köpfe drehten sich zur Tür und ein Paar kam herein. Billy umklammerte die Geländerpfosten. Die Frau war Charlies Mutter, Mrs Bone. Mrs Bone, wie Billy sie noch nie gesehen hatte. In ihrem fließenden grünen Abendkleid war sie so strahlend schön wie ein richtiger Engel.

Ein tiefes Knurren vibrierte in Benedikts Kehle. Dann wich er winselnd und zitternd zurück.

„Was ist denn, Benedikt?“, grunzte Billy leise.

„Grüner – Mann – Schatten“, winselte Benedikt.

„Grüner Mann?“ Billy sah in die Halle hinab. Charlies Mutter ging am Arm eines Mannes in einem grünen Samtanzug. Er hatte dichtes braunes Haar mit einem Goldschimmer und eine Adlernase.

Billy rückte weiter ins Dunkel. „Der Schatten“, hauchte er. „Ich muss es Charlie sagen.“

Benedikt grunzte: „Weg hier, schnell.“

„Ja, nichts wie weg.“

Als Billy sich gerade vom Boden aufrappelte, sagte eine Stimme: „Was machst du hier?“ Manfred trat neben ihn.

„Ich … ich hab nur geguckt, Sir“, stotterte Billy.

„Spioniert wohl eher“, sagte Manfred kalt.

„Nein. Nicht spioniert, ehrlich nicht.“

„Ein Jammer, dass ich dich nicht mehr für *mich* spionieren lassen kann.“ Manfreds erbarmungslose schwarze Augen fanden Billys Augen und starrten grimmig hinein.

Billys rote Albinoaugen hatten Manfreds hypnotischem Blick immer schon widerstehen können, aber an diesem Abend hatte Billy das Gefühl, dass sich bei

Manfred irgendetwas verändert hatte. Sein Blick hatte nicht mehr die alte Macht. Was war anders?

„Schluss mit der Gafferei", fauchte Manfred. „Ab ins Bett. Und schick diesen räudigen Hund runter in die Küche."

Aber Billy sah Manfred immer noch an und versuchte dahinterzukommen, was mit ihm passiert war.

„Was hab ich gesagt!" Manfred packte Billy am Handgelenk und es blitzte grell, als sich seine langen Finger in Billys Fleisch gruben. Dem kleinen Albino war, als stünde sein ganzer Arm in Flammen.

„Auuuuu!", schrie Billy.

Mehrere Gäste schauten herauf und Manfred zog Billy vom Treppenabsatz weg in den Korridor. „Ins Bett jetzt", zischte er. Dann ließ er von Billy ab und eilte die Treppe hinunter.

Vor Schmerz schluchzend rannte Billy in seinen Schlafsaal. Er hielt den Arm unters kalte Wasser, aber der Schmerz ließ nicht nach. Er sah vier hochrote Striemen auf seinem Handgelenk und einen auf der Unterseite, wo der Daumen zugedrückt hatte. Manfreds hypnotische Kräfte waren etwas viel Schlimmerem gewichen.

Billy lag auf dem Bett, den verletzten Arm angewinkelt auf der Brust. Benedikt sprang aufs Bett und wollte die Striemen lecken, aber Billy schubste ihn weg. „Nicht", grunzte er. „Tut mir leid, Benedikt."

„Tut Benedikt leid!", jaulte der alte Hund.

Billy merkte, wie er von dem grellen Licht im Schlafsaal Kopfschmerzen bekam. Er brauchte ein bisschen Trost. Er kletterte vom Bett, machte das Licht aus und stellte alle fünf Kerzen, die ihm Christopher Crowquill geschenkt hatte, auf die Fensterbank. Auf jeder erschien ein kleines Flämmchen und zusammen verbreiteten sie ein reines, Trost spendendes Licht.

Billy konnte jetzt leichter atmen. Sein Kopf wurde wieder klar und sein Arm hörte auf zu pochen. Nicht lange, und die hochroten Striemen an seinem Handgelenk waren gänzlich verschwunden.

Charlie hörte draußen auf der Straße das leise Schnurren eines Motors. Er wälzte sich aus dem Bett und ging ans Fenster.

Vor Nummer neun stand die goldene Limousine. Ein Mann in einem grünen Samtanzug ging um das Heck des Wagens herum und öffnete die Tür auf der Beifahrerseite. Aus dem Wagen stieg Charlies Mutter: Ihr grünes Kleid schimmerte im Schein der Straßenlaterne. Der Mann legte Amy Bone den Arm um die Schultern und geleitete sie zum Haus.

Bitte, Mum, lass dich nicht von ihm küssen, beschwor Charlie seine Mutter in Gedanken.

An der Vordertreppe neigte der Mann den Kopf und küsste Amy Bone auf den Mund. Charlie war, als verpasste ihm jemand einen Schlag in die Magengrube. Als Charlies Mutter die Stufen hinaufging, blickte der Mann empor und ertappte Charlie am Fenster. Er lächelte. In diesem Moment wusste Charlie, dass es Graf Harken Badlock war, der das Herz seiner Mutter gestohlen hatte.

Der Mann auf dem Foto

ALLEN UNSEREN GÄSTEN EIN HERZLICHES WILLKOMMEN stand auf einem Schild an der Tür des Cafés *Zum Glücklichen Haustier*. Unter dem Schild hing eine Extraspeisekarte mit den Spezialitäten dieses Sonntags. Mrs Onimous hatte sich offensichtlich für die zurückgekehrten Tiere ganz besondere Leckereien einfallen lassen.

Gleich an der Tür wurde Charlie von Mr Norton empfangen, dem Rausschmeißer, der ein pinkfarbenes T-Shirt mit glitzernden Elefanten trug.

„Komm rein, Charlie. Deine Freunde sitzen da drüben, mit einer Extraspringmaus für dich." Norton zeigte auf Gabriel, der winkte und ein kleines schwarz-weißes Fellbündel hochhielt.

Das Café war mit bunten Girlanden und Lichterketten geschmückt wie zu Weihnachten.

„Wir wollten, dass es hier festlich aussieht, jetzt wo die Tiere wieder da sind", sagte Norton, „aber ich weiß nicht genau, ob sie das zu würdigen wissen. Manche sind immer noch sehr nervös. Sieh dir die Katze da an, zittert wie Espenlaub. Und die Vögel singen nicht mehr so viel. Was sie auch in die Flucht getrieben haben mag – wenn du mich fragst, ist es immer noch da."

„Das glaube ich auch", sagte Charlie. Er zwängte sich zu dem Tisch durch, an dem Gabriel mit Olivia, Emma und Fidelio saß.

Olivias Kaninchen hatte den Kopf unter ihrem Kinn vergraben und die Ente saß unter Emmas Stuhl.

„Nancy ist immer noch ganz verschreckt", sagte Emma. „Aber es ist toll, dass sie wieder da ist."

„Mum hat mir erlaubt, Wilfreds Käfig in die Diele reinzuholen", sagte Olivia. „Guck ihn dir an. Er ist ein richtiges Nervenbündel."

Fidelios taube Katze lag in einem Katzenkorb unterm Tisch und schlief tief und fest. Die Taubheit und das Alter machte sie immun gegen das, was die jüngeren Tiere beunruhigte.

Fidelio riet Charlie, sich ein paar grüne Götterkekse zu holen, bevor sie alle weg waren. „Die sind Wahnsinn", sagte er. „Mit ganz viel grünem Zuckerguss und Schokolade und allem."

Charlie stellte sich in die Schlange am Tresen. Lysander und Homer waren zwei Plätze vor ihm und Charlie fiel auf, dass der Graupapagei sehr deprimiert aussah. Er ließ den Kopf hängen und rief die ganze Zeit: „Zurück! Zurück! Achtung, die Hunde!"

Charlie fragte sich, ob er die Rottweiler der Looms meinte. Er sah sich im Café um, konnte sie aber nicht entdecken. Vielleicht erinnerte sich Homer ja an etwas, was er bei der Armee erlebt hatte.

Bis Charlie an der Reihe war, waren alle grünen Götterkekse weg. „Tut mir leid, mein Freund“, sagte Mr Onimous. „Lysander hat die letzten beiden genommen. Hätte sie rationieren sollen, was? Aber die Nuss-Getreide-Riegel sind auch sehr gut. Versuch die mal.“

„Sind die nicht für Tiere?“, fragte Charlie.

„Nein, das sind Omni-Snacks“, sagte Mr Onimous glucksend. „Verstehst du? Ein Snack für alle.“

„Omni? Oh, ja, klar. Erst mal nur einen, bitte“, sagte Charlie vorsichtig. „Und einen Marmeladen-Ingwer-Kringel.“

Als Charlie sich gerade wieder hingesetzt hatte, kam Tancred hereingestürmt. Norton, der Rausschmeißer, nahm es aus irgendeinem Grund ziemlich genau. „Kein Tier, kein Eintritt“, erklärte er Tancred.

„Da“, sagte Tancred und zeigte auf Gabriel. „Er hat meine Eintrittskarte.“

„Tiere sind keine Eintrittskarten, junger Mann“, knurrte Norton.

Tancred stampfte mit dem Fuß auf und ein heftiger Wind fegte durchs Café. Teller, Trinkbecher und Besteck flogen durch die Luft und erst recht natürlich Nuss-Getreide-Riegel, grüne Götterkekse, Ingwerkringel und die sonstigen Leckereien. Zum Glück war Mr Onimous dazu übergegangen, Plastikgeschirr anstelle von Gläsern und Porzellan zu verwenden, sodass nichts zu Bruch ging. Aber der Tumult gab einigen besonders nervösen Tieren den Rest. Ein fürchterliches Jaulen, Maunzen und Quieken setzte ein.

Gabriel stürzte mit einer Springmaus zu Tancred hinüber. „Ist schon gut, Mr Norton. Hier ist Tancreds Springmaus. Ganz ruhig, Tanc, ist ja alles okay."

Wenn Tancred erst mal in Fahrt war, brauchte er ewig, um sich wieder zu beruhigen. Charlie und die anderen, die ihr Essen gerade wieder eingesammelt hatten, hielten ihre Teller fest, als Tancred angestapft kam. Er setzte sich auf den freien Stuhl neben Lysander und merkte dann, dass er gar nichts zu essen hatte.

„Hier", sagte Lysander und schob Tancred seinen zweiten grünen Götterkeks hin.

Traurig sah Charlie zu, wie der stürmische Junge in den gefüllten Keks biss. Der sah wirklich sehr lecker aus, mit ganz viel grünem Zuckerguss und Schokolade. Aber wenigstens besserte er Tancreds Laune. Der Wind schwächte sich zu einem leisen Lüftchen ab, das hie und da noch ein Nuss-Getreide-Riegel oder einen flachen Keks auf dem Teller herumwandern ließ.

„Und?", sagte Lysander, als sich die Lage beruhigt hatte. „Ich hab gehört, du hattest Arrest, Charlie. Hast du die hundert Schulleiter gesehen?"

„*Gesehen*?", sagte Charlie theatralisch. „Mehr als

gesehen, würde ich sagen. Ihr glaubt nicht, was ich gehört habe."

„WAS DENN?", riefen seine Freunde wie aus einem Munde.

Charlie schluckte seinen letzten Happen Ingwerkringel hinunter, spülte mit Kirschsaft nach und erzählte dann seinen Freunden alles, was er an dem Abend unter dem Tisch mitgekriegt hatte. Als er zu Miss Crystals Auftritt kam, steigerte er zuerst noch die Spannung, indem er schilderte, wie ihm die Kopfhaut gekribbelt hatte, und als er fertig war, kratzten sich alle die Köpfe.

Fidelio wirkte völlig erschlagen. „Was soll ich jetzt machen?" Seine Stimme war leise und ängstlich. „Sie ist doch meine Geigenlehrerin."

Betroffenes Schweigen. Keiner hatte irgendeinen Vorschlag.

„Sie hat doch nichts gegen *dich*", sagte Lysander schließlich. „Ich würde einfach ganz normal weitermachen."

„Wie soll ich das denn machen?" Fidelio blickte erregt in die Runde. „Ich meine, ich weiß doch jetzt, wer sie ist – wie soll ich das vergessen?"

„Und dieser Graf, den sie losgelassen hat?" Emma drückte Nancy so fest an sich, dass die Ente erschrocken quakte. „Wo ist er jetzt? Und was hat er eigentlich vor?"

„Wo er ist, kann ich euch sagen", sagte Charlie

finster. „Er ist der neue Besitzer vom *Kaufrausch* und nennt sich Mr Nobel."

„Woher weißt du das?", fragte Tancred.

„Weil …" Charlie zögerte. Er hatte nichts von seiner Mutter sagen wollen, aber jetzt konnte er nicht mehr zurück. „Weil meine Mum … mit ihm auf dem großen Ball war."

„Charlie, das ist nicht wahr!" Emma schlug sich die Hand vor den Mund.

Die anderen starrten ihn mit großen Augen an und schließlich sagte Fidelio: „Was willst du jetzt tun?"

„Ich weiß nicht. Ich brauche wohl ein bisschen Hilfe", sagte Charlie geknickt.

Von seinen Freunden kam zustimmendes Gemurmel, dann verstummten sie alle wieder. Am Tisch herrschte düsteres Schweigen, bis Olivia spontan und ohne Vorwarnung etwas total Krasses machte. Eben war der Tisch noch bis auf ein paar Krümel leer gewesen und plötzlich saß da eine riesige, fette, gelbschwarz gepunktete Raupe.

Tancred stieß einen Schrei aus und sprang auf. Eine zu Tode erschrockene Springmaus flog einen Meter in die Luft und Homer stürzte sich gierig herab, nur um das fette Mahl vor seinem Schnabel wieder verschwinden zu sehen.

„Was *war* das?", fragte Tancred.

„*Wer* war das?" Lysander machte ein wütendes Gesicht.

„Was *sollte* das?“, fragte Gabriel mit zittriger Stimme.

Die anderen, die von Olivias Gabe wussten, guckten verlegen.

„Das war ich“, sagte Olivia. „Ihr habt alle so trübsinnig dagesessen. Ich dachte, ein bisschen Action würde was helfen.“

„*Du*?“, sagte Lysander. „Seit wann kannst du so was?“

Olivia sah Charlie an. „Seit dem letzten Halbjahr. Charlie war dabei und Fidelio und Emma. Aber sonst weiß es niemand.“

„Und so soll es auch bleiben“, sagte Charlie. „Dann gibt es wenigstens eine sonderbegabte Person, von der die Bloors nichts wissen.“

Lysander sah sich um. „Ihr müsst vorsichtiger sein“, sagte er streng. „Jeder hier im Café hätte dieses gelbe Monster sehen können.“

„Hier drinnen sind doch schon genug Monster. Es wäre doch keiner darauf gekommen, dass es eine Illusion war.“ Olivia grinste Lysander besserwisserisch an.

„Doch, wenn sie gesehen hätten, wie sie wieder verschwindet“, gab er zurück.

Charlie hatte immer noch Hunger. Als er aus dem Haus gegangen war, hatte seine Mutter noch tief und fest geschlafen und ohne Maisies üblichen Sonntagsbraten hatte er sich mit einem Stück Käse und einem schlaffen Brötchen begnügen müssen. Er wollte gerade aufstehen, um sich noch einen Nuss-Getreide-Riegel zu holen, als er Mr Onimous auf ihren Tisch zukommen sah. Seine Hand ruhte auf der Schulter eines kleinen Mädchens mit wippenden braunen Locken und großen haselnussfarbenen Augen. Das kleine Mädchen trug einen Teller mit einem Berg von blauen und rosa Kugeln.

„Ich möchte euch Una vorstellen“, sagte Mr Onimous, als er bei ihnen angekommen war. „Sie bringt euch eine kleine Extraleckerei. Marshmallow-Bällchen.“

Das kleine Mädchen strahlte in die Runde.

„Hallo, Una!“, sagten sie alle und lächelten zurück.

Mr Onimous beugte sich über den Tisch. „Sie ist meine Nichte, die Tochter von meinem Zwillingsbruder, und weil Onoria und ich keine Kinder haben, ist Una für uns wie eine Tochter. Und darüber hinaus“, er senkte die Stimme zu einem Flüstern, „ist sie sonderbegabt.“

Als er das sagte, verschwand das kleine Mädchen plötzlich und der Teller mit den Marshmallow-Bällchen schwebte in der Luft.

„Nicht jetzt, Schätzchen“, sagte Mr Onimous streng.

Una erschien wieder, stellte den Teller vorsichtig auf den Tisch und sagte: „Ran an die Buletten!“

Jeder schnappte sich ein Bällchen und Una rief fröhlich: „Jau, haut rein!"

„Sie hat leider eine seltsame Ausdrucksweise", sagte Mr Onimous bedauernd. „Liegt an ihrer Mutter. Sie arbeitet in einem ziemlich ordinären Lokal." Ehe er die Kleine wieder mitnahm, setzte er noch hinzu: „Una ist erst fünf, aber wie einige von euch ist sie etwas Besonderes. Also denkt an sie, wenn der Zeitpunkt da ist."

„Welcher Zeitpunkt, Mr Onimous?", fragte Charlie.

„Wer weiß schon, was hinter der nächsten Ecke lauert?" Mr Onimous' lächelndes, schnurrbärtiges Gesicht wurde plötzlich ganz ernst. Er fasste Una an der Hand und führte sie zurück in die Küche.

„Ich hoffe nur, dass nicht dieser Graf hinter der nächsten Ecke lauert", sagte Gabriel, den Mund voller Marshmallow.

„Tut er aber doch, oder?", sagte Emma. „Ich meine, wenn nicht hinter der nächsten Ecke, dann hinter der übernächsten …"

„Sei nicht so pessimistisch, Em." Olivia wischte sich den Mund ab und stand auf. „Wir können es mit ihm aufnehmen. Wir haben doch unsere Kräfte."

„Ich glaube, die warten auf unseren Tisch." Lysander zeigte auf zwei ältere Herrschaften mit Tabletts voller Essen und vier weißen Katzen, eine auf jeder ihrer insgesamt vier Schultern.

Homer entschied die Frage, wer das letzte Marshmallow-Bällchen kriegen sollte, indem er es auf seinen Schnabel spießte.

Die Freunde sammelten ihre Tiere ein und gingen zur Tür. Charlie war als Erster draußen und prallte zu seiner Überraschung beinahe mit Benjamin und Runnerbean zusammen.

Der große Hund sprang mit freudigem Gebell an Charlie hoch und Charlie wurde bewusst, wie sehr er ihn vermisst hatte.

„Du hast mir nicht gesagt, wann du hierherwolltest", sagte Benjamin vorwurfsvoll. „Du gehst doch nicht schon wieder?"

Die anderen kamen jetzt aus dem Café und Charlie ließ sie vorbei. „Tut mir leid, Ben."

„Kommst du dann mit spazieren?", fragte Benjamin.

„Äh – glaub eher nicht", sagte Charlie verlegen. Er hatte seinem Onkel versprochen, ihn im Buchladen zu treffen, wollte aber nicht, dass Benjamin ihn begleitete.

Gabriel winkte Charlie und folgte den beiden älteren Jungen zum Ausgang der Frog Street. Sie wohnten alle drei auf demselben Hügel außerhalb des Stadtzentrums. Fidelio und die Mädchen warteten auf Charlie.

„Warum bist du so?", sagte Benjamin, den Tränen nahe.

Charlie fühlte sich mies. „Bin ich gar nicht", sagte er, so nett er konnte. „Ich hab nur im Moment keine Zeit."

„Keiner will mit mir befreundet sein." Benjamin starrte düster auf seine Schuhe.

„Doch, wir." Emma sah Charlie stirnrunzelnd an und legte den Arm um Benjamins magere Schultern. „Wir gehen in die Buchhandlung. Wenn du magst, kannst du mitkommen."

„In die Buchhandlung?" Benjamin schien unsicher. „Nein, ich glaub nicht, danke. Runner braucht seinen Auslauf." Er sah Charlie noch einmal vorwurfsvoll an. „Vielleicht sehen wir uns ja nächstes Wochenende."

„Abgemacht", sagte Charlie. „Freitagabend. Sobald ich wieder zu Hause bin."

„Okay, einverstanden." Benjamin trottete davon und Runnerbean tat sein Bestes, ihn aufzuheitern, indem er um seine traurige kleine Gestalt herumhüpfte und munter kläffte.

„Warum bist du so gemein zu Ben?", fragte Emma.

Charlie zuckte verlegen die Achseln. „Seine Eltern spionieren herum, Em. Es steht zu viel auf dem Spiel. Wir müssen aufpassen, dass wir uns nicht verraten, davon hängen Menschenleben ab."

„OOOH!" Olivia fuhr sich spöttisch über die Stirn. „Was sind wir heute ernst. Hier, Charlie, du darfst mein Kaninchen tragen. Und jetzt beeilt euch, dass wir zu Emmas Tante kommen und ihr auf die Nerven fallen können.“

Nachdem sie Charlie ihren Kaninchentransportkorb in die Hand gedrückt hatte, hüpfte sie vorneweg, während die anderen sich mit ihren Tieren – Ente, Katze und Kaninchen – abschleppten.

Charlie und Fidelio sahen sich an. Sie wünschten, Olivia hätte sich nicht ganz so auffallend angezogen. Mit ihrem langen Kunstpelzmantel, roten Stiefeln und einem schwarzen Hut mit silbernen Troddeln zog sie viel zu viel Aufmerksamkeit auf sich. Die Jungen waren froh, als sie endlich von der High Street in die stille Gasse einbogen, die zur Buchhandlung führte.

Die Buchhandlung war sonntags geschlossen und Olivia musste klingeln. Onkel Paton machte die Tür auf und sagte mit großen Augen: „Welcher Popstar ist das?“

„Ach, Sie machen nur Quatsch, Mr Darkwood“, sagte Olivia und grinste erfreut.

„Quatsch, ich?“ Paton hob eine Augenbraue.

Sie folgten ihm in den Laden und deponierten ihre Körbe und Mäntel hinterm Ladentisch. Zum Glück schliefen die Tiere alle.

Miss Ingledew rief die Kinder nach hinten. Sie fanden sie an ihrem Schreibtisch, vor sich Bartholomäus Bloors Tagebücher. Eins war aufgeschlagen und die anderen lagen auf einem ordentlichen Stapel.

„Ich hoffe, du hast nichts dagegen, Charlie“, sagte

sie. „Ich konnte der Versuchung einfach nicht widerstehen, sie alle zu lesen."

„Hey, was sind das denn für Dinger?", fragte Fidelio und beäugte das aufgeschlagene Tagebuch.

„Nur Tagebücher", sagte Charlie lahm. „Na ja, nicht irgendwelche Tagebücher. Ich hab sie von jemandem bekommen, der Geschichten über den Roten König gesammelt hat."

„Cool!" Olivia schnappte sich das oberste Tagebuch vom Stapel und ließ sich aufs Sofa plumpsen. „Doch nicht so cool", verkündete sie, während sie in dem Buch herumblätterte. „Das ist ja ganz alt und verwischt."

Onkel Paton nahm ihr das Tagebuch aus den Händen. „Olivia, liebes Kind, du musst wissen, dass sich die wahren Schätze nicht immer auf den ersten Blick als solche zu erkennen geben. Dieses Buch war an Orten, wo du nie hinkommen wirst. Sein Inhalt ist von unschätzbarem Wert und könnte dir eines Tages das Leben retten."

Olivia sah in Patons ernstes Gesicht und wurde rot. Sie hatte großen Respekt vor Charlies Onkel. Tatsächlich war er einer der wenigen Menschen, deren Kritik sie sich wirklich zu Herzen nahm. „Tut mir leid", stammelte sie.

„Gut." Onkel Paton legte das Tagebuch zurück. „Also, Charlie hat euch ja sicher schon von seinem Abend unter dem Gala-Diner-Tisch erzählt, also könnt ihr ruhig auch erfahren, was Miss Ingledew und ich diesen Büchern hier entnommen haben." Er tätschelte den Stapel und sagte ungeduldig: „Ihr anderen, setzt euch doch auch hin. Es wirkt so ungemütlich, wenn ihr da herumsteht."

Emma und Fidelio räumten mehrere Aktenordner vom Sofa und quetschten sich rechts und links neben Olivia. Charlie setzte sich auf den Fußboden und Onkel Paton ließ sich in einen Sessel fallen.

„Es ging da ja, wie ihr wisst, um einen gewissen Spiegel." Paton sah seine Zuhörer an, aber keiner sagte etwas. „Charlie hat gehört, wie er als Spiegel der Amoret bezeichnet wurde. Er wurde für das Baby gemacht, das neun Tage vor Königin Berenices Tod zur Welt kam. Der Rote König hatte den Spiegel eigenhändig angefertigt. Er gab ihn seinem zweitältesten Sohn Amadis, damit er ihn für die Kleine aufbewahrte, bis sie alt genug wäre, ihn zu benutzen. Der Spiegel hat eine Reihe magischer Eigenschaften. Die wichtigste darunter ist, dass er seinem Besitzer die Macht verleiht zu reisen …"

„Meinst du …?"

„Ja, Charlie. Deine Art des Reisens. Du brauchst nur in diesen Spiegel zu schauen und die Person, die du sehen möchtest, erscheint darin. Wo auch immer sie sein mag, der Spiegel wird sie dir zeigen und dich zu ihr bringen. Und er kann noch viel mehr – er funktioniert wie eine Art Schlüssel. Mit seiner Hilfe ist es möglich, in Bilder zu gelangen und auch wieder heraus."

„Irre. Das würde ich gern mal probieren", sagte Fidelio. „Hey, dann könnte ich Mozart treffen."

„Ich fürchte, das geht nicht", sagte Miss Ingledew mit einem bedauernden Blick auf Fidelio. „Der Spiegel funktioniert nur bei Kindern des Roten Königs."

„Aber bei dem Grafen hat er doch auch funktioniert", wandte Fidelio ein.

„Der ist ja auch ein Hexenmeister", sagte Onkel Paton und es war deutlich, dass jede weitere Diskussion damit abgeschlossen war. „Wir glauben, dass er den Spiegel gestohlen hat, auch um zu verhindern, dass andere ihn nutzen. Aber natürlich hat er, als er den Spiegel vergrub, auch gehofft, dass einer seiner sonderbegabten Nachkommen ihn finden und dazu benutzen würde, ihn aus dem Bild des Roten Königs herauszuholen."

Miss Ingledew schnappte erschrocken nach Luft. „Mein Gott, Paton, gerade ist mir eingefallen, dass der Graf, wenn er den Spiegel hat, ja immer wieder reisen kann." Sie umklammerte die Armlehnen ihres Schreibtischstuhls und beugte sich vor. „In Bilder und Fotos und wieder heraus und – ach, du liebe Güte, ich hoffe, er tut es nicht."

Was Miss Ingledew da heraufbeschwor, war so beängstigend, dass alle vor Schreck aufsprangen, als die Klingel an der Ladentür schrillte.

Onkel Paton ging aufmachen und kam gleich darauf mit einer höchst glamourös aussehenden Frau wieder herein. Sie trug genau das gleiche Outfit wie Olivia, nur dass ihr Hut rot war und ihre Stiefel silbern glitzerten.

„Mum!“, rief Olivia. „Du bist zu früh dran.“

„Es wird so dunkel draußen“, sagte Miss Vertigo. „Unnatürlich dunkel. Tut mir leid, wenn ich eine Besprechung oder so was störe.“

„Das war sehr klug von Ihnen, Mrs Vertigo“, sagte Paton. „Sieht gar nicht gut aus da draußen, äußerst widerwärtiges Wetter. Vielleicht könnten Sie ja den jungen Mann hier auch mitnehmen.“

Fidelio wollte protestieren, aber Olivia und ihre Mutter drängten ihn einfach aus dem Hinterzimmer. Sobald sie ihre Tiere wieder an sich genommen hatten, verließen alle drei den Laden. Fidelio warf Charlie noch einen resignierten Blick zu, ehe die Tür zufiel und die Vertigos ihn davonspülten.

„Wird Zeit, dass wir auch gehen“, sagte Onkel Paton ein wenig widerstrebend. „Auf geht's, Charlie.“

Emma ging mit Charlie schon vor in den Ladenraum, während Paton und Miss Ingledew sich noch verabschiedeten. Als Paton herauskam, war sein Gesicht gerötet und er hatte Lippenstift an der Wange. Emma zog die Augenbrauen hoch und grinste Charlie an, der beschloss, nichts von dem Lippenstift zu sagen.

„Wir haben befunden", sagte Onkel Paton, während er in seinen dunklen Mantel schlüpfte, „dass die Tagebücher hier sicherer sind als in Nummer neun."

Dieser Meinung war Charlie auch.

Sobald er seine warme Jacke anhatte, machten sein Onkel und er sich auf den Weg in die Filbert Street. Sie waren schon fast zu Hause angelangt, als Onkel Paton Charlie etwas Unglaubliches mitteilte. Er hatte ein Foto von Charlies Vater gefunden.

„Ich hab dir vorher nichts gesagt, weil ich dir keine falschen Hoffnungen machen wollte", erklärte Paton. „Es ist kein gutes Foto, musst du wissen. Es fiel mir wieder ein, als du von Bartholomäus erzählt hast. Bei dem Kletterurlaub damals wurden mehrere Fotos gemacht. Ich wusste, eins davon hatte ich. Ich habe unter meinem Bett einen alten Lederkoffer, den ich immer abgeschlossen lasse. Das Foto lag ganz unten drin."

Charlie konnte keinen Schritt weitergehen. „Hast du's dabei, Onkel Paton?"

„Nein, ich hab's deiner Mutter gegeben. Habe ihr gesagt, sie soll Grandma Bone nichts verraten, weil ich ja weiß, dass sie alle übrigen Fotos von Lyell vernichtet hat."

Charlie rannte los.

„Nicht so schnell", rief Paton, der ihm mit langen Schritten hinterhereilte. „Es wird schon nicht verschwinden."

„Ich kann nicht warten, Onkel Paton. Kann einfach nicht", rief Charlie und sauste voraus.

Amy war in der Küche, als sie ins Haus kamen. Charlie rannte sofort zu ihr. „Kann ich das Foto sehen, Mum, jetzt sofort. Onkel Paton sagt, er hat eins gefunden. Ein Foto von meinem Dad."

„Du liebe Güte, Charlie, du hast's aber eilig." Seine Mutter wickelte sich einen Seidenschal vom Hals. „Ich bin gerade erst nach Hause gekommen."

„Wo ist es?", bettelte Charlie.

Seine Mutter nahm ihre Handtasche vom Tisch. „Irgendwo da drin." Sie kramte in der Tasche herum und förderte ein kleines, quadratisches Foto zutage. „Hier." Sie hielt es ihm hin.

Charlie nahm das Foto. Ein Mann in Bergsteigerkluft lächelte ihn an. Der Mann war Bartholomäus Bloor. Ganz in der Ecke stand noch jemand, aber mit dem Rücken zur Kamera. Nur Hinterkopf und Schultern waren zu sehen.

„Mum, das ist nicht … das kann nicht sein." Enttäuschung schnürte Charlie die Kehle zu.

Onkel Paton kam heran und nahm Charlie das Foto aus der Hand. „Was ist passiert, Amy?" fragte er. „Das ist nicht das Bild, das ich dir gegeben habe."

„Natürlich ist es das", sagte Amy. „Was ist denn damit?"

„Das ist nicht dein Mann." Er zeigte auf Bartholomäus.

Amy guckte auf das Foto. „Ach, nein? Na, so was. Wisst ihr, dass ich Lyells Gesicht völlig vergessen habe? Ich …“ Sie zog die Augenbrauen zusammen. „Ich kann es einfach nicht mehr vor mir sehen.“

„Mum!“ sagte Charlie verzweifelt. „Du musst dich dran erinnern. Du MUSST!“

„Aber warum denn, Charlie? Ich bin sicher, es ist für uns alle besser, wenn wir deinen Vater vergessen.“ Seine Mutter lächelte ihn an.

„NEIN!“, rief Charlie. „Das dürfen wir nicht. Verstehst du denn nicht? Wenn wir aufhören, uns an ihn zu erinnern, dann kann er nie wieder zurückkommen. NIE MEHR!“

Eine wilde Nacht

„Es hat begonnen“, sagte Onkel Paton.

„Begonnen?“, fragte Charlie.

Sie saßen am Küchentisch. In der Mitte des Tischs stand eine brennende Kerze und daneben lag das Foto: das Bild eines Mannes, der per Zauberkraft um hundertachtzig Grad gedreht und fast aus dem Bild gedrängt worden war, sodass man sein Gesicht nicht mehr sah.

„Graf Harken hat den Spiegel.“ Paton starrte düster in die Kerzenflamme. „Wer weiß, was er Übles mit uns vorhat.“

Charlie dachte, dass der Graf das Übelste ja wohl schon getan hatte. „Onkel Paton, glaubst du, wenn jemand vergessen wird, dann … dann stirbt er ein bisschen?“

„Charlie!“ Sein Onkel sah ihn schockiert, ja, fast schon ärgerlich an. „Dein Vater ist nicht vergessen und wird es auch nie sein. Er war so vielen Leuten ein guter Freund.“

„Aber Mum …“, sagte Charlie. „Wenn sie ihn vergisst, dann …“

„Tut sie nicht, Charlie. Sie hat ihn nicht vergessen." Onkel Paton ging jetzt in der Küche auf und ab. „Sie ist verhext worden, ja, aber nicht für immer. Wir müssen einen Weg finden, das, was mit ihr gemacht wurde, wieder rückgängig zu machen, obwohl ich gestehen muss, dass mir im Moment nicht viel einfällt."

„Ich muss um jeden Preis den Spiegel der Amoret kriegen", sagte Charlie.

Sein Onkel blieb stehen und sah ihn an. „So gut wie unmöglich, Charlie, aber ja, es wäre ein Anfang." Paton legte ihm eine Hand auf die Schulter.

„Dann geh ich jetzt und denk drüber nach. Gute Nacht, Onkel Paton." Charlie nahm das Foto an sich.

„Nacht, Charlie. Und vergiss vor lauter Nachdenken nicht zu schlafen. Morgen ist Schule." Onkel Paton blies die Kerze aus und folgte Charlie nach oben.

Sobald Charlie in seinem Zimmer war, machte er die Vorhänge auf und setzte sich aufs Bett. Nebelartige Wolken trieben am Mond vorbei, aber es war immer noch hell genug, dass ein Lichtstrahl an die Wand fiel. Charlie musste nicht lange auf Narens Botschaft warten. Offenbar dachte sie auch an ihn.

Die feinen, spinnenartigen Buchstaben purzelten über die Fensterbank, als wären sie auf der Flucht. Sie strömten auf Charlies Bett und wieselten wie wild die Wand hinauf. Schon formten sich Wörter.

Charlie, als Meng in der Stadt war, hatte sie das Gefühl, beobachtet zu werden. Wenn sie im Buchla-

den gesehen wurde, könnte die Besitzerin in Gefahr sein. Was in den Tagebüchern steht, ist wahr. Das passt dem Schatten sicher gar nicht.

„Ich versuche, sie zu warnen“, flüsterte Charlie. Aber im Moment beschäftigte ihn etwas anderes. „Naren, meine Mum fängt an, meinen Dad zu vergessen. Sie *will* ihn vergessen. Was soll ich machen?“

Du musst ihn finden, sagten die kleinen, wuseligen Buchstaben.

„Der Schatten ist in ein Foto von meinem Dad reingegangen und hat ihn umgedreht“, erklärte Charlie der Wand voller Buchstaben. „Ich kann sein Gesicht nicht sehen.“

Finde … Die Buchstaben schienen Probleme zu haben, an den richtigen Platz zu gelangen. Sie wirbelten herum wie ein großes Kaleidoskop und ab und zu sprang aus dem Kreiseln ein einzelnes Wort hervor. … *den König … Ich muss … gehen … Vater … sagt … Gefahr … zu groß … dass … Botschaft … abgefangen wird.*

Eine Weile kamen gar keine Wörter mehr. Charlie flüsterte auf die verblassenden Buchstaben ein, flehte sie an, ihm irgendwie zu zeigen, dass Naren ihn hören konnte. Doch nur ein einziges Wort trat noch klar hervor, ehe der Mond hinter einer schwarzen Wolke verschwand.

Geh …, sagten die Buchstaben.

Charlie gab auf und sank zurück. Konnte der

Schatten Narens Botschaften sehen? Spürte er, wie sie durch die Luft sausten? War er überall, sogar in den Köpfen von anderen Menschen?

Charlie legte das Foto auf den Nachttisch, zog sich aus und ging ins Bett.

Ehe er die Augen zumachte, sah er die weiße Motte auf dem Foto sitzen. Ihre silbrigen Flügel warfen einen sanften Lichtschein auf den gesichtslosen Mann, als versuchte sie, ihn am Leben zu erhalten.

Beim Einschlafen hatte Charlie das unbestimmte Gefühl, dass da irgendwas war, was er noch hätte tun sollen. Etwas Wichtiges. Aber er war zu müde, es fiel ihm nicht mehr ein.

Julia Ingledew hatte noch lange gearbeitet. Da waren Bücher, die vor Montagmorgen ausgepackt werden mussten. Da waren Abrechnungen zu machen und Preisschildchen zu schreiben. Um zehn Uhr machte sie Schluss und ging nach oben. Die Treppe knarrte und die Fenster klapperten stärker als sonst, aber sie dachte sich nichts dabei. Das Haus war alt und die Balken und Fensterrahmen hatten sich mit den Jahren verzogen.

Als Julia im Bett lag, wurde das Klappern immer lauter, bis es schließlich ein heftiges Bummern war. Ihr wurde klar, dass jemand an ihrer Ladentür rüttelte.

Julia warf sich den Morgenrock über und lief

hinunter in den Laden. Im Licht der Straßenlaterne erkannte sie zwei dunkle, in lange Umhänge gehüllte Gestalten, die reglos vor ihrem Schaufenster standen. Julia hielt sich am Ladentisch fest und erstarrte.

Und dann hörte sie plötzlich eine Stimme: *Gib mir die Bücher*. Es war kaum mehr als ein Flüstern, aber die Stimme drang Julia bis in die Seele. Tief und finster und schrecklich.

Sie formte die Worte: „Welche Bücher?", aber sie wusste natürlich genau, welche Bücher gemeint waren. Bartholomäus' Tagebücher lagen auf dem Ladentisch. Sie hatte sie mit nach oben nehmen wollen, dann aber vor lauter Arbeitsstress nicht mehr dran gedacht. Sie nahm sie an sich und wich ins Dunkel zurück.

DIE LÜGENBÜCHER. Diesmal war es ein Brüllen. *GIB MIR DIESE LÜGENBÜCHER*.

Julia umklammerte die Bücher noch fester, rannte in ihr Wohnzimmer und die ersten Treppenstufen hinauf. Die Stimme folgte ihr. *Gib sie mir. Gib her. Gib sie heraus. Lügen, Lügen, nichts als Lügen*.

„Sie sagen die Wahrheit", murmelte Julia. „Und ihr kriegt sie nicht."

Es krachte ohrenbetäubend, als würde die Tür aus den Angeln gerissen.

„Was ist denn, Tante?" Emma stand erschrocken im Gang.

„Sie wollen die Tagebücher." Miss Ingledew bugsierte Emma wieder ins Zimmer. „Bleib hier drinnen, Schatz. Ich hole mein Handy." Sie drückte Emma die Tagebücher in die Arme und rannte ihr Handy holen. Auf dem Rückweg zu Emma wählte sie die Nummer der Polizei, aber die Stimme am anderen Ende hatte gar nichts Beruhigendes.

Aus allen Winkeln der Stadt seien Notrufe eingegangen. So eine Nacht habe es noch nie gegeben. Ein Stromausfall habe fünf Verkehrsunfälle verursacht, es habe neun Raubüberfälle und elf Schlägereien gegeben. Leute hätten Schritte in unbewohnten Räumen gehört, Keller seien vollgelaufen und im Rathaus sei Feuer ausgebrochen. „Ich weiß also nicht, wann wir bei Ihnen sein können", erklärte die Frau in der Zentrale Miss Ingledew. „Ich rate Ihnen …"

Aber Julia hatte schon aufgelegt und wählte eine neue Nummer. Sie setzte sich zu Emma aufs Bett, als eine vertraute Stimme sagte: „Hallo, Julia."

„Paton, bei uns wird gerade eingebrochen. Ich glaube, es ist …"

„Himmel!", brüllte Paton. Sie hörte ihn die Treppe hinunterstürmen, das Handy am Ohr. Die Haustür von Nummer neun schlug zu. Schritte trommelten die Straße entlang. „Halt aus, meine Liebe. Halt aus! Ich komme!"

„Oh, Paton", rief Julia. „Bitte beeil dich. Sie sind schon … oh, Paton, ich rieche Rauch."

Paton Darkwoods Beine waren vermutlich die

längsten in der ganzen Stadt, aber in dieser Nacht dehnten sie sich bestimmt noch um zehn Zentimeter. Jeder, der ihn durch die Straßen rennen sah, hätte geschworen, dass er über zwei Meter groß war. Und die Sorge, dass irgendwelche Straßenlaternen explodieren könnten? Es kümmerte ihn nicht im Geringsten. Eine nach der anderen zersprang in Tausend Scherben, als er vorbeifegte.

Ein Streifenwagen auf dem Weg zum Ort eines weiteren Raubüberfalls fuhr genau in dem Moment an Paton vorbei, als er die zehnte Laterne in die Luft jagte.

„Mann, hast du das gesehen?“, fragte Wachtmeister Singh, der am Steuer saß. „Der Kerl hat gerade eine Laterne eingeworfen.“

„Hab’s gesehen“, bestätigte Wachtmeister Wood. „Bieg lieber links ab, sobald du kannst. Wer weiß, was dieser Irre noch anstellt!“

Als Paton auf den Platz vor der Kathedrale stürmte, sah er Flammen um die Tür der Buchhandlung züngeln. Vor dem Laden war ein erbitterter Kampf im Gang. Ein ungleicher Kampf, wie es aussah. Paton rannte auf das Getümmel zu und erkannte Manfred Bloor. Die Straßenlaterne explodierte genau in dem Moment, als Manfred emporsah. Er stieß einen Schmerzensschrei aus und flüchtete über den Platz, die Hände vor das Gesicht geschlagen.

Der andere Kerl war nicht so leicht auszuschalten.

Er kniete über seinem Opfer, die Hände um dessen Kehle. Sein langer Kapuzenumhang verdeckte ihn selbst und den Mann am Boden. Ohne die Straßenlaterne sah man im Dunkeln nur einen Schopf von silbernem Haar.

Paton beugte sich über den Kapuzenmann und packte ihn an den Schultern. Die Knochen unter seinen Händen fühlten sich an wie aus Eisen. Er brachte den Mann einfach nicht dazu, seinen Griff zu lockern. Sein Opfer gab ein ersticktes Stöhnen von sich, während die Eisenfinger ihm immer weiter die Luft abquetschten.

Paton drehte sich grimmig um. „Entschuldige, Julia“, murmelte er und starrte auf die sanft leuchtenden Lampen, die über den Büchern im Schaufenster hingen. Mit einem Knall zersprang die bruchsichere Scheibe in Tausend Stücke und fiel heraus. „Wetten, das kannst du nicht, Hexer!“ Paton langte ins Schaufenster und hievte das schwerste Buch heraus, das Julia je in ihrem Sortiment gehabt hatte.

Er hob das Buch, so hoch er konnte, und ließ es dann mit aller Kraft auf den Schädel des Kapuzenmannes niedersausen.

Mit einem wütenden Grunzen ließ der Mann los und fiel zur Seite. Er wälzte sich auf dem Kopfsteinpflaster davon und wickelte sich in seinen Umhang, bis nur noch ein Paar Augen aus dem einen Ende des länglichen schwarzen Etwas hervorfunkelten.

Paton überlegte noch, ob er dem Übeltäter nachsetzen sollte, als er eine Polizeisirene nahen hörte. Gleich darauf preschte ein Polizeiauto auf den Platz und als Paton sich wieder zu dem Kapuzenmann umdrehen wollte, war dieser verschwunden.

Zwei Polizisten sprangen aus dem Wagen, rannten auf Paton zu und brüllten: „Keine Bewegung! Sie sind festgenommen!"

Da flog die schwelende Ladentür auf und Julia Ingledew rief: „Dieser Mann hat uns gerettet. Die Einbrecher sind geflüchtet."

„Und wer ist *das*?" Wachtmeister Singh zeigte auf den Mann am Boden.

„Keine Ahnung", sagte Paton.

„Wie es aussieht, haben Sie ihn umgebracht." Wachtmeister Wood packte Paton am Arm.

„Hat er nicht", rief Julia. „Er hat ihm das Leben gerettet."

„Mir scheint, Sie bringen da etwas durcheinander, Madam." Wachtmeister Singh seufzte gequält. „Wir haben diesen Mann hier", er zeigte auf Paton, „dabei gesehen, wie er eine Straßenlaterne einwarf. Und wer das Schaufenster hier eingeschlagen hat, wüsste ich gern."

„Oh, das war ich", gestand Paton.

„Sie?" Wachtmeister Singh sah ihn stirnrunzelnd an. „Moment mal. Das ist kugelsicheres Panzerglas. Und es ist in Tausend Scherben zersprungen."

„Mag ja sein", sagte Paton ungerührt. „Und ich hab's zerschmettert."

„Und uns das Leben gerettet", sagte Julia. „Ich habe alles gesehen. Oh, Paton!" Sie fiel ihm um den Hals.

Paton lächelte verlegen und sagte: „Ach, na ja."

„Und wo sind die Täter?", fragte Wachtmeister Singh misstrauisch.

„Ich sagte doch schon, sie sind geflüchtet", erwiderte Julia. „Die kriegen Sie nicht mehr. Aber könnten Sie mir vielleicht helfen, meine Ladentür zu löschen?"

„Ist schon gut, Tante!" Emma erschien mit einem Eimer Wasser und kippte es gegen die Tür.

„Gut gemacht, Emma. Das war genau richtig", lobte sie Paton.

Wachtmeister Singh hatte gerade den Mund geöffnet, um etwas zu sagen, als vom Boden her eine Stimme krächzte: „Guter Gott, Paton Darkwood."

Paton starrte den Mann am Boden an. „Bartholomäus?", sagte er ungläubig.

„Sieht dir gar nicht ähnlich, was zu riskieren", knurrte Bartholomäus, als Paton ihm aufhalf.

„Ich habe mich geändert", sagte Paton schroff.

Die beiden Polizisten machten sich jetzt Notizen. Sie nahmen Telefonnummern und Adressen auf, aber Bartholomäus verweigerte hartnäckig jede Auskunft. Die Polizisten befanden schließlich, dass dieser Vorfall nicht so schwerwiegend war wie viele andere in dieser Nacht, und fuhren davon. Wachtmeister Singh winkte ihnen zum Abschied sogar noch freundlich zu.

Die vier zogen sich in die Buchhandlung zurück. Zu Julias Erleichterung hatte die dicke Eichentür das Feuer überstanden. Sie war zwar zerschrammt und angesengt, aber die Angeln und Schlösser funktionierten noch tadellos.

„Ich mache uns Tee“, erklärte Emma. Ihr langes blondes Haar und ihr roter Morgenrock waren vom Löschwasser durchnässt, aber ihr Gesicht glühte vor Aufregung.

Bartholomäus weigerte sich, noch zu bleiben. „Ich wollte ja nie in die Stadt kommen, aber ich war beunruhigt“, erklärte er. „Meine Frau war beobachtet worden, die Spitzel des Schattens sind überall. Ich wusste, er würde die Tagebücher haben wollen, und mir wurde klar, dass ich Sie in Gefahr gebracht hatte, Miss Ingledew.“

„Bleiben Sie doch noch, nur einen Moment …“, setzte Julia an.

„Ich muss weg“, sagte Bartholomäus wieder. „Wo sind meine Tagebücher?“

„Ich hole sie.“ Miss Ingledew lief nach oben und Emma ging Wasser aufsetzen.

Als die beiden Männer allein waren, fragte Bartholomäus: „Was hat dich verändert, Paton? Du warst doch immer so ein Waschlappen.“

Paton zuckte zusammen. „Der Junge", sagte er nur. „Ich musste ihm helfen."

Jetzt endlich lächelte Bartholomäus. „Charlies Vater war der beste und mutigste Mann, den ich je gekannt habe. Du warst ihm ein lausiger Freund, Paton."

„Hier sind sie." Julia kam mit den Tagebüchern zurück. „Ich packe sie in eine Tüte."

„Gut", sagte Bartholomäus. „Paton, gib sie Charlie. Sag ihm, er soll sie in die Vergangenheit mitnehmen."

„Was?" Paton nahm Miss Ingledew die Tüte ab und starrte Bartholomäus verdutzt an.

„Er ist der Einzige, der sie in Sicherheit bringen kann." Bartholomäus' Ton war kalt und befehlend. „Verstehst du denn nicht? Er hat die Gabe. Sag ihm, er soll sie irgendwohin bringen, wo sie der Schatten nie kriegt."

„Aber wo soll das sein?"

„Was weiß ich", sagte Bartholomäus schroff. „Das muss er entscheiden. Charlie ist ein kluger Bursche. Er weiß, dass meine Tagebücher ein Geheimnis enthalten, das ihm helfen wird seinen Vater zu retten. Ich wünsche euch allen eine gute Nacht." Er wandte sich zur Tür.

„Warte", beschwor ihn Paton. „Können wir nicht noch ein bisschen reden? Wir haben uns so lange nicht gesehen. Du hast mir mal das Leben gerettet."

„Du mir eben auch. Dann sind wir ja jetzt quitt. Gute Nacht, Miss Ingledew." Mit einem angedeuteten Nicken verschwand Bartholomäus.

„Ein seltsamer Mensch", sagte Miss Ingledew, „so unfreundlich. Komm mit nach hinten, Paton, und trink noch einen Tee, bevor du gehst."

Paton schüttelte den Kopf. „Nein, ich muss los. Es ist alles meine Schuld, Julia. Am Samstagabend, als du gegangen warst, habe ich die Tagebücher auf dem Küchentisch liegen lassen. Meine Schwester muss sie gesehen haben, als sie von dem Ball zurückkam. Ich bin so ein Idiot."

„Das stimmt nicht. Woher hättest du das wissen sollen?"

Paton öffnete die schwere Ladentür. „Gute Nacht, meine Liebe. Pass auf dich auf."

Auf der anderen Seite des Platzes schlug die mächtige Turmuhr der Kathedrale Mitternacht. Paton schloss die Tür hinter sich, blieb einen Moment stehen und starrte auf den mondhellen Platz, den Ort, an dem sein bester Freund verschwunden war.

„Ja, Lyell, ich war dir ein lausiger Freund", murmelte Paton traurig. Er marschierte durch die gepflasterten Gassen, ohne daran zu denken, in welcher Gefahr er schwebte, jetzt, wo er die Tagebücher bei sich trug. Er bemerkte nicht mal die Eiseskälte, die die Tränen in seinen Augen in Kristalle zu verwandeln drohte.

Charlie wachte auf und sah die Motte auf seinem Kopfkissen sitzen. Er spürte, dass sie etwas wollte. Gähnend stieg Charlie aus dem Bett und schlich zur Treppe. Das Haus war dunkel, aber unter der Küchentür sah er einen Streifen von schwachem Licht. Das konnte nur Onkel Paton sein. Jeder andere hätte in der Diele die Lampe angemacht.

Es war eiskalt. Charlie wickelte sich fest in seinen Bademantel, ehe er nach unten ging. Sein Onkel saß am Küchentisch, vor sich die Tagebücher. Die Kerze war fast heruntergebrannt, aber Charlie konnte Patons Gesicht erkennen. Es hatte einen Ausdruck, den er noch nie gesehen hatte und der ihn beunruhigte.

„Onkel Paton?"

Sein Onkel sah auf. „Ah, Charlie, ich komme gerade aus der Buchhandlung. Das war eine Nacht, die es in sich hatte."

„Ich habe Polizeisirenen gehört", sagte Charlie.

„Ja. Jemand hat versucht, in die Buchhandlung einzubrechen. Es ging um die Tagebücher. Wir glauben, dass es der Schatten war."

„Oh, wow! Ist jemandem was passiert? Ist Emma okay? Und du ...?"

„Charlie", sagte Paton ernst. „Bartholomäus war dort. Er will, dass du die Tagebücher in die Vergangenheit bringst."

„In die Vergangenheit?" Charlie verstand rein gar nichts.

„Tut mir leid, dass ich dich jetzt darum bitten muss. Du bist müde und es ist sehr spät. Aber Bartholomäus hat darauf bestanden und ich glaube, er hat Recht. Du kannst in Bilder hineingehen. Fällt dir irgendein Ort ein, an dem die Tagebücher sicher wären? Wo der Schatten sie nicht finden könnte?“

Charlie kratzte sich am Kopf. „Ja“, sagte er zögernd. „Ich könnte sie zu Skarpo bringen.“

„Dem Hexenmeister? Eine sehr gefährliche Reise, Charlie. Aber wenn man den Alten dazu bringen könnte, sie zu bewachen, wären die Tagebücher garantiert sicher.“

Besuch bei einem alten Bekannten

Charlie nahm die Tagebücher unter den Arm und folgte seinem Onkel nach oben. Die Kerze, die Paton in der Hand hielt, flackerte und rußte in dem zugigen Treppenhaus und Charlie musste gut aufpassen, dass seine Füße die Stufen richtig trafen und er nicht stolperte.

In seinem Zimmer legte Charlie die Tagebücher auf sein Tischchen und zog ein kleines Gemälde unter dem Bett hervor.

„Ich nehme an, du brauchst besseres Licht, Charlie, nicht wahr?" Onkel Paton stand zögernd in der Zimmertür.

Im kärglichen Schein der Kerze konnte Charlie das Bild kaum erkennen. „Ist wohl besser, ich mache meine Nachttischlampe an", stimmte er seinem Onkel zu.

„Dann gehe ich jetzt", sagte sein Onkel. „Aber wie willst du wieder zurückkommen, Charlie? Brauchst du meine Hilfe?"

Charlie schüttelte den Kopf. „Ich nehme *sie* mit." Er deutete mit dem Kinn auf die weiße Motte, die auf seinem Bett saß. „Sie hilft mir beim Zurückkommen. Das hat sie schon mal getan."

„Verstehe. Na ja ... dann viel Glück." Onkel Paton trat unsicher von einem Fuß auf den anderen und zog sich zurück.

Charlie knipste seine Lampe an und machte die Tür zu. Er legte das Bild auf sein Kopfkissen und setzte sich daneben. In den Armen hielt er Bartholomäus' ledergebundene Tagebücher.

Das kleine Gemälde war ein paar Hundert Jahre alt. Die Farbe war rissig und nachgedunkelt und durch die Alterspatina wirkte die dargestellte Szene noch düsterer und bedrohlicher, als sie ohnehin schon war. Ganz unten stand in schwarzer Pinselschrift der Titel des Bildes: „Der Hexenmeister". Und tatsächlich, da stand er, der schwarz gewandete Hexenmeister, in seinem zellenartigen Raum und der Tisch hinter ihm war mit allerlei magischem Handwerkszeug übersät. Das dunkle Haar und der Bart des Hexenmeisters waren von silbernen Strähnen durchzogen und seine Augen glommen gelblich. Auf diese Augen konzentrierte sich Charlie jetzt.

Er hatte Skarpo schon mehrmals besucht. Anfangs hatte er Angst vor dem alten Mann gehabt, aber inzwischen hatte er sich an die glimmenden Augen und die tiefe, singende Stimme gewöhnt.

Charlie Bone?

Obwohl Charlie darauf gewartet hatte, kam die

Stimme doch überraschend und jagte ihm einen Schauer über den Rücken. Die weiße Motte flog ihm auf die Schulter, bereit für die bevorstehende Reise.

Als die vertrauten Dinge in seinem Zimmer allmählich verblassten, drang Charlie der modrige Geruch der feuchten Zelle in die Nase, gemischt mit dem Aroma von brennenden Kräutern und Kerzentalg. Ihm schwirrte der Kopf und seine Füße wurden ganz leicht. Er umklammerte die Bücher noch fester und sah genau in Skarpos glimmende gelbe Augen. Jetzt hörte er die Gewänder des Zauberers rascheln, dazu das Klappern von Flaschen und das Zischen von Flammen. Charlie fühlte, wie er durch die Jahrhunderte flog, umhergeweht wie ein Stück Papier im Wind.

Als seine Füße auf kaltem Stein aufkamen, öffnete er die Augen. Vor ihm stand der Hexenmeister.

„Was ist das? Ich sehe den ganzen Charlie Bone." Skarpo rieb sich das bärtige Kinn. „Gab Zeiten, da erschien nur dein Kopf. Deine Kräfte sind gewachsen."

„Ach, ja?" Charlie sah auf seine Arme, die die Tagebücher umklammerten. „Oh."

„Du hast mir ein Geschenk mitgebracht?" Der Hexenmeister beäugte die ledergebundenen Bücher.

„Nicht direkt", sagte Charlie. „Ich wollte Sie um einen Gefallen bitten."

„Ah!" Der Hexenmeister rieb sich die knochigen

Hände. „Das ist gut. Das heißt, ich kann dich auch um einen bitten."

„Wohl schon", sagte Charlie nervös.

„Setzen wir uns doch." Skarpo hob das rote Tuch an, das über seinem Tisch lag, und zog zwei roh gezimmerte Hocker hervor. Den einen schob er Charlie hin, den anderen stellte er hinter sich. Dann raffte er seine schweren Gewänder zur einen Seite und setzte sich. „Erzählst du mir jetzt, was du von mir willst?"

Charlie legte dem Hexenmeister die zehn Bücher in die ausgestreckten Arme. „Das sind Tagebücher, Sir. Ganz besondere Tagebücher. Sie wurden von einem gewissen Bartholomäus Bloor verfasst, einem entfernten Verwandten von mir. Er ist durch die ganze Welt gereist und immer, wenn er eine Geschichte über den Roten König gehört hat, hat er sie aufgeschrieben. Sie sind sehr wertvoll, weil da Geheimnisse drinstehen, Dinge über den Roten König, die wir vorher nicht wussten."

„Wenn sie so wertvoll sind, warum gibst du sie mir dann?" Skarpo gluckste leise. „Vertraust du mir etwa, Charlie Bone?"

„Ich muss", sagte Charlie. „Es gibt da jemanden oder jedenfalls etwas, was die Leute den Schatten nennen. Der ist auf dem Bild des Roten Königs und …"

„Der Schatten?" Skarpo stand unvermittelt auf
und durch die Bewegung seiner schwarzen Gewänder strich ein eisiger Lufthauch über Charlies nackte, nur

mit Pantoffeln bekleidete Füße. „Sprich nicht weiter. Ich weiß von diesem Schatten. Wir Magier versuchen, nicht über ihn zu reden, weil er unsere Zunft ganz schrecklich in Verruf gebracht hat. Die leiseste und flüchtigste Erwähnung seines Namens genügt, dass meine Magierbrüder abwehrend die Hände heben."

„Na ja, ein bisschen mehr muss ich schon über ihn sagen", sagte Charlie, „weil er der Grund ist, warum ich Ihnen diese Tagebücher bringe."

„Aha, jetzt kommen wir zum Thema." Skarpo drehte sich um und legte die Tagebücher in zwei ordentlichen Stapeln auf seinen Tisch. „Also dann, erzähl." Wieder fegten seine Gewänder über den Boden und er setzte sich hin.

Das höhlenartige Labor des Zauberers war der passende Rahmen für diese Geschichte. Charlie erzählte Skarpo ausführlich, was passiert war, seit die Tiere in jener Schneesturmnacht die Stadt verlassen hatten. Er berichtete von der gefrorenen Maisie und dem Ring seiner Mutter, von Miss Crystal und dem Spiegel der Amoret. Und während er sprach, brannten die fünf Kerzen in dem großen Eisenleuchter herunter und schließlich waren die gelben Augen des Hexenmeisters die einzige Lichtquelle im Raum.

Als Charlie alles erzählt hatte, was es zu erzählen gab, stand Skarpo wieder auf und ging zum Tisch. Er zündete eine dicke Kerze an und begann im Schein ihrer flackernden Flamme alle Tagebücher nacheinander durchzublättern, während Charlie auf einen Kommentar oder einen Ratschlag wartete. Aber der Zauberer sagte nichts, bis er jede einzelne Seite überflogen hatte. Schließlich legte er das letzte Tagebuch hin, drehte sich zu Charlie um und sagte: „Großartige Geschichten, mein Junge. Offenbarungen! Ich werde sie hüten, aber diese Zauberformel, die Zauberformel in walisischer Sprache, die musst du mitnehmen. Ich werde sie dir übersetzen, ich kann nämlich Walisisch und du wirst sie brauchen."

Charlie fragte sich, was Skarpo damit meinte. Hatte Skarpo etwas in den Büchern gefunden, was ihm helfen konnte?

Der Hexenmeister nahm ein Stückchen Pergament aus einer Ledermappe, tunkte einen exotisch aussehenden Federkiel in ein Tintenfass und kritzelte drauflos. Ab und zu warf er einen Blick in eins der Tagebücher, die aufgeschlagen auf dem Tisch lagen, kratzte sich am Kopf, starrte ins Leere, lächelte und schrieb dann weiter.

Als er zu Ende gekritzelt hatte, legte er den Federkiel weg und sah Charlie mit einem triumphierenden Grinsen an. „Ein prachtvoller Zauber", erklärte er. „Nicht von mir, oh, nein, dein Verwandter muss ihn von einem von Mathonwys Nachfahren haben. Mathonwy war ja der beste Freund deines Roten Königs." Wieder gluckste er leise. „Ihm habe ich den Zauberstab gestohlen, der jetzt deiner ist, Charlie

Bone. Obwohl, nein, gestohlen nicht, er war damals schon alt und hätte ihn mir vor seinem Tod sowieso vermacht. Sie lieben es nun mal, die Waliser, ihren Namen und dergleichen weiterzugeben." Er hielt inne und legte den Kopf schief. „Apropos Zauberstab, wo ist er denn?"

„Er ist jetzt eine Motte", sagte Charlie.

„Ooooh!", rief Skarpo aus. „*Diese* Motte. Ich sehe sie!" Er streckte die Hand aus, um die weiße Motte zu fangen, die zwischen ihnen herumflatterte.

„NICHT!", schrie Charlie. „Das ist meine!"

„War nur ein Scherz, Charlie Bone! Ich tue deiner kleinen Motte nichts." Der Hexenmeister blies auf das Pergament und hielt es Charlie hin. „Nimm deinen Zauber und geh. Es gehört sich nicht, länger als nötig in fernen Welten herumzulungern."

„Ja, ich geh jetzt besser", sagte Charlie und nahm die Zauberformel entgegen. „Und vielen Dank. Sie passen doch auf die Tagebücher auf, oder?"

„Zweifelst du daran?" Der Hexenmeister legte wieder den Kopf zur Seite und grinste schief.

„Nein. Nein, natürlich nicht." Charlie streckte die freie Hand aus und die Motte flog ihm auf den Zeigefinger. „Sie hilft mir beim Reisen", erklärte er.

Der Zauberer nickte. „Aha."

Ehe Charlie ging, schaute er durch ein kleines Fenster in der hinteren Wand des schummrigen Raums. Dort draußen war ein dunkler Wald zu sehen, der an ein großes, im Mondlicht glitzerndes Wasser grenzte. Einmal hatte Charlie diesen Wald aus Versehen besucht und seither war da in seinem Hinterkopf immer diese Erinnerung, verwirrend und tröstlich zugleich. „Sir, hat der Rote König jemals hier in der Nähe gelebt?“, fragte er.

„Ja, das hat er“, sagte Skarpo und drehte sich zum Fenster. „Und als der König weg war, ließ sich Mathonwy, der Magier, hier nieder. Er nahm mich zu sich, als ich noch ganz klein war, ein heimatloses Waisenkind, weil meine Familie von den Soldaten des englischen Königs ermordet worden war. Er war ein großer Zauberer und hat mich vieles gelehrt, aber ich bin nie so gut geworden wie er, in keinerlei Hinsicht.“ Ein Schatten huschte über das Gesicht des Hexenmeisters, ein Anflug von Reue. Dann kehrte das durchtriebene Grinsen wieder und er winkte Charlie. „Geh, Junge, geh. Und möge das Glück mit dir sein.“

„Auf Wiedersehen, Sir. Und vielen Dank.“ Charlie sah auf die Motte und fragte sanft: „Können wir, Claerwen?“ Das Gesicht des Hexenmeisters war das Letzte, was Charlie sah, ehe sich der Nebel der Zeit zwischen sie schob und die Heimreise begann. Skarpos gelbe Augen waren weit aufgerissen vor Staunen, weil Charlie walisisch gesprochen hatte. Das unbekannte Wort war plötzlich in seinem Kopf gewesen und er wusste, dass es zu der Motte gehörte: Claerwen – Schneeweiß.

Kurz darauf saß er auf seinem Bett, das Bild neben sich und die Motte auf seinem Arm. Charlie gähnte und kickte die Pantoffeln von sich. Noch nie war er so erschöpft gewesen. In ein paar Stunden musste er aufstehen und seine Sachen fürs Internat packen. Aber jetzt noch nicht. Er schob das Bild unters Bett, sank auf sein Kopfkissen und schlief sofort ein.

Als er aufwachte, lugte sein Onkel gerade besorgt zur Tür herein.

„Es liegt mir ja fern, dich an die Schule zu erinnern", sagte Onkel Paton, „aber ich dachte, ich sollte dich doch wenigstens darauf aufmerksam machen, wie spät es ist. Sonst ist anscheinend noch niemand wach."

Als Charlie sich aus dem Bett wälzte, flatterte ein Stück steifes, gelbliches Papier zu Boden. Onkel Paton kam stirnrunzelnd herein und hob es auf. „Was ist das?"

„Weiß nicht", murmelte Charlie und rieb sich die Augen.

„Ein Gedicht? Nein, eher ein … eine Art Zauberformel." Paton drehte das Stück Papier hin und her und studierte die große, eigentümliche Schrift. „Großer Gott, wo hast du das her, Charlie?"

„Oh, das hab ich ganz vergessen. Von Skarpo." Charlie zwängte sich an seinem Onkel vorbei in Richtung Bad.

„Von Skarpo?", rief sein Onkel verblüfft. „Charlie, das nehme ich mit in mein Zimmer. Es ist wirklich etwas ganz Außerordentliches. Es könnte alles ändern."

Charlie hörte seinem Onkel gar nicht zu. Wieder musste er sich die Zähne putzen, während Maisie gefroren neben ihm lag. Sie, die einzige Person im Haus, die seine Mutter vielleicht vor Graf Harken hätte schützen können.

Als Charlie sich gewaschen hatte, war Onkel Paton bereits in seinem eigenen Zimmer verschwunden und Charlie hörte nur ein leises, fremdländisch klingendes Gemurmel.

Charlie zog sich an, packte seine Tasche und ging hinunter in die Küche. Der Ofen war aus und der Tisch leer. Nichts deutete darauf hin, dass hier schon irgendjemand gefrühstückt hatte. Wo war seine Mutter? Weg oder im Bett? Charlie wollte es gar nicht wissen. Das Haus roch kalt, verschlafen und leer. Er machte sich schnell eine Scheibe Toast und ging los.

Die Bloor-Akademie hatte sich von den Wochenendfestivitäten noch nicht erholt. Die Lehrer und das übrige Personal waren nur noch gereizter als vor der Ankunft der hundert Schulleiter. Der Fußboden der Halle war mit Girlanden, Plastikmüll und Essensresten übersät. Aus den Garderoben waren Kleidungsstücke verschwunden und es hatte keinen Sinn, sich darüber zu beschweren.

Ein mürrisches „Ihr hättet sie nicht dort hängen lassen sollen“ war Manfreds einzige Antwort auf jede schüchterne Andeutung, dass einer der erlauchten Gäste vielleicht einen Schal, einen Schuh oder einen pelzgefütterten Handschuh hatte mitgehen lassen.

Manfred selbst sah total zerschunden aus: Sein Gesicht war voller winziger Schnittwunden, die nur von Glassplittern stammen konnten. Für Emma bestand kein Zweifel mehr, wer die zweite Gestalt gewesen war, die am Vorabend zusammen mit dem Schatten an der Tür der Buchhandlung gerüttelt hatte.

Fidelio hatte nach der Morgenversammlung Geigenstunde, war aber nicht gewillt, Miss Crystal gegenüberzutreten. „Ich weiß nicht, wie ich so tun soll, als ob ich nicht wüsste, wer sie ist“, flüsterte er Charlie zu, als sie die Aula verließen. „Ich kann nun mal nicht so schauspielern wie Liv.“

„Du musst“, sagte Charlie. „Wenn sie Verdacht schöpft, dass wir es wissen, wird sie ihre Krallen erst richtig ausfahren.“

„Ich sag einfach, mir ist …“

„Fidelio Gunn“, sagte Dr. Saltweather, der gerade aus der Aula trat, „du kennst doch die Regeln?“

„Ja, Sir“, sagte Fidelio, froh, dass es nicht Manfred war, der ihn beim Reden erwischt hatte.

Charlie rannte in seine Mathestunde und überließ es Fidelio, die richtige innere Haltung zu der gefürchteten Begegnung mit Miss Crystal zu finden.

In der Vormittagspause war Fidelio nirgends zu sehen. Charlie fragte sich, was mit ihm los war. Auf dem Schulgelände war es kalt und neblig. Kinder drängten sich in Grüppchen zusammen, stampften mit den Füßen auf und unterhielten sich nur gedämpft. Charlie suchte jedes einzelne Grüppchen nach Fidelios Lockenkopf ab. Aber von seinen Freunden schien überhaupt niemand draußen zu sein.

Als Charlie in Richtung Ruine wanderte, merkte er, dass ihm eine Meute Kinder folgte. Um sich nicht an der Ruinenmauer in die Enge treiben zu lassen, bog er in das Wäldchen ab.

Die Meute kam immer näher. Charlie rannte los. Und dann war er plötzlich umzingelt. Die Bäume waren von Nebel vollkommen verhüllt, ihre schlanken Stämme nicht von den vagen Silhouetten seiner Verfolger zu unterscheiden.

„Was wollt ihr von mir?“, rief Charlie. „Warum verfolgt ihr mich?“

Eins der Kinder kam auf ihn zu. Charlie hätte sich gleich denken können, dass der Anführer der Meute Joshua Tilpin war.

„Deine Freunde werden dir nicht viel helfen, Charlie Bone“, sagte Joshua höhnisch. „Die kannst du genauso gut sausen lassen.“

„Wovon sprichst du? Warum sollte ich?“, sagte Charlie trotzig.

Joshua setzte sein kaltes, gemeines Grinsen auf.

„Wir sind hier, um dir eine Lehre zu erteilen, Charlie. Wir werden sie dir gründlich einbläuen, was, Leute?"

„JAAAA!", brüllte die Meute.

Jetzt schlüpfte Dorcas Loom hinter einem Baum hervor. „Du bist ein erbärmliches Würstchen, Bone. Du hast keine Chance. Du hast deinen Vater verloren und jetzt auch noch deine Mutter. Dir bleibt aber auch gar nichts, was? Wenn du dich uns anschließt, können wir dir helfen. Wir sind ja *sooo* viel stärker als deine jämmerlichen Freunde."

Charlie war immer weiter zurückgewichen und stand jetzt mit dem Rücken an einer alten Mauer. Ohne lange zu überlegen drehte er sich um und begann hinaufzuklettern. Er zog sich immer höher, krallte die Finger in einen Mauerspalt, während seine Füße verzweifelt den nächsten Tritt suchten. Schließlich stand er vier Meter über der Meute.

Sie lachten ihn aus.

Und dann erschienen die Branko-Zwillinge. Sie postierten sich dicht nebeneinander und starrten auf die Mauer. Und starrten und starrten. Ein mächtiger Stein fiel heraus und die ganze Mauer erzitterte.

Können sie das?, dachte Charlie. Eine Mauer, die schon neunhundert Jahre steht, zum Einsturz bringen?

Sie konnten. Zwei weitere Steinquader brachen ganz oben aus der Mauer. Dann machte eine der Zwillingsschwestern den Mund auf. Sie sagten so selten etwas, dass es ein richtiger Schock für Charlie war.

„Was für ein unglaublich tragischer Unfall", höhnte das schwarzhaarige Mädchen mit dem Puppengesicht. „Charlie Bone ist auf eine alte Mauer geklettert und plötzlich ist sie eingestürzt, Rumpeldipumpel, unter Charlies Füßen …"

„Und dann auf seinen Kopf", fuhr ihr Zwilling mit tieferer, düsterer Stimme fort.

Ein weiterer Riesenstein donnerte herab und diesmal bebte und wackelte die Mauer so heftig, dass Charlie in die Knie ging. Er krallte sich an der bemoosten Mauerkrone fest und versuchte sich vorzustellen, wie es wohl war, lebendig begraben zu sein.

Als das Geräusch einsetzte, dachte Charlie zuerst, es käme von der Mauer. Aber dann wurde es immer lauter: ein wütendes, an- und abschwellendes Summen.

Die Kinder am Fuß der Mauer schauten hoch und wichen zurück. Einige schrien. Als Charlie ihrem Blick folgte, sah er, wie sich eine schwarze Wolke zwischen den Bäumen herabsenkte. Das Summen wurde ein Tosen und die ganze Kindermeute stob kreischend auseinander. Joshua Tilpin floh als Letzter. „Sie werden dich totstechen, Charlie Bone", schrie er Charlie noch nach.

Ein Bienenschwarm? Mitten im Winter? Wer hatte den geschickt? Der Schatten? Charlie schloss die Augen. Was war wohl schlimmer, fragte er sich, totgestochen oder lebendig begraben zu werden?

Das Summen hörte auf. Charlie kniff weiter die Augen zu, wartete auf das Kitzeln von Bienenfüßen auf seinem Gesicht und seinen bloßen Händen. Wartete auf den ersten wütenden Stich. Aber nichts geschah. Charlie riskierte ein Auge. Da war nichts zu sehen.

„Charlie!"

Charlie öffnete auch das andere Auge. Er sah Emma und Olivia vom Fuß der Mauer heraufschauen. Sie lächelten beide.

„Was in aller Welt ...?"

„Eine Illusion!", rief Olivia und machte einen Luftsprung. „Die war gut, oder?"

„Kann man wohl sagen." Charlie ließ sich vorsichtig die Mauer hinab.

„Wir haben gesehen, wie sie dir gefolgt sind", sagte Emma. „Also sind wir *ihnen* gefolgt, aber wir wussten nicht, was wir tun sollten. Sie waren so viele. Das liegt eindeutig an Joshuas magnetischen Kräften."

„Und dann bin ich auf die Idee mit den Bienen gekommen", sagte Olivia mit einem weiteren freudigen Hüpfer. „Ich bin ja so stolz auf mich."

„Du hast mich gerettet!" Charlie drückte sie.

„Pjuh. Ich bin ja so froh ..."

Plötzlich raschelte es im Gebüsch hinter ihnen und als sie sich umdrehten, sahen sie eine Gestalt ziemlich schnell im Nebel verschwinden. Das adrette graue Kostüm und die ordentliche Kurzhaarfrisur waren unverwechselbar.

„Mrs Brown“, flüsterte Charlie. „Sie hat dich garantiert gehört, Liv.“

„Und weiß jetzt von deiner Gabe!“ Emma rang die Hände. „Was sollen wir jetzt machen?“

„Wir können gar nichts machen“, sagte Charlie. „Wir können nur abwarten, was passiert.“

Mrs Brown ließ sich offensichtlich Zeit. Olivia wurde nicht ins Büro des Direktors gerufen und niemand schleppte sie zu einem Verhör oder schloss sie in einem Klassenzimmer ein. Das Warten war fast noch schlimmer, als wenn sie gewusst hätten, was die Bloors mit Olivia machen würden.

Vor dem Zubettgehen schlich Charlie sich heimlich zum Mädchenschlafsaal hinauf. Munter wie immer kam Olivia in ihrem schwarzgoldenen Pyjama den Gang entlanggehüpft.

„Mir geht's gut“, sagte sie und scheuchte Charlie weg. „Fang dir nicht meinetwegen Arrest ein.“

„Okay, dann viel Glück, Liv.“ Charlie schlich vorsichtig wieder die Treppe hinunter. Er hatte vor, in dieser Nacht nach außergewöhnlichen Geräuschen zu horchen, bat aber Billy, Fidelio und Gabriel ebenfalls die Ohren offenzuhalten, nur für den Fall, dass er einschlief.

„Benedikt gibt uns schon Bescheid, wenn irgendwas passiert", flüsterte Billy, bevor er die Augen zumachte.

Charlie hatte nicht viel Vertrauen in Benedikt. Schon deshalb, weil er ziemlich schwerhörig war. Aber einen besseren Wachhund hatten sie nun mal nicht, also mussten sie wohl darauf setzen, dass er heute einen seiner besseren Tage – oder vielmehr eine seiner besseren Nächte – hatte.

Paton Darkwood saß beim Abendessen. In jedem verfügbaren Winkel der Küche brannten Kerzen. Paton redete sich ein, dass er das Licht brauchte, um die kleinen Buchstaben eines besonders spannenden Buchs entziffern zu können, aber in Wahrheit hatte er so viele Kerzen angezündet, um die düsteren Gedanken zu verscheuchen. War es nur Einbildung, oder waren da in der Filbert Street wirklich ein paar sehr merkwürdige Leute unterwegs? Männer und Frauen, die in Fenster spähten, mit den Händen über Tore und Zäune strichen, mit zusammengekniffenen Augen Hausnummern entzifferten und hastig etwas in kleine, schwarze Büchlein kritzelten.

Bestimmt sind das Spitzel, dachte Paton. Vom Grafen gekauft. Überredet, hypnotisiert, gezwungen oder

was auch immer. Die hat er schon in der Hand. Was wird aus uns?

Paton fröstelte. Rasch kippte er ein Glas Wein

hinunter. Ihn fröstelte noch immer und er biss herzhaft in sein Lachsbrötchen.

Er hatte keine Lust, auf das plötzliche Klopfen an der Haustür zu reagieren. Einer von *denen*, dachte er. Na ja, so leicht kriegt ihr mich nicht.

Aber das Klopfen hörte nicht auf und da es irgendwie panisch klang, ging Paton schließlich widerstrebend in die Diele.

„Wer ist da?", fragte er durch die geschlossene Haustür.

„Oh. Mr Darkwood, bitte, *bitte*, ich muss Sie sprechen."

Paton erkannte die Stimme und als er die Tür öffnete, fiel ihm Mrs Brown regelrecht in die Arme.

„Ich muss mit Ihnen reden, Mr Darkwood, unbedingt", flehte Mrs Brown. „Ich weiß nicht, an wen ich mich sonst wenden soll. Ich weiß nicht mehr weiter."

„Bitte, beruhigen Sie sich, Mrs Brown", sagte Paton. „Möchten Sie vielleicht ein Lachsbrötchen?"

„Nein, nein, außer ... na ja, ich habe ziemlichen Hunger. Mein Mann spricht nicht mehr mit mir."

„Du liebe Güte, wie unzivilisiert." Paton führte sie in die von Kerzen erhellte Küche. „Entschuldigen Sie, dass es kein elektrisches Licht gibt. Sie wissen vermutlich von meiner kleinen Schwäche."

„Ach, als eine Schwäche würde ich das nicht bezeichnen, Mr Darkwood." Mrs Brown setzte sich auf den Stuhl, den Paton für sie abgerückt hatte.

„Paton", sagte er. „Nennen Sie mich doch Paton."

„Danke." Mrs Brown guckte erschrocken. „Ich bin Trish."

„Trish. Wie nett." Paton goss Mrs Brown ein großes Glas Weißwein ein. „Bitte, erzählen Sie doch."

„Ja, na ja, ich weiß nicht, aber ich nehme doch an, Charlie hat Ihnen erzählt, dass ich zurzeit für Mr Ezekiel Bloor arbeite. Wir beide, mein Mann und ich." Mrs Brown hielt inne, um Luft zu holen. „Er hat uns sehr viel Geld dafür geboten, gewisse Dinge über die Kinder an der Bloor-Akademie herauszufinden."

„Ihnen nachzuspionieren, Mrs Brown?" Jetzt war ein vorwurfsvoller Ton in Patons Stimme.

„Na ja ... ja!" Mrs Brown brach unvermittelt in Tränen aus.

Paton reichte ihr ein Taschentuch und trat dann an die Arbeitsfläche, wo er eine Scheibe Räucherlachs zwischen zwei Brotscheiben legte, das Ganze in zwei Hälften schnitt und auf einen kleinen Teller tat, um es Mrs Brown zu bringen.

„D-danke", schluchzte Mrs Brown und wischte sich die Nase mit Patons Taschentuch. „Es war einfach alles zu viel."

„Reden Sie weiter", sagte Paton.

„Was?" Mrs Brown schien verwirrt. „Ah, ja, also, ich habe tatsächlich etwas über eins der Kinder herausgefunden. Über Olivia Vertigo, genauer gesagt, aber ich habe es nicht über mich gebracht, sie – sie zu verraten. Mein Mann weiß, dass ich auf etwas gestoßen bin, aber ich habe mich geweigert, es ihm zu sagen. Und jetzt weiß ich nicht, was ich tun soll."

„Patricia!" (Paton konnte Abkürzungen und Spitznamen nicht leiden.)

Mrs Brown sah erschrocken auf. „Ja?"

„Wie können Sie da auch nur den leisesten Zweifel haben?", sagte Paton streng. „Sie dürfen kein Sterbenswörtchen über Ihre Entdeckung verlauten lassen, niemandem gegenüber. Bedenken Sie doch, was Sie Benjamin damit antun würden. Charlie würde nie wieder mit ihm sprechen, nie wieder Ihr Haus betreten, nie wieder Ihren Hund hüten. Auch auf die Gefahr hin, dass es zu einem endgültigen Zerwürfnis mit Ihrem Mann kommt, verbiete ich Ihnen aufs Strikteste, ihm diese Geschichte zu erzählen. Denn offenbar scheint es ihm an Ihren moralischen Prinzipien zu fehlen."

„Nein, er ist wirklich kein schlechter Mensch", sagte Mrs Brown schüchtern. „Das Problem ist nur, dass wir das Geld brauchen. Wissen Sie, wir haben uns gerade einen neuen Wagen gekauft und die Lebenshaltungskosten …"

„Wenn Sie Geld brauchen, gibt es für fähige Detektive wie Sie doch sicher jede Menge Arbeit", sagte Paton. „Gerade hatten wir hier in der Stadt eine ganze Serie von Raubüberfällen, von den verdächtigen Bränden, dubiosen Unfällen und ungeklärten

Morden mal ganz abgesehen. Sagen Sie Ihrem Mann, dass die Arbeit im Bloor Sie krank macht, dass Sie nichts wissen und dass Sie einen Nervenzusammenbruch bekommen, wenn Sie sich nicht eine Weile ausruhen."

Mrs Brown lächelte. „Ja", seufzte sie. „Das werde ich tun. Danke, Mr Darkwood. Jetzt geht es mir schon viel besser."

Bühne frei für Mrs Vertigo

Glücklicherweise passierte in dieser Nacht nichts, weshalb Benedikt irgendjemanden hätte warnen müssen. Der alte Hund schlief nämlich tief und fest im unterirdischen Reich der Köchin. Olivia wurde nicht aus dem Bett gezerrt und Charlie schlief einen außergewöhnlich langen und ruhigen Schlaf. Sein Onkel hingegen tat die ganze Nacht kein Auge zu.

Schon bald nachdem Mrs Brown gegangen war, erschienen Patons vier Schwestern in der Filbert Street Nummer neun. Er war in seinem Zimmer, als er das Knallen der Haustür und Stimmen in der Diele hörte. Er rang mit sich, ob er hinuntergehen und seine Schwestern zur Rede stellen sollte. Schließlich sagte er sich, dass er es tun *musste*. Sie würden ihn vielleicht ignorieren, aber er musste es versuchen, und sei es nur um Charlies willen.

Als Paton die Küche betrat, fand er seine Schwestern am Tisch, wo sie eine seltsam aussehende Suppe schlürften, Oktopus, wie es aussah. Sie redeten alle durcheinander und keine blickte auf, als ihr Bruder hereinkam. Er knipste schnell das Licht aus.

„Oh, *er*!“ – „Verschwinde!“ – „Mach sofort das Licht an!“, knurrten und schnaubten sie.

„Wenn ich das Licht anmache, habt ihr Glas in der Suppe“, sagte Paton.

„Dann hau ab“, sagte Grandma Bone.

„Nein.“ Paton ging zur Anrichte und zündete zwei Kerzen an.

„Ich kann nicht sehen, was ich esse“, jammerte Venetia.

„Umso besser, wenn du mich fragst“, sagte Paton und stellte die Kerzen auf den Tisch. „Sieht widerlich aus.“

Vierfaches, entrüstetes Schnauben.

„Ich möchte mit euch reden.“ Paton zog sich einen Stuhl heran.

„Worüber?“, fragte Grandma Bone unwirsch.

„Über deine Schwiegertochter.“

„Ha!“ Sie schlürfte weiter ihre Suppe.

„Um Himmels willen, Grizelda, du musst doch gemerkt haben, was hier läuft. Das Auftauchen dieses Grafen – des großen Seelenbetörers – muss euch doch alle überrascht haben. Ihr könnt doch wohl nicht billigen, was er tut, dass er die ganze Stadt in Aufruhr versetzt, den Leuten die Köpfe verdreht und Charlies Mutter bezirzt.“

„Graf Harken ist sehr mächtig“, sagte Venetia und befingerte die grüne Seidenrose in ihrem schwarzen Haar.

„Sehr mächtig“, stimmte ihr Eustacia zu und tätschelte eine grüne Emailbrosche an ihrem Kragenaufschlag.

„Sehr.“ Eustacia berührte ihre Kette aus grünen Perlen.

Als Grandma Bone den Suppenlöffel zum Mund führte, sah Paton ein Armband mit großen grünen Steinen an ihrem Handgelenk funkeln. Er stand auf. „Ihr widert mich an, alle miteinander“, sagte er.

„Das beruht ganz auf Gegenseitigkeit“, knurrte Venetia.

Paton packte seine älteste Schwester grob an der Schulter.

„Grizelda, wo ist dein Sohn?“

„Tot!“, sagte sie und schüttelte seine Hand ab. „Und jetzt lass uns in Frieden.“

„Nein“, donnerte Paton. „Wir alle wissen, dass Lyell nicht tot ist. Aber wo ist er? Ist euch denn nicht klar, dass euer großer Seelenbetörer, euer Graf, Amy dazu bringt, ihren Mann zu vergessen?“

„Wenn Amy an Lyell denkt, klammert er sich immer weiter an diese Welt“, teilte ihm Eustacia, die Hellseherin, mit. „Aber wenn sie ihn vergisst, einen Tag, eine Woche und schließlich einen Monat, ist er für immer verloren. Dann kommt er nie mehr zurück.“

„Sie hat ihren Ring abgenommen“, sagte Venetia zufrieden.

„Das ist der erste Schritt gewesen", sagte Eustacia. „Und jetzt kann ihn nur noch der Junge am Leben erhalten."

„Und der erinnert sich nicht mal mehr an das Gesicht seines Vaters." Venetia lächelte verächtlich.

„Es ist für alle besser, wenn Lyell Bone endlich in Vergessenheit gerät", sagte Eustacia und sah zu ihrer ältesten Schwester hinüber.

Grandma Bones Gesicht war wie aus Stein.

Paton starrte sie alle entsetzt an. „Ich kann es nicht glauben. Der Graf wird Amy entführen, in die Vergangenheit, in die Zukunft, weiß der Himmel, wohin. Oh ja, ich weiß vom Spiegel der Amoret. Wollt ihr wirklich, dass Charlie beide Eltern verliert?"

„Charlie haben wir aufgegeben", sagte Grandma Bone ohne jede Gefühlsregung. „Wir dachten einmal, er würde sich uns anschließen, sinnvollen Gebrauch von seiner Gabe machen. Aber er ist viel zu sehr wie sein Vater. Jetzt ist mir das klar. Keiner von beiden will so sein wie wir, Teil von Ezekiels großartigem Plan, alles zu beherrschen. *Sie wollen sich einfach nicht einfügen*!"

„Meint ihr nicht, dass das etwas ist, worauf man stolz sein kann?", fragte Paton ruhig.

„Es ist dumm!", sagte Grandma Bone bitter. „Es hat keine Zukunft, gegen den Strom zu schwimmen. Man muss mitmachen, wenn man Macht haben will."

„Mitmachen? Anderer Leute Leben zerstören?

Ihnen ihre Kinder wegnehmen? Das nennt ihr Macht? Ihr Närrinnen!" Paton machte auf dem Absatz kehrt und marschierte, vor Empörung bebend, aus der Küche.

Wo soll das alles enden?, fragte er sich verzweifelt, während er die Stufen hinaufstieg. Seine Finger schlossen sich um den Pergamentfetzen in seiner Tasche und plötzlich fiel ihm wieder ein, dass es vielleicht doch noch Hoffnung gab, wenn es gelang, den König zu finden.

Am Bloor verging ein ganzer Tag, ohne dass etwas von den Browns zu sehen war. Charlie schöpfte Hoffnung, dass Benjamins Eltern es sich anders überlegt hatten. Vielleicht brachten sie es ja doch nicht über sich, Kindern hinterherzuspionieren.

Im Königszimmer sagte an diesem Abend niemand ein Wort. Alle arbeiteten mit gesenkten Köpfen und keiner sah irgendjemanden an. Es war wie ein unausgesprochener Waffenstillstand, wenn Charlie auch klar war, dass dieser Zustand nicht lange anhalten würde. Joshua, Dorcas und die Zwillinge warteten lediglich ab und sammelten ihre Kräfte. Und was Manfred anging, würde garantiert jemand für sein schrecklich zugerichtetes Gesicht büßen müssen.

Asa saß nicht auf seinem üblichen Platz neben Manfred, sondern ein Stückchen abseits der anderen. Seit der Schatten zurückgekehrt war, wirkte Asa irgendwie angespannt und nervös. Wie einige von den Tieren, dachte Charlie.

Nach der Hausaufgabenzeit holte Charlie Tancred und Lysander auf dem Weg zu den Schlafsälen ein. „Können wir uns morgen irgendwo treffen?", flüsterte er. „Ich brauche euren Rat, na ja, eigentlich eure Hilfe."

„Im Zeichensaal, vor dem Abendessen. Manfred kommt", sagte Lysander leise, ohne die Lippen zu bewegen.

Charlie trat ein paar Schritte zurück. „Nacht, Sander, Nacht, Tanc!", rief er, als die beiden davoneilten.

Aber Charlie war klar, dass er so leicht nicht davonkommen würde. Im nächsten Moment spürte er eine schwere Hand auf seiner Schulter. Sie fühlte sich so heiß an, dass Charlie vor Schmerz zusammenzuckte. „Au!" Er sah auf und genau in Manfreds verschorftes Gesicht.

„Ja, schau es dir ruhig genau an", sagte Manfred. „Hübsch, was? Dafür ist dein Onkel verantwortlich." Manfred berührte zwei größere Schnitte mit dem Zeigefinger.

In Anbetracht der heiklen Gesamtsituation hätte Charlie Mitleid bekunden sollen, aber er platzte heraus: „Es war deine eigene Schuld."

„Meine Schuld?" Manfred grub die Finger in Charlies Schulter.

Charlie duckte sich weg. Der Schmerz war unerträglich, als ob ihm jemand ein glühendes Schüreisen ins Schulterblatt bohrte. „Autsch! Was ist *das*?“

„Ich sagte ja schon, du sollst mich Sir nennen.“ Manfred hob seine Hände, die Handflächen Charlie zugekehrt. „*Das* ist Schmerz, Charlie Bone. Zwei Hände voller Schmerz. Bring mich nicht in Versuchung, sie wieder zu benutzen.“

Charlie starrte auf Manfreds Rücken, als der lange, hagere Junge davonmarschierte. Manfred hatte also eine neue Gabe. Es war das Erbe von Borlath, dem ältesten Sohn des Roten Königs, der mit Feuer getötet hatte. Ich muss die anderen warnen, dachte Charlie.

Am nächsten Abend bot sich Fidelio an, Billy abzulenken, während sich die anderen im Zeichensaal trafen. Nicht dass sie Billy nicht getraut hätten, aber wenn zu viele Sonderbegabte fehlten, würde womöglich jemand misstrauisch werden. Außerdem war der Zeichensaal nicht der sicherste Ort. Dorcas und Joshua konnten jederzeit hereinplatzen. Sie waren beide in Kunst, obwohl sie sich nicht sonderlich dafür zu interessieren schienen.

Charlie kam als Letzter zu dem Treffen. Er hatte es eben erst geschafft, aus dem Schlafsaal zu schlüpfen, während Fidelio und Billy mit Bagger Braine darüber diskutierten, ob Ratten klüger waren als Hamster.

Die anderen saßen vor den hohen Fenstern, die

zum Garten hinausgingen, auf dem Fußboden. Als Sichtschutz diente ihnen eins von Emmas großen Vogelbildern, ein besonders tolles, wie Charlie im Licht von Lysanders neuer Sturmlampe erkannte.

„Olivia hat uns von der Sache mit der Mauer erzählt", sagte Lysander, als Charlie sich neben ihn hockte.

„Und mit den Bienen", setzte Tancred grinsend hinzu.

„Ich schätze mal, die haben mir das Leben gerettet", sagte Charlie.

„Von jetzt an haben wir ein Auge auf dich, Charlie", erklärte Gabriel. „Dieser kleine Tilpin hat es eindeutig auf dich abgesehen."

Lysander hatte ein Heft mitgebracht. Er schlug vor, einen Bewachungsplan aufzustellen, damit Charlie in den Pausen nie allein wäre. „Wir fangen morgen, Donnerstag, an, mit der Vormittagspause." Er schlug das Heft auf dem Fußboden auf und schrieb „Donnerstag" oben auf die erste Seite.

„Sander", sagte Charlie vorsichtig. „Um mich mach ich mir gar nicht solche Sorgen."

„Solltest du aber", sagte Tancred.

„Ich weiß und, klar, ich hab schon ein bisschen Angst, aber eigentlich geht es um meine Mum. Irgendwie muss ich den Spiegel der Amoret kriegen, sonst … sonst …"

„Sonst?", fragte Emma sanft.

„Ich fürchte, sonst wird sie der Schatten aus dieser Welt entführen. Er kann ja mit dem Spiegel reisen, so wie ich. Meine Mum hat er schon völlig verhext. Sie weiß nicht mehr, wie das Gesicht von meinem Vater ausgesehen hat, kommt nicht mehr nach Hause und als ich sie das letzte Mal gesehen hab, hat sie einfach durch mich hindurchgeguckt, als wäre ich gar nicht da."

Seine Freunde machten so entsetzte Gesichter, dass er schon fast wünschte, er könnte seine Worte zurücknehmen. Es schien ihnen die Sprache verschlagen zu haben, bis Olivia schließlich sagte: „Ich mach's!"

Alle sahen sie an und Lysander fragte: „Du machst was?"

„Ich hole den Spiegel", sagte Olivia munter.

„Aber du weißt doch gar nicht, wo er versteckt ist", wandte Tancred ein.

„Er wird ja wohl da sein, wo *er* ist, oder?", sagte Olivia praktisch. „Charlie sagt, Graf Harken gehört jetzt das *Kaufrausch*. Na ja, und ich weiß ganz sicher, dass der alte Besitzer in einem schicken Penthouse oben auf dem Kaufhausdach gewohnt hat. Also wird der Graf doch vermutlich auch dort wohnen."

„Und was willst du tun? Ihm den Spiegel einfach vor der Nase wegstibitzen?", sagte Tancred. „Falls du überhaupt in dieses todschicke Penthouse kommst, das wahrscheinlich Tag und Nacht von zwei bulligen Leibwächtern bewacht wird."

„Hör auf zu lästern, Tancred Torsson“, sagte Olivia scharf. „Natürlich warte ich, bis der Graf aus dem Weg ist. Er wird doch sicher eine kleine Wochenendspritztour mit Charlies Mum machen, in dieser Luxuslimousine.“

„Im *Kaufrausch* würdest du ein bisschen deplatziert wirken, Liv“, gab Charlie zu bedenken. „Ich will damit ja nicht sagen, dass du nicht toll aussiehst oder was, aber ...“

„Da kommt Mum ins Spiel.“ Olivias graue Augen blitzten vor Aufregung. „Sie lechzt nach so etwas. In letzter Zeit hat sie so miese Bühnenrollen gehabt. Wir werden uns amüsieren. Vertraut mir. Sie kann irre glamourös aussehen. Die Verkäufer im *Kaufrausch* werden sich ein Bein ausreißen, um sie zufriedenzustellen. Ich schleiche mich einfach davon, während sie alle um sie herumkriechen und katzbuckeln.“

Eine Weile herrschte Schweigen, weil alle Olivias Plan erst einmal verdauen mussten.

„Ich finde das eine geniale Idee“, sagte Emma schließlich.

Alle stimmten ihr zu.

„Nur eins noch“, sagte Lysander. „Wo willst du den Spiegel hinbringen, wenn du ihn wirklich hast?“

„Nach Hause“, sagte Olivia. „Charlie kann mich ja dort treffen.“

„Ich würde sagen, wir halten uns auch in der Nähe auf.“ Lysander sah Tancred und Gabriel an.

„Geht klar“, sagte Tancred.

Gabriel nickte energisch.

Sie standen alle auf, streckten die Arme und schüttelten die verkrampften Beine aus. Aber Lysander ließ sie erst gehen, nachdem sie einen Bewachungsplan für Charlie aufgestellt hatten. Schließlich war jede Minute jeder einzelnen Pause abgedeckt. Was Fidelio zu tun hatte, würde er erfahren, sobald sie ihn allein erwischten.

Charlie war das ganze Arrangement ein bisschen peinlich, weil es ja hieß, dass er nicht selbst auf sich aufpassen konnte. Trotzdem war es gut zu wissen, dass er, wann immer er einen Fuß ins Freie setzte, nicht allein sein würde.

Olivias Plan war ziemlich riskant. Es gab dabei so vieles, was schiefgehen konnte, doch je näher das Wochenende rückte, desto zuversichtlicher wurde Charlie. Es musste einfach klappen. Alles andere war undenkbar.

Niemand wusste, was mit Billy passieren sollte. Er wollte nicht noch ein Wochenende allein im Bloor zubringen, aber bei Charlie zu Hause wäre er wohl kaum gut aufgehoben gewesen, mit einer gefrorenen Großmutter im Bad und einer Mutter, die im Bann eines gefährlichen Zauberers stand. Außerdem konnte sich niemand vorstellen, was Billys Gabe bei einem so gefährlichen Unternehmen nützen könnte. Er wäre nur im Weg.

„Billy kann mit zu mir kommen", sagte Emma. „Ich kann ja wohl auch nicht viel beitragen."

Billy freute sich darauf, das Wochenende in der Buchhandlung zu verbringen. Da war kein Hund, der Rembrandt jagte, nur eine nette Ente, mit der er reden konnte. Und Emmas Tante kochte hervorragend.

Am Samstagmorgen um elf kam Amy aus ihrem Dachzimmer. Charlie hätte ihren leichten Schritt gar nicht gehört, wenn er nicht darauf gewartet hätte. Als sie am unteren Ende der Mansardentreppe angelangt war, trat Charlie in den Flur hinaus.

Es verschlug ihm die Sprache. Amy trug einen glänzenden Pelzmantel und ihr Haar war so glatt wie Seide. Von ihren Ohren hingen zwei große, tropfenförmige Perlen und ihre Fingernägel waren knallgrün. Charlie stockte das Herz, als er sah, dass anstelle des Eherings ein riesiger Smaragd an ihrem Finger funkelte.

„Wo willst du hin, Mum?", fragte er sie mit erstickter Stimme.

„Ach, nur ein bisschen nach draußen." Sie stöckelte die Treppe zum Erdgeschoss hinunter und ihr Haar wippte.

Charlie folgte ihr, aber sie ging einfach zur Haustür hinaus, wortlos und ohne sich noch einmal umzudrehen.

Charlie rannte ans Küchenfenster und starrte der

davonfahrenden Limousine düster hinterher. Zuerst war er zu deprimiert, um sich zu bewegen, aber dann fiel ihm wieder ein, dass das ja der Moment war, auf den er gewartet hatte, und er lief in die Diele und rief Olivia an.

„Hallo!“, meldete sich ihre fröhliche Stimme.

„Mum ist gerade weggefahren“, sagte Charlie. „Mit …“ Er verstummte mit offenem Mund, als Grandma Bone aus dem Wohnzimmer trat. „Ich wusste gar nicht, dass du da bist, Grandma!“

„Ach, nein? Mit wem telefonierst du da?“

„Hallo! Hallo!“, kam es aus dem Telefonhörer. Von dem vielen Schauspielunterricht hatte Olivia eine klare, tönende Stimme. „Mit wem ist sie weggefahren? Mit dem …“

Charlie legte die rechte Hand über die Sprechmuschel. „Das ist meine Freundin Olivia“, erklärte er Grandma Bone. „Ich wollte sie gerade fragen, ob ich zum Mittagessen zu ihr kommen kann, weil Mum doch nicht da ist und ich mal vermute, dass es hier nicht viel zu essen gibt.“ Charlie hoffte, seine Grandma würde froh sein, ihn los zu sein.

„Da vermutest du richtig“, sagte seine Großmutter. „Also, los, frag sie.“

Charlie hielt sich den Hörer dichter an den Mund. „Äh, also, wie gesagt, Mum ist weggefahren – in einem todschicken Auto.“ Er grinste Grandma Bone an. „Kann ich vielleicht zum Essen zu euch kommen?

Meine Grandma, die gerade *hier* steht, sagt, ich darf."

„Verstanden", sagte Olivia aufgeregt. „Mum und ich sind einsatzbereit. Bis dann, Charlie."

„Zieh deine warme Jacke an, mein Junge", sagte Grandma Bone, während sie ins Wohnzimmer zurückging. „Sieht nach Schnee aus."

Onkel Paton war bereits in den Plan eingeweiht worden, und obwohl ihm das Risiko, dass etwas schieflief, große Sorgen machte, fand er doch auch, dass sie es versuchen mussten, wenn Charlie seine Mutter nicht ganz verlieren wollte.

Charlie holte schnell seine Jacke aus seinem Zimmer und steckte dann den Kopf zu Onkel Patons Tür hinein. „Mum ist mit Du-weißt-schon-wem weggefahren, also geht es jetzt los", erklärte er seinem Onkel.

Paton blickte von seinem Schreibtisch auf. „Viel Glück!", sagte er. „Ich warte."

Mrs Vertigo entschied sich für einen engen roten Ledermantel und schwarze Stiefel mit hohen Absätzen. Ein rotes Samtbarett und eine große goldene Tasche vervollständigten ihr Outfit. Sie sah umwerfend aus. Olivia hingegen wollte nicht zu sehr auffallen. Heute würde sie das schüchterne Töchterchen spielen. In Jeans und einem dunkelblauen Kapuzenmantel und zur Abwechslung mal mit ihrer Naturhaarfarbe Hellbraun sah sie aus wie die wandelnde Unschuld.

„Du hast doch dein Handy einstecken, oder?“, fragte Mrs Vertigo ihre Tochter, als sie sich dem *Kaufrausch* näherten.

„In der Tasche“, sagte Olivia.

„Versprich mir, dass du dich meldest, wenn es irgendwelche Probleme gibt.“

„Klar.“

„Das ist ja so aufregend.“ Olivias Mutter schenkte den beiden Türstehern ein strahlendes Lächeln und sofort rissen sie die Tür auf, so weit es nur ging.

Olivia und Mrs Vertigo betraten gemeinsam das wohlduftende, samten schimmernde und unglaublich volle Kaufhaus.

Olivia folgte ihrer Mutter zu den farbenfrohen Ständern mit Schals und Tüchern. Mrs Vertigo fing jetzt an, sich richtig zu amüsieren. Sie hatte vier Lippenstifte in verschiedenen Farbtönen von Hellrosa bis Dunkelrot mitgebracht. „Ich möchte zu jeder dieser Farben ein passendes Tuch“, erklärte sie der Verkäuferin. „Seide natürlich, nicht zu quadratisch und nicht zu länglich und am liebsten zum halben Preis.“ Sie klimperte mit ihren falschen Wimpern.

Als sich ein Grüppchen elegant gekleideter Kundinnen ungeduldig grummelnd an ihrer Mutter vorbeidrängelte, schlüpfte Olivia davon. Sie zwängte sich durch das Gewimmel von Schnäppchenjägerinnen, erreichte den Aufzug und sprang gerade noch hinein, ehe die Tür zuging. Ein älteres Ehepaar lächelte sie von der anderen Seite der Kabine her an. Beide trugen braune Karomäntel und kleine Hütchen.

„Zwei?“, fragte der Mann mit einem ausländischen Akzent.

„Zwei?“, fragte Olivia zurück.

„Nein, Zweites“, erklärte die Frau und puffte ihren Gatten in die Seite. „Er macht immer falsch. Mein Englisch besser.“

„Oh, Nein, danke. Nicht in den Zweiten“, sagte Olivia.

Der Mann versuchte es wieder. „Drei, vier?“ Sein Zeigefinger schwebte über den Knöpfen.

„Spielwaren“, sagte Olivia.

„Ah, Spielwaren“, seufzte der Mann. „Schön.“

„Schnell, Hermann. Wir müssen hier. Wiedersehen.“

Die Lifttür ging auf und die beiden tappten hinaus, wobei die Frau zaghaft winkte und Hermann noch immer etwas von Spielwaren murmelte.

Endlich allein drückte Olivia den obersten Knopf, der keine Nummer hatte, und der Aufzug schwebte ins Dachgeschoss hinauf.

Als die Tür aufging, spähte Olivia vorsichtig hinaus. Ein paar Meter weiter saß ein bulliger Mann und las Zeitung. Seine Füße waren in einem Meer von schwarzem Fell versunken, das sich bis zum Ende eines langen Gangs erstreckte. Neben dem Mann war eine weiß getäfelte Tür mit einem Bronzeschild: „Nobel".

Olivia dachte schnell nach. Die Aufzugtür ging schon wieder zu. Olivia drückte noch mal auf den Knopf. Als sich die Tür wieder öffnete, war auf der Etage ein lautes Zwitschern zu hören. Der Mann warf knurrend die Zeitung hin und rannte ans Ende des Gangs, wo ein kleiner Vogel um eine Deckenlampe herumflatterte.

Olivia sprang aus dem Lift und rannte zu der Tür, an der „Nobel" stand. Sie war nicht abgeschlossen. Sie schlüpfte hinein und schloss die Tür leise hinter sich.

Olivia stand bis zu den Knöcheln in weißem Fell und sah sich in der spektakulären Wohnung um. „Keine Zeit zum Glotzen, Liv", ermahnte sie sich flüsternd, während sie ganz gebannt das Ponyfellsofa, die Elfenbeintische und die schrecklich lebensecht aussehenden ausgestopften Vögel anstarrte.

Zwei Türen gingen von dem seltsamen Wohnzimmer ab. Olivia probierte es mit der, die ihr am nächsten war. Dahinter befand sich ein riesiger, begehbarer Kleiderschrank. Alle Kleidungsstücke waren entweder grün oder aus Pelz. An der Wand hing ein hoher Spiegel, aber ein uralter, kleiner war nirgends zu entdecken. Olivia ging zurück ins Wohnzimmer.

Hinter der zweiten Tür lag ein Raum, der schon

vielversprechender aussah. In der Mitte stand ein mächtiges Bett. Es war mit dicken, gestickten Teppichen verhangen und schien jahrhundertealt.

Wie in aller Welt haben sie das Ding hier heraufgekriegt?, fragte sich Olivia.

Das Bettungetüm sah aus wie eine Illusion, wie etwas, was sie selbst hätte heraufbeschwören können. Plötzlich war es ihr klar. Das Bett *war* herbeigezaubert. Genau wie die dunkle Kommode an der Wand und das Tischchen am Fenster. Es waren zwar keine Illusionen, aber mithilfe von Magie herbeigeschaffte Dinge.

In einer Ecke stand ein hölzerner Lehnstuhl. Auch er wirkte sehr, sehr alt mit der hohen, gekrümmten Rückenlehne und den dicken, wurmstichigen Armlehnen. So einen Stuhl hatte Olivia schon mal im Museum gesehen.

Wo mochte der Graf den Spiegel aufbewahrt haben? Vielleicht ließ er ihn ja nie aus den Augen. Der Tisch war leer und auf dem Stuhl lag noch nicht mal ein Kissen. Olivia ging ans Bett. Nichts, weder unter den Kissen noch zwischen den gestärkten, weißen Laken. Sie ging zur Kommode und zog Schublade um Schublade auf.

Leer, leer, leer. Olivia verließ der Mut. Um die

unterste Schublade aufzuziehen, musste sie sich hinknien. Die Schublade ächzte und wackelte, als sie an den Griffen zog, ließ sich aber nur ein paar Zentimeter öffnen. Olivia steckte den Arm hinein und tastete herum. Ganz hinten stießen ihre Finger auf etwas Flaches und Glattes. Langsam beförderte sie es nach vorn und zog es schließlich heraus.

Es sollte einen ja eigentlich nicht überraschen, wenn man etwas, was man sucht, an einem Ort findet, wo man es mehr oder weniger vermutet hat, aber Olivia war so verdattert, dass sie erst einmal in die Hocke gehen und ein paarmal tief durchatmen musste, ehe sie darangehen konnte, den Gegenstand auf ihrem Schoß näher zu inspizieren.

Es war ein Spiegel, und zwar offenbar ein sehr alter. Das runde, schon etwas trübe Spiegelglas war in einen wunderschönen Goldrahmen eingefasst. Er war kunstvoll verziert, mit Blättern und Vögeln und winzigen tanzenden Geschöpfen mit Edelsteinaugen. Der Griff war aus ineinander verschlungenem Gold und Silber und als Olivia ihn umfasste, fühlte sie, wie sich eine pulsierende Wärme in ihrem ganzen Körper ausbreitete. Langsam hob sie den Spiegel vor ihr Gesicht. Da war kein Spiegelbild. Bin ich ein Vampir?, fragte sie sich und spähte mit zusammengekniffenen Augen in das Spiegelglas. Wo bin ich?

Feine Nebelschwaden wirbelten an der Glasoberfläche dahin, aber dahinter konnte Olivia einfach nichts erkennen. Sie besann sich auf ihre gefährliche Mission, schob die Schublade schnell wieder zu und ließ den Spiegel in die Tasche ihres Mantels gleiten.

Sie hatte vergessen, ihren Vogel wieder verschwinden zu lassen, und fragte sich, ob der Wächter inzwischen wohl gemerkt hatte, dass es nur eine Illusion war. Sie musste sich schon etwas Dramatischeres einfallen lassen, wenn sie ihn noch ein zweites Mal ablenken wollte. Sie schloss die Augen und stellte sich Rauch vor, der aus dem Pelzteppich stieg. Sie vergaß auch nicht, sich den Geruch von brennendem Fell hinzuzudenken, wobei sie allerdings auf ihre Fantasie angewiesen war, weil sie so etwas noch nie gerochen hatte.

Sie schlich auf Zehenspitzen zur Eingangstür und presste ein Ohr dagegen. Fernes Fluchen und Stampfen drang durch das Holz. Mit angehaltenem Atem öffnete Olivia die Tür, schlüpfte hinaus und machte die Tür leise hinter sich zu. Die Rauchillusion funktionierte prächtig. Am anderen Ende des Gangs hopste der Wächter mit beiden Füßen auf dem schwelenden Teppich herum. Sobald eine rauchende Stelle verschwand, tauchte woanders eine neue auf.

Olivia rannte zum Aufzug und drückte den Knopf. Der Lift war besetzt. Sie drückte ein zweites und ein drittes Mal. Vergebens. Der Wächter hielt in der Bekämpfung des Teppichbrands inne. Er rieb sich den Kopf und blickte den Gang entlang. Olivia drückte sich gegen die Aufzugtür. Die öffnete sich mit einem lauten *Pling* und Olivia stolperte in den Lift. Sie drückte noch schnell den Erdgeschossknopf, ehe sie gegen die Rückwand der Kabine taumelte.

„He!“, schrie der Wächter.

Doch Olivia war schon auf dem Weg nach unten und zum Glück hielt der Lift kein einziges Mal, ehe sie im Erdgeschoss angelangte. So lässig wie irgend möglich steuerte sie auf ihre Mutter zu. Trotz des Gedränges war Mrs Vertigo in ihrem knallroten Mantel leicht auszumachen. Sie war jetzt in der Make-up-Abteilung zugange. Als Olivia bei ihrer Mutter ankam, fand sie den Ladentisch übersät mit Cremes, Puderdöschen, Wimperntuscheröhrchen, Pinseln, Quasten und Fläschchen.

„Mum, ich glaube, wir müssen jetzt gehen“, sagte Olivia.

Mrs Vertigo drehte sich um und sah das ängstliche Gesicht ihrer Tochter. „Oh ja, natürlich.“ Mit einem bedauernden Lächeln erklärte sie der Verkäuferin: „Tut mir leid, ist alles nicht das, was ich wollte. Vielen Dank.“

Die Verkäuferin musterte mit grimmiger Miene das Chaos auf ihrem Ladentisch, während Olivia ihre Mutter mit sich zog.

„Mission erfüllt?“, fragte Mrs Vertigo.

Olivia nickte.

Als sie auf die Straße hinaustraten, stießen sie beinah mit Miss Crystal zusammen, die doch tatsächlich Joshua Tilpin an der Hand hielt.

„Miss Crystal, nicht wahr?“, sagte Mrs Vertigo in ihrem überschwänglichsten Ton. „Sind die Schnäppchenangebote nicht wunderbar? Und wer ist das?" Sie lächelte Joshua an.

„Ein Schüler", sagte Miss Crystal. „Er heißt Joshua. Die Schule hat mich gebeten, ihm ein neues Hemd zu kaufen."

„Teures Hemd für einen kleinen Jungen!", bemerkte Miss Vertigo und deutete mit dem Kopf auf das Marmorsäulenportal des *Kaufrausches*.

Miss Crystal ignorierte es und zog Joshua hastig ins Kaufhaus.

„Armes Kerlchen", sagte Mrs Vertigo.

„Glaub es keine fünf Minuten, Mum." Olivia hakte sich bei ihrer Mutter ein. „Und *bitte* beeil dich."

Als Olivia und ihre Mutter zu Hause ankamen, stand Charlie vor ihrer Haustür. Sobald er Olivias grinsendes Gesicht sah, wusste er, dass die Mission erfolgreich verlaufen war.

„Wir sind Joshua und Miss Crystal begegnet", erzählte ihm Olivia, als sie in die riesige Diele der Vertigos traten. „Sie könnten Verdacht geschöpft haben und ich glaube, der Wächter hat mich auch gesehen."

„Hoffen wir, dass nicht", sagte Charlie. „Kann ich den Spiegel mal sehen, Liv?"

„Ja, lass mal sehen, ich kann es kaum erwarten." Mrs Vertigo warf ihren Mantel über einen Garderobenhaken und schob die Kinder ins Wohnzimmer.

Als Olivia den Spiegel herauszog, bummerte es

laut an der Haustür. Zur selben Zeit erschienen zwei Gestalten an der Glastür zur Terrasse.

Mrs Vertigo schrie auf.

„Alles okay, Mum“, sagte Olivia. „Das sind Tancred und Lysander. Die sind hier, um uns zu helfen.“

„Und wir werden sie auch brauchen“, sagte Charlie, als erneut ein lautes Bummern durchs Haus hallte. „Klingt, als wäre dir jemand gefolgt, Liv.“

Die walisische Zauberformel

Nichts war Tancred und Lysander lieber als eine ordentliche Herausforderung. Sie brauchten Mrs Vertigos ungebetene Besucher nicht zu sehen, um zu wissen, wer das war. Das wütende Gebell verriet sie.

„Rottweiler", sagte Lysander.

„Die Looms!", rief Tancred voller Vorfreude. Er sah zum Himmel empor und hob beide Arme. Im nächsten Moment brach ein Regenguss herab, als hätte der Himmel seine Schleusen geöffnet.

Olivia machte die Terrassentür auf und Lysander stürzte herein. Tancred stand immer noch in dem Geprassel wie unter einem Wasserfall. Binnen Sekunden versanken seine Füße in einer tiefen Pfütze und über Mrs Vertigos gepflegtem Rasen zuckten grelle Blitze dahin.

„Der Blitz wird ihn treffen", rief Mrs Vertigo. „Holt ihn doch herein."

„Den kann kein Blitz treffen", erklärte ihr Lysander. „Er ist ein Wettermacher."

Olivia rannte in die Küche, wo ein kleines Fenster zur Straße hinausging. Die Loom-Brüder drückten sich an die Haustür und hatten alle Mühe, ihre Hunde im Zaum zu halten, die wie verrückt bellten. Die hysterischen Tiere bissen verzweifelt auf ihren Leinen herum, um irgendwie dem Gewitter zu entkommen.

Fluchend taumelten die Brüder schließlich in den Regen hinaus, gezogen von ihren kläffenden Hunden.

Olivia lief wieder ins Wohnzimmer und verkündete: „Sie sind weg!"

„Oh, gut", sagte Mrs Vertigo, die Probleme immer so schnell hinter sich ließ, als wäre nichts gewesen. „Dann könnt ihr ja jetzt den blonden Jungen hereinrufen und es gibt erst einmal Tee und Muffins."

„Ich fürchte, es ist noch nicht vorbei, Mrs Vertigo", wandte Lysander ein. „Die Looms sind vollkommen harmlos, verglichen mit dem, was als Nächstes kommen könnte."

„Falls du von diesem Seelenbetörer sprichst – der wird mich nicht davon abhalten, meinen Tee zu trinken", sagte Mrs Vertigo erstaunlich gelassen, setzte sich auf einen Sessel und schlug die Beine übereinander. „Wenn ich's recht bedenke, haben wir ja gar nicht zu Mittag gegessen."

„Entschuldigen Sie", sagte Charlie. „Ich kann im Moment nichts essen. Ich möchte nur den Spiegel sehen."

Mit einer schwungvollen Bewegung zog ihn Olivia heraus. „Tataa!"

„Du liebe Güte“, rief ihre Mutter. „Der ist ja wunderwunderschön!“

„Wahnsinn.“ Lysander spähte in das Spiegelglas. „Aber das ist ja gar kein Spiegel. Ich seh nichts.“

„Bin ich froh“, sagte Olivia. „Ich dachte schon, ich wäre ein Vampir.“

„Kann ich mal?“ Charlie streckte die Hand aus.

Olivia gab ihm den Spiegel. „Was willst du damit machen, Charlie?“

„Hab ich mir noch gar nicht richtig überlegt, ich wollte nur, dass der Graf ihn nicht mehr hat. Aber jetzt …“ Charlie musterte den feinen Nebel, der das Spiegelglas trübte. „Ich wäre gern ein Weilchen allein damit.“

„Klar, Charlie.“ Olivia führte ihn nach oben in ihr Zimmer. Er setzte sich auf ihr Bett und sie flüsterte noch „Mach's gut“, ehe sie die Tür hinter sich schloss.

Ein paar Sekunden traute sich Charlie gar nicht, den Spiegel anzugucken. Er machte die Augen zu und die Worte aus Bartholomäus' Tagebuch fielen ihm wieder ein: „Du brauchst nur in diesen Spiegel zu schauen und die Person, die du sehen möchtest, erscheint darin. Wo auch immer sie sein mag, der Spiegel wird sie dir zeigen.“

„Aber ich weiß nicht mehr, wie er ausgesehen hat“, sagte Charlie seufzend. „Jemand muss mir helfen.“

Er spürte ein leises Kitzeln am Handgelenk und

sah die weiße Motte aus seinem Ärmel krabbeln. Sie flog auf den goldenen Rahmen des Spiegels und schlug sachte mit den silbrigen Flügeln. Der Nebel im Spiegelglas begann sich zu lichten.

„Wie soll ich mich erinnern?“, fragte Charlie die Motte.

Erinnere dich an das, woran du dich erinnern kannst, kam die Antwort.

Charlie dachte an eine Zeit, bevor sie in dem Haus in der Filbert Street gewohnt hatten. Er erinnerte sich an eine helle Küche. Er musste noch ganz klein gewesen sein, weil der schwingende Rocksaum seiner Mutter fast sein Gesicht berührte. Sie summte Musik mit, die aus einem anderen Zimmer kam. Charlie ging aus der Küche und durch eine Diele. Er drückte eine Tür auf und näherte sich den eleganten Beinen eines Flügels. Weiße Gardinen bauschten sich in einem leichten Luftzug. Der Mann am Flügel saß mit dem Rücken zu Charlie. Er trug ein braunes Jackett und sein dickes, schwarzes Haar berührte den Rand seines Kragens. Seine Finger flogen über die Tasten, doch als Charlie um den Klavierhocker herumging, hörte der Mann auf zu spielen und guckte herab. „Hallo, Charlie!“, sagte er.

Der Schock des Erkennens war so groß, dass Charlie fast ohnmächtig wurde. Er umklammerte den Spiegel noch fester und starrte in die dunklen, strahlenden Augen, in denen er immer tiefer versank. Als das Gesicht seines Vaters plötzlich zurückwich, rief Charlie: „Bring mich zu ihm." Und der Spiegel gehorchte. Jetzt war er in einem anderen Raum. Der Pianist hatte die Arme auf den Tasten des Flügels verschränkt und den Kopf daraufgelegt.

„Dad!" Charlie tippte ihm auf die Schulter. „Ich bin's, Charlie!"

Langsam drehte der Mann Charlie sein Gesicht zu, doch jetzt strahlten die dunklen Augen nicht mehr. Sie wirkten leer und müde.

„Schläfst du noch? Du musst dich doch an mich erinnern. Ich hab nie aufgehört, an dich zu denken. Nie. Bitte, versuch dich zu erinnern. Bitte ..." Charlie rüttelte an der Schulter seines Vaters.

Ohne sich zu rühren, sagte der Mann: „Da ist nichts mehr. Geh."

Charlie entfuhr ein Schrei. Ein Schrei, wie er noch nie einen gehört hatte. Und dann wurde er weggezogen. Das Gesicht seines Vaters verblasste und Charlie flog durch die Luft, mal in Purzelbäumen, mal auf dem Rücken schwebend. Vor ihm tauchte der Spiegel aus dem Nebel auf, aber das Spiegelglas war leer. Das Gesicht, das Charlie angesehen hatte, war weg.

Mit einem Schlag landete Charlie auf dem Bett. Vor ihm stand Olivia, den Spiegel in der Hand.

„Charlie, du hast so schrecklich geschrien. Ich dachte, der Spiegel hätte dir Angst gemacht."

Charlie blinzelte. „Angst nicht direkt."

„Hast du deinen Vater gesehen?“

„Ja. Liv, ich glaube, er ist fast tot.“

Charlies Stimme war so schwach, dass Olivia sich nicht sicher war, ob sie richtig gehört hatte. „Tot?“, fragte sie. „Hast du gesagt, tot?“

„Fast.“

In dem Moment erschütterte ein ohrenbetäubendes Brüllen das ganze Haus.

„Er ist hier!“ Plötzlich hellwach, stürzte Charlie ans Fenster.

Tancred war nicht allein. Am Ende des Gartens stand ein hoch gewachsener Fremder in einem schillernd grünen Gewand. Das üppige Haar des Mannes hatte einen Goldschimmer und seine Nase war so krumm wie ein Adlerschnabel.

„Wie ein Schatten sieht er nicht aus“, bemerkte Olivia, „aber wie ein Seelenbetörer auf jeden Fall.“

Ehe Charlie antworten konnte, holte Tancred mit dem Arm aus und ein greller Blitz sauste auf den grün gekleideten Mann zu. Doch der Seelenbetörer fing den gleißenden Strahl einfach auf und schleuderte ihn auf den Wettermacher zurück. Aber Tancred hatte bereits einen breiten Strahl reinen weißen Lichts hervorgebracht, der den Seelenbetörer einhüllte wie ein Leichentuch.

Olivia und Charlie sahen hilflos zu, wie der Graf einfach aus dem Lichttuch hervortrat und ein schlangenähnliches Feuerband über das Gras schickte. Es wand sich um Tancreds Körper und er ging in die Knie, außerstande, die Hände zu bewegen oder sich sonst irgendwie zu wehren.

Der Seelenbetörer trat lächelnd auf Tancred zu. Charlie drehte sich zur Tür und rief: „Das kann ich doch nicht einfach zulassen."

Aber Olivia hielt ihn zurück. „Schau doch! Guck da raus!", sagte sie resolut.

Eine Gestalt war zwischen die beiden Kämpfer getreten und stand jetzt schützend vor Tancred, während der Seelenbetörer auf ihn zukam.

„Das ist Gabriel!", sagte Charlie ungläubig.

„Was hat er denn an?" Olivia presste die Nase an die Fensterscheibe. „Irgendeinen alten Umhang."

„Den Mantel des Roten Königs", hauchte Charlie. „Der gehört seiner Familie, den Salutatis."

„Der Seelenbetörer kann ihm nichts anhaben, guck doch, Charlie, das Feuer."

Jeder Blitz, den der Seelenbetörer nach Gabriel schleuderte, jedes Feuerband glitt an dem Mantel ab und erlosch.

Mit wütendem Gebrüll stürmte der Graf auf Gabriel los, nur um gegen eine unsichtbare Wand zu prallen. Mit ungläubig aufgerissenen Augen versuchte er wieder und wieder, nach dem Mantel zu greifen, vermochte ihn aber nicht zu berühren.

„Er ist besiegt", jubelte Olivia ein bisschen verfrüht.

Der Seelenbetörer starrte wütend zu ihr herauf, stellte dann seine Attacken auf Gabriel ein und stürmte aufs Haus zu. Das Klirren von Glas ließ Charlie und Olivia ins Erdgeschoss rennen. Sie stürzten ins Wohnzimmer, wo Mrs Vertigo wie in Trance vor der zerschmetterten Terrassentür stand. Von draußen sah sie der Seelenbetörer mit trügerisch sanften, grünen Augen an.

„Entschuldigung, Mrs Vertigo“, sagte Lysander und drehte sie von der Tür weg. Er hob sie kurzerhand hoch und trug sie in die Küche. „Es ist besser, Sie bleiben hier drin.“ Mit einem verlegenen Grinsen setzte er sie ab. „Und schließen am besten die Tür ab.“

„Ich denke gar nicht daran, mich zu verbarrikadieren und nichts von der ganzen Action mitzukriegen“, protestierte Mrs Vertigo atemlos.

Ein zweites, noch lauteres Klirren kam aus dem Wohnzimmer.

„Dann lassen Sie wenigstens die Tür zu.“ Lysander packte Olivia am Handgelenk und schob sie zu ihrer Mutter hinein.

„He, bist du noch ganz dicht?“, rief Olivia empört.

„Da drinnen bist du sicherer, Liv“, sagte Charlie. „Vor allem ohne diesen Spiegel.“ Er schnappte sich den Spiegel, während bereits schwere Schritte über die Scherben heranknirschten.

Charlie fühlte schon das grimmige, grüne Funkeln in seinem Rücken und die Hand, mit der er den Spiegel hielt, zitterte heftig. Ich hab keine Angst, redete er sich ein. Ich werde ihn nicht hergeben.

Doch, du hast Angst. Und du wirst ihn hergeben. Es fühlte sich an, als käme die Stimme mitten aus Charlies Kopf.

„Werd ich nicht." Er drehte sich um.

Am Ende der langen, gefliesten Diele stand eine dunkle Gestalt. Charlie spähte mit zusammengekniffenen Augen ins Halbdunkel. War das der Graf? Oder hatte er sich wieder in einen Schatten verwandelt?

„Gib mir den Spiegel und niemandem geschieht etwas." Die Stimme war jetzt anders, sanft und eindringlich. „Du brauchst ihn doch nicht, Charlie. Du kannst auch so überall hinreisen."

Charlie ging auf die Schattengestalt zu.

„Tu's nicht", zischte Lysander. „Das ist ein Trick." Er stürzte dazwischen und begann, sich um sich selbst zu drehen, immer schneller und schneller und dabei einen Singsang in einer fremden, melodischen Sprache von sich zu geben. Als er wieder zum Stehen kam, hörte Charlie ein fernes Trommeln, das mit jeder Sekunde lauter wurde.

„Die Geister meiner Ahnen", sagte Lysander.

Ich brauche keine Hilfe, dachte Charlie. Ich bin stark. Ich kann diesen schwächlichen Schattengeist davonjagen.

Während Charlie auf den Schatten zuging, wurden die Trommeln so laut, dass die ganze Diele vibrierte.

„DAS ALSO IST DEIN SPIELCHEN!"

Ein grelles Blitzen zeigte Charlie, dass er keineswegs einem schwächlichen Schatten gegenüberstand. Jedes Detail des Seelenbetörers trat jetzt plastisch hervor: die grüne, goldgemusterte Robe, der eisenbeschlagene Ledergürtel, das Schwert in seiner juwelenbesetzten Scheide und der dunkelgrüne Mantel mit perlenbesticktem Rand.

„Gib mir den Spiegel", befahl der Graf, „bevor es zu spät ist."

„Niemals." Charlie hielt den Spiegel jetzt hinter dem Rücken.

Mit einem Schlag hörte das Trommeln auf und in der plötzlichen Stille erschien ein Trupp dunkelhäutiger Männer. Sie trugen weiße Gewänder und funkelnde Waffen: Schwerter, Messer und Äxte.

„ACH, NEIN?" Der Betörer hob sein Schwert und ließ es auf die Fliesen niedersausen. Der ganze Boden erzitterte und zwischen den Fliesen drangen rasierklingenscharfe Stacheln hervor. Lysander und Charlie versuchten vergebens, sich an der Wand festzuhalten: Der Boden bebte so heftig, dass sie auf die Knie gezwungen wurden. Charlie umklammerte den Spiegel, obwohl er ihn am liebsten losgelassen hätte, wenigstens eine Sekunde lang, um sich wieder hochziehen zu können.

„Halt ihn fest, Charlie! Du darfst ihn nicht fallen lassen", krächzte Lysander.

Die weiß gewandeten Ahnenkrieger schwangen jetzt ihre Waffen dicht über dem Boden und die grässlichen Stacheln erschlafften wie welke Blumen. Charlie und Lysander rappelten sich hoch und stützten sich an der Wand ab.

Der nächste Schrei des Seelenbetörers war so schmerzhaft schrill, dass Charlie sich die Ohren zuhalten musste. Der Spiegel fiel ihm aus der Hand, aber Lysander fing ihn gerade noch auf.

Und dann begann die eigentliche Schlacht.

Der Graf Harken schleuderte Feuer und Eis gegen die vorrückenden Geister. Er beschwor einen Sturm von Skorpionen herauf, eine Wolke von Schlangen, einen monströsen Riesen, einen Säbelzahntiger und einen zweiköpfigen Drachen, aber die Ahnengeister fegten die Kreaturen hinweg, als wären sie bloß Papierfiguren.

Olivia und ihre Mutter konnten es sich nicht verkneifen, die Küchentür einen Spalt zu öffnen. Angesichts der unglaublichen Schlachtenszenen fragte sich Mrs Vertigo laut, ob ihre Diele wohl je wieder so sein würde wie früher.

„Wohl kaum", flüsterte Olivia.

Schließlich entschied sich der Seelenbetörer, mit einem letzten trotzigen Schrei den Rückzug anzutreten. Bevor er gänzlich verschwand, hatte er sich in eine schwache, zitternde Version seiner selbst verwandelt.

„Fall nicht drauf rein, Charlie", warnte Lysander. „Ich glaube nicht, dass er endgültig erledigt ist."

Jetzt, da ihr Werk getan war, verschwanden Lysanders Ahnengeister nach und nach wieder. Nur ein silbernes Aufblitzen da und dort ließ erahnen, dass die Diele eben noch ein waffenstarrendes Schlachtfeld gewesen war.

Als Tancred und Gabriel durch die zerschmetterte Terrassentür hereinkamen, verkündete Mrs Vertigo, dass sie jetzt alle miteinander Spaghetti essen sollten. Muffins und Tee schienen ihr nicht gehaltvoll genug für einen so besonderen Anlass.

Nach dem Essen halfen die vier Jungen mit, die Glasscherben zu beseitigen. Mrs Vertigo erklärte, sie werde für die Tür einen Glaser kommen lassen, aber vielleicht sei es ja ratsam, vorher noch den gewaltsamen Einbruch der Polizei zu melden.

„Hat keinen Sinn, Mum", sagte Olivia. „Die wüssten gar nicht, wie sie damit umgehen sollten. Mit Seelenbetörern kennen sie sich nicht aus."

Charlie konnte es kaum erwarten, den Spiegel nach Hause mitzunehmen, obwohl er nicht genau wusste, was er damit machen sollte. Aber solange ihn der Graf nicht hatte, konnte er seine Mutter nicht aus dieser Welt entführen.

Charlie glaubte den Spiegel jetzt in Sicherheit, wenigstens für eine Weile. Eine Schlacht war erfolgreich geschlagen und das Triumphgefühl machte ihn leichtsinnig.

Das Letzte, womit er rechnete, als er das Haus der Vertigos verließ, war, Joshua Tilpin gegenüberzustehen.

Charlie hielt den Spiegel mit beiden Händen fest, aber magnetische Kräfte zerrten übermächtig daran.

„NEIN!“, rief Charlie, als ihm der Spiegel aus den Händen flutschte.

Die anderen Jungen kamen aus dem Haus gerannt, aber der Spiegel flog durch die Luft und landete mit einem lauten Knacken auf der Straße. Joshua Tilpin bückte sich, um ihn aufzuheben. Charlie wollte sich auf ihn stürzen, aber Miss Crystal erschien aus dem Nichts und versperrte ihm den Weg. Sie fixierte ihn mit ihren kalten blauen Augen und zischte: „Der Spiegel der Amoret wird niemals dein sein.“

Tancred und Lysander hetzten bereits hinter dem flüchtigen Joshua her.

„Wir werden ihn kriegen“, rief Charlie wütend.

Miss Crystal schüttelte den Kopf. „Das glaube ich kaum“, sagte sie höhnisch. Dann spazierte sie lächelnd davon, als wäre das alles nur ein kindisches Spiel.

„Sie sind eine Hexe!“, rief ihr Charlie nach. „Von der allerschlimmsten Sorte.“

Miss Crystal war um eine Ecke verschwunden und

seine Freunde konnte Charlie auch nicht mehr sehen. „Ich bin blöd, blöd, blöd!“, rief er und stampfte mit dem Fuß auf die Eingangstreppe.

„Das konntest du doch nicht wissen“, sagte Olivia. „Wer hätte denn gedacht, dass dieses kleine Ungeheuer hier auftaucht.“

„Ich hätte aufpassen müssen.“ Charlie hämmerte sich mit der Faust an die Stirn. „Sie haben dich im *Kaufrausch* gesehen. War doch klar, dass sie dir folgen würden. Was soll ich jetzt machen?“

„Tancred und Lysander sind große Jungs“, sagte Mrs Vertigo beruhigend. „Mit langen, kräftigen Beinen. Die kriegen diesen Winzling doch.“

Sie warteten. Warteten und warteten und rührten sich nicht von der Stelle. Nach zwanzig Minuten sah Charlie Tancred und Lysander die Straße herauftrotten. Sie schienen fix und fertig. Charlie wusste sofort, dass Joshua entwischt war.

„Wir hatten ihn fast“, keuchte Tancred. „Wir haben ihn in den Park verfolgt, aber bevor wir ihn schnappen konnten, ist eine grüne Gestalt aus dem Gebüsch aufgetaucht, hat sich den Spiegel geschnappt und ist verschwunden.“

„Ich hätte dem kleinen Satansbraten gern eine Lehre erteilt“, murmelte Lysander. „Aber was hätte das genützt?“

„Jetzt wird der Graf den Spiegel benutzen, sobald er kann“, sagte Charlie unglücklich. „Meine Mum wartet vielleicht schon auf ihn. Sie weiß nicht, was sie tut. Vielleicht ist sie ja schon weg, wenn ich nach Hause komme."

„Warte erst mal, Charlie", sagte Gabriel ruhig. „Der Spiegel ist zersprungen, als er auf die Straße geknallt ist. Ich habe es gehört. Vielleicht funktioniert er ja gar nicht mehr."

„Ich hab's auch gehört." Olivia fasste Charlie am Arm. „Gib nicht auf, Charlie. Wenn der Spiegel kaputt ist, kann der Schatten nicht reisen."

„Kann sein", sagte Charlie trübselig.

Sie verabredeten sich für später im *Glücklichen Haustier*. Es galt Tiere abzuholen, Eltern anzurufen und einen neuen Plan zu entwickeln.

Als die vier Jungen die Straße entlanggingen, fiel Charlie die große Plastiktüte auf, die Gabriel in der Hand trug. Über der ganzen Aufregung hatte er den Mantel des Roten Königs völlig vergessen.

„Gabriel!" Charlie blieb wie angewurzelt stehen. „Der Mantel, den du vorhin angehabt hast ... war das etwa ...?"

Die anderen blieben ebenfalls stehen und Tancred sagte: „Du bist noch gar nicht dazu gekommen, es Charlie zu erzählen, Gabe."

„Den hab ich von Dad bekommen", sagte Gabriel mit einem verlegenen Grinsen. „Er hat gesagt, er könnte mir vielleicht nützlich sein. Er ist anscheinend schon ewig im Besitz unserer Familie."

„Aber hat der Mantel dir auch irgendwas gesagt, Gabe?“, wollte Charlie wissen.

„Ja, schon.“ Gabriel schaute auf die Uhr. „Ich muss los, Mum wartet an der Bücherei auf mich.“

„Ohne uns gehst du nirgends hin“, sagte Tancred.

„Nicht mit diesem Mantel“, setzte Lysander hinzu.

Charlie sah seinen drei Freunden nach, die schwatzend die Straße überquerten. Von der anderen Seite riefen sie herüber: „Bis später!“

Charlie reckte den Daumen in die Luft und rannte nach Hause.

In der Filbert Street Nummer neun war es gespenstisch still. Charlie ging nach oben und klopfte an die Zimmertür seines Onkels.

„Komm rein, Charlie!“

Als Charlie ins Zimmer stürzte, sah Onkel Paton über den Rand seiner Brille hinweg.

„Hast du ihn?“

Charly stolperte zu dem durchgesessenen Ohrensessel seines Onkels und ließ sich hineinfallen. „Wir hatten ihn“, sagte er, „und dann haben wir ihn wieder verloren.“

„Was?“ Paton riss sich die Brille von der Nase und schwang mit seinem Drehstuhl herum. „Bitte erklär mir das.“

So klar und ruhig wie möglich erzählte Charlie in allen Einzelheiten von den unglaublichen Ereignissen, aber als er zur wichtigsten Einzelheit kam, konnte er seine Angst nicht mehr überspielen und seine Stimme zitterte.

„Du hast deinen Vater gesehen." Paton sprang auf. „Und du sagst, er war die ganze Zeit in der Bloor-Akademie? Als euer Klavierlehrer Mr Pilgrim? Wer kommt denn auf so eine krankhafte Idee? Ihn die ganze Zeit praktisch vor unserer Nase gefangen zu halten?"

„Manfred, schätze ich mal", sagte Charlie düster. „Oder Ezekiel. Stell dir vor, ich habe die ganze Zeit mit meinem eigenen Vater geredet, ohne zu wissen, dass er es war. Ich wette, das hat ihnen Spaß gemacht."

„Keine Bange, Charlie, das ist jetzt vorbei", sagte Paton energisch. „Da holen wir ihn im Handumdrehen raus."

„Du verstehst nicht, Onkel Paton, er weiß immer noch nicht, wer er ist. Er ist so schwach, so beinahtot. Wenn er da rauskommt und Mum ist nicht mehr da, was nützt das?" Charlie seufzte abgrundtief. „Zuerst müssen wir Mum retten."

Paton klopfte auf seine Tasche. „Der Zauber!", erklärte er. „Ich Idiot. Hab ihn ganz vergessen." Er zog einen zerfransten Pergamentfetzen heraus.

„Zauber?", fragte Charlie skeptisch.

„Lies." Sein Onkel drückte ihm den Pergamentfetzen in die Hand.

Charlie sah auf Skarpos schnörkelige schwarze Schrift. Er las die Worte einmal durch, ein zweites Mal und las sie dann, um sie besser zu verstehen, noch einmal laut vor.

„Schau im Walde, so du ihn suchest,
Denn dort ist der König verstecket,
Seine Robe sind des Herbstes Blätter,
Wie reife Früchte seine Tränen,
Blutrot sie fallen immerdar
Bis seiner Kinder zehn,
Die noch keine zwanzig Jahr,
In Harmonie zusammenkommen
Und dreimal, Hand in Hand,
Schreiten um ihn herum und herum,
Bis dass seine Tränen wieder klar,
Tränen, zu wecken die irrenden Seelen
Und sicher nach Haus sie zu bringen.“

Charlie starrte noch auf die Zauberformel, als er sagte: „Das hat Skarpo in einem von Bartholomäus' Tagebüchern gefunden, aber woher kommt es?“

„Von den Nachfahren einer Person, die dem König geholfen hat, das zu werden, was er jetzt ist“, sagte Paton.

„Ich glaube, es war für die Königskinder bestimmt,
die weggehen mussten, weil die anderen so böse waren.“ Charlie sah seinen Onkel an.

„Es war für ihre Nachfahren bestimmt, Charlie“, sagte Onkel Paton.

Charlie zählte rasch nach. „Wir sind aber nur sieben. Hier steht, zehn Kinder müssen zusammenkommen.“

„Darüber habe ich auch schon nachgedacht“, sagte sein Onkel. „Da ist zum Beispiel schon mal deine chinesische Freundin.“

„Naren!“, rief Charlie. „Die hat mir schon ewig keine Botschaft mehr geschickt. Ich muss sie finden.“

„Den König musst du auch finden“, erinnerte ihn sein Onkel.

Emma fliegt

Charlie wollte sofort losgehen und Naren suchen, aber Onkel Paton bestand darauf, zuerst einmal alles vernünftig und in Ruhe durchzusprechen.

Der Seelenbetörer glaubte, gewonnen zu haben. Miss Crystal war als Hexe enttarnt und würde sich vermutlich eine Zeit lang versteckt halten, bis sie ihren nächsten Schachzug ausgebrütet hatte.

„Ich glaube, jetzt seid ihr erst mal eine Weile sicher", sagte Onkel Paton. „Sie werden keinen Verdacht schöpfen, solange ihr nichts Überstürztes tut. Also geh und finde Naren, unbedingt, aber lass dir Zeit. Versuche nach Möglichkeit ein bisschen niedergeschlagen zu wirken."

„Kein Problem", sagte Charlie.

„Und wenn du Naren gefunden hast", fuhr sein Onkel fort, „sag ihr, sie soll morgen um vier Uhr ins *Glückliche Haustier* kommen."

„Wieso nicht heute?", fragte Charlie. „Sollten wir nicht möglichst bald was tun?"

Sein Onkel winkte ab. „Wir sind noch nicht so weit." Er erinnerte Charlie daran, dass sie zuerst den

Roten König finden mussten. Der wahrscheinlichste Ort war die Ruine, aber die war riesig, halb verfallen und überwuchert. „Seine Robe sind des Herbstes Blätter", sagte Paton nachdenklich. „Rotgoldenes Laub dürfte nicht schwer auszumachen sein, wenn alle anderen Bäume kahl sind. Aber die Ruine ist riesig. Man müsste schon ein Vogel sein, um sie überblicken zu können."

„Emma! Sie findet den Baum bestimmt!"

„Natürlich. Emma, das Vogelmädchen."

„Aber der König ist doch angeblich in einem Wald", gab Charlie zu bedenken.

„In der Ruine stehen Bäume", sagte sein Onkel, „und es gibt ja kaum noch richtige Wälder." Er begann, um sein unordentliches Bett herumzutigern, tiefe Konzentrationsfalten im Gesicht.

Onkel Paton übernahm schrecklich gern das Kommando und Charlie fand es bedauerlich, dass sein Onkel durch seine explosionsträchtige Gabe daran gehindert wurde, draußen in der Welt einen verantwortungsvollen Job zu übernehmen.

„Ich hab's!" Onkel Paton schwang auf dem Absatz herum und strahlte Charlie triumphierend an. „Ist alles da drin, Charlie." Er tippte sich an die Stirn. „Der ganze Plan. Ich fürchte, Mr Onimous wird auch den anderen Kindern seine Geheimtür zeigen müssen, denn das ist der Weg, auf dem ihr in die Ruine gelangen werdet – durch den Gang unter der alten Mauer."

„Da lässt Mr Onimous garantiert keinen rein", sagte Charlie. „Er hat schreckliche Angst, dass die falschen Leute von dem Gang erfahren könnten. Stell dir mal vor, die Looms sind im Café!"

„Unser schnurrbärtiger Freund wird wohl eine Ausnahme machen müssen", sagte Paton resolut. „Und er wird auch die Regel mit den Tieren und dem Eintritt lockern müssen, nur für einen Tag. Es tut mir leid, aber ich kann es nun mal nicht ertragen, dass irgendwelche Springmäuse in meinen Taschen herumwühlen."

„Du kommst auch mit, Onkel Paton?"

„Aber sicher. Und ich hoffe, dass die anderen Eltern auch da sein werden. Zum Schutz. Je mehr, desto besser."

„Gegen Mr Torsson sind Tiere allergisch", sagte Charlie, der allmählich Geschmack an dem Plan fand. „Er ist ihnen zu turbulent."

„Dann eben kein Tier für Mr Torsson. Meinst du, der Richter ließe sich überreden, ebenfalls zu kommen? Er wäre bestimmt ein großer Gewinn."

„Lysander sagt, sein Vater sei heute zu Hause."

„Ich werde ihn anrufen. Und auch die Silks, die sind bestimmt gleich Feuer und Flamme. Und Tiere haben sie ja auch jede Menge." Paton rieb sich die Hände.

„Die Gunns würden bestimmt auch alle kommen", sagte Charlie eifrig. „Ich weiß, Fidelio ist nicht sonderbegabt, aber sie machen immer gern mit, auch bei Sachen, die nichts mit Musik zu tun haben."

„Richtig, die Gunns." Paton vollführte eine Art Stepptanz.

„Und Mrs Vertigo? Mr Vertigo ist gerade in Südamerika und führt Regie bei einem wichtigen Film."

„Hm. Bisschen sehr glamourös, die gute Mrs Vertigo", sagte Onkel Paton skeptisch. „Sie fällt ziemlich auf."

„Aber sie ist doch Schauspielerin", wandte Charlie ein. „Sie kann bestimmt auch eine graue Maus spielen, wenn sie soll." Er holte Luft und sagte vorsichtig: „Und dann haben wir da noch Bartholomäus Bloor."

„Deine Sache, Charlie", sagte Paton kurz angebunden. „Ich kann ihn nicht erreichen. Jetzt mach dich mal auf den Weg. Und bitte sei um fünf wieder hier, sonst komme ich dich holen, Explosionen hin oder her. Sollen sie doch draufgehen, die Straßenlaternen."

Als Charlie aus dem Haus ging, war er so froh gestimmt, dass er beinah vergaß, niedergeschlagen zu schauen. Und dann musste er dieses Bemühen endgültig aufgeben, als ihm Benjamin und Runnerbean entgegengerannt kamen. Charlie war so glücklich, sie zu sehen, dass er ein Freudengeheul ausstieß, Benjamin unterhakte und kurzerhand mitzog.

„Wo willst du hin?", fragte Benjamin. „Kann ich

mit? Bitte, Charlie, sag nicht Nein. Weißt du schon das Neueste? Mum und Dad arbeiten nicht mehr für die Bloors."

„Hab ich mir schon gedacht", sagte Charlie. „Ich will zu einem Mädchen, das ein bisschen … na ja, ungewöhnlich ist."

Während sie durch die Stadt marschierten, redete Charlie so gut wie pausenlos. Und trotz Benjamins vor Aufregung weit aufgerissenen Augen, seiner nervösen kleinen Hopser und entsetzten Ausrufe hätte wohl niemand erraten, welch unglaubliche Geschehnisse Charlie ihm da schilderte.

Der Nachmittagshimmel färbte sich bereits dunkler. Schneeregenschauer peitschten ihnen ins Gesicht und als sie schließlich die Eisenbrücke erreichten, hing über der Schlucht dichter Nebel, der den wilden Wald auf der anderen Seite gänzlich verhüllte. In seiner Eile, Naren zu finden, hatte Charlie völlig vergessen, wie gefährlich es war, über den Fluss zu gelangen.

„Bleib lieber hier", sagte er zu Benjamin, „oder warte im Café auf mich. Ich will nicht, dass dir was passiert."

„Zu spät", sagte Benjamin, als Runnerbean an ihnen vorbeisauste. „Er scheint zu wissen, wo er hinwill."

„Das weiß er auch." Charlie grinste. „Dann komm eben mit."

Es dauerte länger, als Charlie gedacht hatte. Wieder war die Brücke mit tückischem gefrorenem Nebel überzogen. Sie gingen hintereinander, wobei Benjamin sorgfältig in Charlies Fußstapfen trat und beide sich an dem rostigen Geländer festhielten.

Als sie drüben waren, führte sie Runnerbean geradewegs zu dem kleinen Haus auf der Lichtung. Naren wollte gerade mit einem Armvoll Holzscheite ins Haus gehen, als sie die drei sah. Sie warf das Holz hin, rannte auf Charlie zu und umarmte ihn.

„Das ist Sonnenblume", erklärte Charlie. „Und das ist mein Freund Benjamin, dem Runnerbean eigentlich gehört", erklärte er Naren.

Naren lud sie ein, mit hereinzukommen, aber plötzlich flog die Haustür auf und da stand Bartholomäus Bloor, sichtlich verärgert. „Ich dachte, ich hätte gesagt, du sollst nie wieder hierherkommen", fuhr er Charlie an. „Und du hast jemanden mitgebracht, das ist unverzeihlich."

„Entschuldigung, Sir", sagte Charlie nicht sonderlich zerknirscht. „Ich musste herkommen, weil Narens Botschaften ..."

„Ich habe Naren befohlen, damit aufzuhören", fiel ihm Bartholomäus barsch ins Wort. „Der Schatten war euren nächtlichen Unterhaltungen schon auf der Spur. Ich hatte Angst, dass Naren ihm unseren Aufenthaltsort verraten würde."

„Ich dachte mir schon, dass es so was war. Aber

ich musste kommen, Mr Bloor, wegen der Zauberformel, die in Ihrem Tagebuch gesteckt hat."

„Was für eine Zauberformel?"

Charlie zog den Pergamentfetzen aus der Tasche und gab ihn Bartholomäus. Benjamin hüpfte inzwischen von einem Fuß auf den anderen und blies sich in die Hände, um sie zu wärmen. Aber Bartholomäus bat sie nicht herein. Er hörte sich Charlies Geschichte mit unbewegter Miene an, musterte die Zauberformel und sagte dann: „Natürlich werde ich Naren zu euch bringen. Für deinen Vater würde ich wirklich alles tun."

„Und bleiben Sie dann auch da?", fragte Charlie. „Mein Onkel Paton sagt, wenn das Café *Zum glücklichen Haustier* voll mit Eltern ist, dann ist das so eine Art Schutz."

Bartholomäus drückte Charlie das Pergament in die Hand. „Dein Onkel steckt voller toller Ideen. Hätte er sie mal vor Jahren in die Tat umgesetzt, dann wäre dein Vater nicht da, wo er jetzt ist."

„Sagen Sie nicht so was über meinen Onkel", sagte Charlie wütend. „Ich vertraue ihm mehr als irgendjemandem sonst auf der Welt. Sie sind ein gemeiner, starrsinniger Mensch, Mr Bloor, genau wie Ihre übrige Familie. Wenn Sie uns nicht helfen wollen, bitte, dann eben nicht. Wir kommen auch ohne Sie zurecht."

Eine ganze Reihe sonderbarer Gefühlsregungen

huschten über Bartholomäus' Gesicht: Unglaube und Ärger. Und schließlich so etwas wie Erschrecken.

Ehe er irgendetwas sagen konnte, packte Charlie Benjamin am Arm und zog ihn von dem Haus weg.

„Wow, Charlie! Wie konntest du so was sagen?", flüsterte Benjamin.

„Weiß auch nicht", gestand Charlie. „Er ist einfach so ein gemeiner Kerl. Ich hoffe, ich hab nicht alles vermasselt."

Am Tor sah Charlie sich noch einmal um. Bartholomäus war verschwunden, aber Naren stand auf der Eingangstreppe. Sie winkte Charlie fröhlich zu und rief: „Ich bin dort, Charlie. Um vier!"

Die Jungen winkten zurück und Runnerbean verabschiedete sich mit einem kräftigen Bellen.

Auf dem Rückweg über die Brücke gab es ein paar haarige Situationen. Benjamin rutschte zweimal aus und fiel hin und als sie fast drüben waren, wäre Charlie beinah in die Tiefe gestürzt. Er klammerte sich mit einer Hand am Geländer fest und Runnerbean packte ihn am Ärmel und zog ihn wieder herauf.

„Pjuh! Ein Glück, dass Runner da war", sagte Charlie, als er ins nasse Gras kroch.

Sie blieben ein paar Minuten am Felsufer sitzen und erklärten sich gegenseitig, wie froh sie waren, dass sie noch lebten. Aber Runnerbean hatte es eilig. Er hatte die Worte Café *Zum glücklichen Haustier* gehört und wusste, dass Mrs Onimous irgendetwas

Leckeres für ihn haben würde. Wahrscheinlich würde sie ihn auch wieder abküssen, aber das war nun mal der Preis für ein paar Schokodrops.

Es war schon dunkel, als Runnerbean mit den beiden Jungen im Schlepptau die Frog Street entlangrannte. Norton, der Rausschmeißer, wollte gerade die Tür des Cafés abschließen.

„Deine Freunde waren hier“, sagte Norton, während er Runnerbean tätschelte, „die ganze Bande. Sie haben es aufgegeben, auf dich zu warten. Wir schließen gerade, junger Mann.“

„Können wir noch mal rein, nur ganz kurz“, bettelte Charlie.

„Von mir aus, aber macht schnell.“ Norton blickte stirnrunzelnd über Charlies Kopf hinweg. „Und wer ist das, der da anmarschiert kommt wie der leibhaftige schwarze Mann?“

Charlie drehte sich um und sah Onkel Paton nahen. Er trug seine dunkle Brille und einen breitkrempigen, schwarzen Hut und sah stur auf den Boden, während er die gepflasterte Gasse entlangkam.

„Das ist mein Onkel“, sagte Charlie erleichtert.

„Der Stromspannungshochtreiber? Dann machen wir wohl besser die Lichter aus.“ Norton griff an den Lichtschalter und das Café lag jäh im Dunkel.

„Ah, da bist du ja, Charlie. Du bist es doch, oder?“, sagte Onkel Paton, als er das Café betrat. „Ich sehe gar nichts.“

„Nur gut so", sagte Norton.

„Huch!" Onkel Paton fuhr zusammen. Er hatte den Rausschmeißer hinter der Tür nicht gesehen. „Ich möchte Mr Onimous sprechen, in einer dringenden Angelegenheit", sagte er so würdevoll wie möglich.

„Dann warne ich ihn lieber erst mal." Man hörte Norton gegen Tische rumsen, während er sich durch das dunkle Café tastete. „Autsch!" stöhnte er, als er gegen den Tresen krachte. „Mr Onimous", rief er. „Kundschaft für Sie. Mr Darkwood, der Sie-wissen-schon-was."

Ein hauchdünner Streifen Licht, der aus einem Spalt über der Küchentür drang, erlosch augenblicklich und Sekunden später erschien Mr Onimous mit einem großen Leuchter, in dem zwei flackernde Kerzen steckten.

„Was kann ich denn für Sie tun, Mr Paton?", fragte Mr Onimous, dessen schnurrbärtiges Gesicht gerade eben über den Tresen lugte.

„Guten Abend, Orvil", sagte Onkel Paton und nahm die dunkle Brille ab. „Ich – das heißt wir", er sah Charlie an, „haben etwas äußerst Wichtiges mit Ihnen zu besprechen."

„Dann kommen Sie mal in die Küche." Mr Onimous hielt den Leuchter, so hoch er konnte, um ihnen den Weg durchs Café zu erhellen.

„Kann ich auch mit?", fragte Benjamin zaghaft.

Runnerbean winselte leise im Gedanken an seine Hundeleckerei.

„Ah, Benjamin Brown, hab dich völlig übersehen." Onkel Paton sah den Jungen kühl an.

„Bitte, Mr Onimous! Meine Eltern spionieren nicht mehr für Mr Bloor", sprudelte Benjamin hastig hervor. „Mr Ezekiel wollte ihnen das Geld nicht geben und Dad hatte einen schrecklichen Streit mit ihm und Mum hat gesagt, sie würde nie wieder mit ihm reden. Mit Mr Ezekiel, meine ich."

„Das freut mich ausgesprochen", sagte Paton. „Natürlich kannst du mitkommen."

Ein paar Minuten darauf saßen die drei am großen Küchentisch der Onimouses, tranken Tee und aßen Zitronentörtchen. Runner wurde nicht enttäuscht. Mrs Onimous setzte ihm ein ganzes Schälchen Rindfleischschokoriegel vor, als Entschädigung für die zehn Küsse, die er hatte erdulden müssen. Jetzt, wo die kleine Una da war, musste er sich allerdings auch noch ziemlich ruppig bürsten lassen.

Paton kam gleich zur Sache. Offen und ausführlich erklärte er, warum die sonderbegabten Kinder den Geheimgang zur Ruine benutzen mussten. Charlie zeigte sogar als zusätzliches Argument den Pergamentfetzen vor.

Die Onimouses hörten gebannt zu und als alles, was es zu sagen gab, gesagt war, schüttelte Mr Onimous staunend den Kopf.

„Diese anderen Kinder, deine Freunde, die haben auch über den König geredet“, sagte der kleine Mann, „aber wir sind nicht ganz dahintergekommen. Dieses Stück Pergament, dieser Zauber oder was es auch ist, das erklärt alles, oder? Ich habe die Regeln noch nie gelockert, aber das ist eine Ausnahme. Und was die Geheimtür angeht, bleibt uns wohl keine andere Wahl. Solange nur alle Kinder den Mund halten.“

„Tun sie bestimmt“, sagte Charlie mit Inbrunst.

„Ich wusste ja, unsere kleine Una würde gerade recht kommen“, sagte Mrs Onimous. Sie zog die Kleine an sich und drückte sie.

„He, lasses sein“, kicherte Una. „Sonst kommt mir das Essen hoch.“

„Das arme Ding“, sagte Mr Onimous. „Sie kann nichts dafür.“ Er schloss die Augen und zählte murmelnd Charlies Freunde an den Fingern ab. Als er bei Una angekommen war, machte er die Augen wieder auf und sagte: „Selbst mit deiner chinesischen Freundin sind es nur neun. Wie sollen wir zehn zusammenkriegen, Mr Paton?“

„Oh“, sagte Paton. „Das weiß ich auch nicht.“

Stille machte sich breit. Selbst Unas Gekicher verstummte angesichts der grimmigen Konzentration auf allen Gesichtern.

Plötzlich beugte sich Mr Onimous vor und sagte: „Wenn ich so kühn sein darf – ich bin zwar nicht unter zwanzig, aber sehr klein. Meinen Sie, ich könnte einspringen?"

Alle starrten den behaarten kleinen Mann an, dann sagte Onkel Paton: „Orvil, ich finde, Sie sollten es versuchen. Ich kann mir beim besten Willen nicht vorstellen, wo wir noch ein Kind des Roten Königs unter zwanzig auftreiben sollten." Er stand auf. „Orvil, Onoria, ich danke Ihnen für Ihre Gastfreundschaft. Jungs, wir müssen los."

„War uns wie immer ein Vergnügen, Mr Paton", sagte Mr Onimous. „Aber eins hätte ich fast vergessen: Das Vogelmädchen, Emma, hat gesagt, sie wolle heute Nacht das weiße Pferd suchen."

„Das weiße Pferd?", fragte Charlie stirnrunzelnd.

Mr Onimous zuckte die Achseln. „Sie hat gesagt, das Pferd würde wissen, wo der König ist."

Charlie ging ein Licht auf. „Das weiße Pferd ist die Königin. Wo sie ist, kann doch der König nicht weit sein."

„Hoffentlich passiert dem Kind nichts", sagte Paton ängstlich.

„Wir können im Moment nichts machen." Mr Onimous hielt den Leuchter hoch, um seine Gäste durch die Küche und das dunkle Café zu geleiten.

Norton, der Rausschmeißer, war schon gegangen und als Onkel Paton, die beiden Jungen und Runnerbean die Frog Street hinaufgingen, hörten sie Mr Onimous die Tür von innen abschließen und verriegeln.

Im Wohnzimmer von Nummer neun brannte Licht. In der Annahme, dass Grandma Bone fernsah, mieden Charlie und sein Onkel den Raum. Sie gingen direkt in die Küche und entzündeten dort als Erstes mehrere Kerzen.

„Wir sollten lieber nicht von morgen sprechen", warnte Onkel Paton Charlie, während er Schinkensandwichs machte.

Charlie nickte. Er goss sich ein Glas Milch ein und setzte sich an den Tisch. Die Gestalt in der Tür überraschte ihn so, dass er laut aufschrie und ein bisschen Milch verschüttete.

„Was zum …?" Onkel Paton drehte sich zur Tür. „Amy?", sagte er. „Bist du's?"

Charlies Mutter trat ein. Selbst im Kerzenschein wirkte ihre Haut so durchsichtig weiß wie Eis. Ihr Haar war so farblos wie Glaswolle und in ihren großen blassen Augen war nur noch ein Hauch von Blau zu erkennen. Ihre geisterhafte Erscheinung wurde noch dadurch unterstrichen, dass sie ein langes weißes Kleid mit einer Spur von Silber am Saum trug.

„Mum", sagte Charlie mit rauer Stimme. „Ich dachte, du wärst aus."

„Mr Nobel hatte heute viel zu tun." Sie lächelte verträumt. „Aber morgen geht er mit mir an einen wunderschönen Ort."

„Möchtest du ein Sandwich, Amy?", fragte Paton laut.

„Nein, danke." Sie drehte den riesigen Smaragdring an ihrem Ringfinger. „Ich habe zurzeit gar keinen Hunger."

„Stell dich nicht so an. Du siehst aus, als hättest du seit Wochen nichts mehr gegessen", sagte Paton in der Hoffnung, sein schroffer Ton würde Amy in die Realität zurückholen.

Aber Charlies Mutter lächelte nur. „Sei nicht albern", kicherte sie. „Ich werde bald heiraten. Was sagt ihr dazu?"

Charlies Mund klappte auf, aber er brachte einfach nichts heraus. Selbst Onkel Paton schienen die Worte zu fehlen. Sie sahen Amy davondriften, hörten sie die Treppe hinaufsteigen und dann ganz oben ihre Zimmertür schließen.

„Sie hat nicht mal nach Maisie geguckt", sagte Charlie verzweifelt.

„Kopf hoch, mein Junge." Onkel Paton drückte Charlies Schulter. „Morgen ist der große Tag des Roten Königs!"

Nicht weit von der Filbert Street standen Emma und Miss Ingledew vor der Buchhandlung. Die Temperatur sank rasch und die Pflastersteine waren schon mit einer dünnen Reifschicht überzogen. Der Mond ging über der Kathedrale auf und am tiefblauen Himmel leuchtete ein einzelner Stern.

„Ich wollte, du müsstest das nicht tun." Miss Ingledew legte die Hand auf Emmas blondes Haar. „Du wirst doch gut aufpassen?“

„Werde ich, Tante. Gabriel sagt, der König ist ein Baum. Er hat's gesehen, als er den Mantel angezogen hat. Jetzt liegt alles an mir. Ich bin so ... ich weiß nicht, aufgeregt, glaube ich. Ich weiß, ich werde sie beide finden“, Emma gab ihrer Tante ein Küsschen. „Ich muss jetzt los. Keine Sorge.“ Sie rannte durch die enge Gasse, die vom Platz abging.

In einer dunklen Ecke, wo zwei Bäume dicht an der Außenmauer der Stadtbücherei wuchsen, blieb Emma ganz still stehen und dachte an einen Vogel. Sie hatte beschlossen, die Gestalt einer Schleiereule anzunehmen, der, wie sie fand, schönsten aller Nachteulen. Ihre Finger kribbelten, als sie sich nach und nach in Federn verwandelten, und als ihre cremefarbenen Schwingen sie in die Luft emportrugen, konnte sie einen freudigen Eulenruf nicht unterdrücken.

Der Himmel hatte so friedlich ausgesehen, aber sobald Emma über den Dächern schwebte, wurde sie von heftigen Böen erfasst. Jemand schickte Wellen von Wut durch die Lüfte. Als Emma sie zu ihrem Ursprung zurückverfolgte, fand sie sich plötzlich vor einem Fenster in der obersten Etage des *Kaufrausch*-Gebäudes.

Sie ließ sich auf dem Fenstersims nieder und spähte vorsichtig hinein. Ein Mann in einem grünen Gewand marschierte in einem Meer von weißem Fell auf und ab. Der Mann hielt einen wunderschönen Spiegel in der Hand. Der goldene Rahmen war mit Edelsteinen besetzt, aber das Spiegelglas selbst hatte einen Sprung, der von oben nach unten verlief. Der Mann blieb stehen und betrachtete ein Gemälde an der Wand hinter sich. Das Bild zeigte eine seltsame Landschaft mit dunklen Bergen und hohen, düsteren Türmen. Ein Ort, an dem Albträume beginnen, dachte Emma bei sich. Der Mann drehte den Spiegel zum Bild hin und fiel in einen tiefen, monotonen Singsang. Plötzlich fluchte er, wirbelte herum und feuerte den Spiegel gegen die Wand.

Die Eule stieß einen überraschten Eulenruf aus und flog davon.

Hat er mich gesehen?, dachte Emma. Weiß er, wer ich bin?

Sie flog weiter, gebeutelt von der unruhigen Nachtluft. Sie musste ihre ganze Kraft aufbieten, um nicht gegen hohe Bäume oder Telegrafendrähte geschleudert zu werden, doch schließlich war sie über dem Gelände der Bloor-Akademie. Unter sich sah sie jetzt die Mauern der Ruine. Und dann, plötzlich, hörte sie sich einen Schmerzensschrei ausstoßen, während sie dem Boden entgegenstürzte. Ein Stein hatte den schneeweißen Kopf der Eule getroffen und sie fiel mit ausgebreiteten Schwingen auf die Erde, den Kopf himmelwärts verdreht.

Ein paar Meter entfernt standen Joshua Tilpin und

jemand in einem schwarzen Kapuzenumhang. Joshuas Hand umklammerte eine Schleuder.

„Sieh mal, die Eule“, sagte Joshua. „Wird sich unser Ahnherr freuen, Mutter?“

„Sehr.“ Die Kapuze rutschte der Frau vom Kopf.

Emma blinzelte erstaunt mit ihren Eulenaugen, als sie Miss Crystal erkannte.

„Sie ist nicht tot, aber gleich wird sie es sein.“ Joshua rannte auf sie zu und Emma schloss die Augen.

Doch der erwartete Schlag kam nicht. Stattdessen hörte sie ein tiefes Knurren und dann einen weichen Aufprall, als ein vierbeiniges Wesen direkt hinter ihr landete. Sie spürte seinen warmen Atem auf ihrem Rücken und das Knurren wurde zu einem bedrohlichen Gurgeln.

„Braves Biest“, sagte Miss Crystal herrisch. „Bring uns die Eule.“

Das Untier gurgelte weiter und als Joshua einen weiteren Vorstoß wagte, sprang es mit einem Satz über die Eule hinweg und stürzte auf Joshua zu, der schreiend davonlief.

Als Emma die Augen wieder öffnete, waren der Junge und die Hexe verschwunden. Aber der Wolf saß ganz in der Nähe, unter dem Baum. Es war ein grässliches Wesen, mit krummem Rücken und glimmenden gelben Augen.

„Asa?“, rief Emma leise. „Asa, bist du’s?“

Das Untier winselte leise und rannte ins Unterholz.

Wie jedes verängstigte Tier lag Emma so still wie möglich, bis sie sicher war, dass das Untier sich wirklich davongemacht hatte. Als sie schließlich versuchte, sich zu bewegen, stellte sie fest, dass sie überhaupt nicht verletzt war. Es war nur der Schock gewesen. Sie erhob sich, schlug mit den Flügeln und schwang sich in den Himmel. Den Blick auf die Erde gerichtet, segelte sie über die Ruine, bis ihr eine Bewegung auffiel. Ein weißes Pferd kam aus einem steinernen Bogengang getrottet und begann dann, um eine große, runde Lichtung zu galoppieren. Emma flog herab und setzte sich auf eine Mauer in der Nähe des Pferdes. Als die weiße Stute die Eule erblickte, blieb sie stehen und starrte den Vogel ängstlich an.

„Majestät", sagte Emma und senkte den Kopf, „ich brauche Ihre Hilfe."

„Vogelkind!" Die Königin kam zu Emma herübergetrabt. „Wie schön, dich zu sehen. Wie kann ich dir helfen?"

„Ich suche den König", sagte Emma.

„Dann hast du ihn jetzt gefunden."

Die Königin trat zur Seite und Emma sah, dass in der Mitte der Lichtung ein großer Baum stand. Zuerst hatte er wie ein dunkler, unförmiger Turm ausgesehen, aber dann, ganz plötzlich, nahm er Farbe an und Emma sah einen wunderschönen Laubbaum vor sich. Seine Blätter waren rotgolden und wenn sie sich in der Nachtluft bewegten, schienen sie feurig zu glühen. Von der schmalen Krone abwärts wurden die Äste immer ausladender, bis schließlich dicht überm Boden ein Stück des mächtigen Stamms zu sehen war, eines Stamms, der von Strömen einer weinroten Flüssigkeit durchfurcht war.

„Ist er verletzt?", fragte Emma erschrocken beim Anblick der roten Bäche.

„Er weint um seine verlorenen Kinder", sagte die Königin. „Um die fünf, die davongingen und nie mehr wiederkamen."

Emma plusterte sich. Hoffentlich würden sie ein Mittel finden, den König von seiner Traurigkeit zu heilen. „Wird der König morgen auch hier sein?", fragte sie. „Ein Freund von mir braucht seine Hilfe."

„Der König wird hier sein", antwortete die Königin.

„Danke, Majestät." Emma schwang sich empor. „Ich muss jetzt zurück. Meine Tante macht sich Sorgen."

„Natürlich." Die Königin trabte näher an den Baum heran. „Komm gut nach Hause, Vogelkind."

Die Tränen des Königs

Am Sonntagnachmittag um zwei verließ Charlies Mutter das Haus. Die goldene Limousine wartete draußen auf sie.

Von seinem Zimmerfenster aus beobachtete Charlie, wie seine Mutter einstieg. Sie hatte sich nicht einmal von ihm verabschiedet. Er fragte sich, ob der gesprungene Spiegel womöglich doch noch funktionieren würde. Vielleicht blieb ihnen ja gar keine Chance mehr, den Grafen daran zu hindern, ihm seine Mum wegzunehmen.

„Charlie!", sagte Onkel Paton von der Tür aus. „Da ist ein Anruf für dich." Er streckte ihm sein Handy hin.

Gabriels Stimme drang aus dem Handy in Charlies Ohr. „Charlie, du wolltest doch wissen, was mit dem Mantel war, aber du bist nicht ins Café gekommen."

„Ich war zu spät dran. Erzähl, Gabe, was hast du gesehen?"

„Ich habe überhaupt keinen König gesehen, sondern einen Baum. Die Blätter waren so leuchtend, dass es aussah, als würde er brennen."

„Ich weiß."

„Du weißt es schon?" Gabriel klang enttäuscht.

„Ich hab eine Zauberformel gefunden. Ich wollte es euch ja erzählen, aber dann bin ich zu spät gekommen."

Plötzlich rumste es am anderen Ende so laut, dass Charlie beinah das Handy hätte fallen lassen.

„Entschuldige", sagte eine undeutliche Stimme. „Springmaus ist entwischt. Muss Schluss machen und wieder einfangen. Bis nachher um vier."

„Tschüss ..." Charlie gab das Handy seinem Onkel zurück. „Gabriel hat einen Baum gesehen."

„Dann passt ja alles zusammen." Onkel Paton steckte das Handy ein.

„Warum können wir nicht jetzt schon gehen?", sagte Charlie ungeduldig. „Warum erst um vier?"

„Sonnenuntergang", sagte Onkel Paton. „Außerdem sind ja noch andere Leute mit von der Partie. Zuerst muss alles bereit sein. Ach übrigens, das hier musst du an dich nehmen." Er hielt ein kleines Glasfläschchen hoch.

„Warum?"

„Für den Fall, dass alles andere versagt."

„Onkel Paton, kannst du nicht aufhören, in Rätseln zu sprechen?" Charlie nahm das Fläschchen und steckte es in die Tasche.

„Schau, Charlie, dieser Zauber – bei uns stimmen schon mal die Zahlen nicht. Mr Onimous ist weit über zwanzig. Vielleicht funktioniert es ja nicht so, wie wir hoffen." Onkel Paton zuckte die Achseln. „Bewahr das Fläschchen da gut auf. Für die Tränen."

Die nächste Stunde verging quälend langsam. Schließlich hielt Charlie es nicht mehr aus. Er klopfte laut an die Zimmertür seines Onkels und rief: „Können wir jetzt gehen, Onkel Paton?"

Grandma Bone beugte sich aus der Badtür und wollte wissen, was dieser Lärm sollte. Charlie hatte ganz vergessen, dass es seine Großmutter überhaupt gab, und ihr plötzliches Auftauchen war ein richtiger Schock.

„Entschuldige, Grandma", stotterte er. „Onkel P. und ich wollten nur einen Spaziergang machen."

„Um diese Tageszeit? Red doch keinen Unsinn", sagte Grandma Bone.

Onkel Paton machte seine Tür auf und sagte: „Er redet keinen Unsinn. Wir gehen in den Park."

„Das ist ja noch unsinniger", sagte seine Schwester. „Das gibt doch mit Sicherheit Unfälle. Apropos", fuhr sie fort, „ich habe veranlasst, dass Maisie verlegt wird."

„Verlegt!", rief Charlie. „Wohin?"

„Ich dulde es nicht, dass sie noch länger im Bad herumliegt", war alles, was Grandma Bone sagte.

„Grizelda!", donnerte Paton. „Wie kannst du so von Maisie sprechen. Sie ist ein großartiger Mensch. Was hast du veranlasst? Sag es mir auf der Stelle."

„Du meine Güte! Wir sitzen heute aber auf dem hohen Ross", sagte Grandma Bone höhnisch. „Wenn du es unbedingt wissen willst, dieser nette Mr Weedon hat sich bereit erklärt, morgen zu kommen und Maisie zu holen. Er wird einen Plastiksack mitbringen, damit sie den Teppichboden nicht volltropft, und dann schafft er sie fort, in ...", sie wedelte wegwerfend mit der Hand, „... woandershin."

„Er wird nichts dergleichen tun", erklärte Paton. „Wenn Mr Weedon unsere Maisie auch nur anfasst, schmeiße ich ihn eigenhändig raus."

„Das glaubst du doch wohl selbst nicht", sagte Grandma Bone. „Er hat Muskeln wie aus Stahl." Mit einem spöttischen Lächeln rauschte sie in ihr Zimmer.

Paton stand sprachlos da, die Arme steif am Körper, die Fäuste geballt.

„Komm, Onkel Paton." Charlie zupfte seinen Onkel am Ärmel. „Wir gehen."

Ehe sie das Haus verließen, brachte Charlie die weiße Motte ins Bad und ließ sie fliegen, wohin sie wollte. Sie setzte sich auf Maisies gefrorene Löckchen.

„Pass auf sie auf", bat Charlie die Motte.

Während sie durch die sonntäglich leere Stadt gingen, fühlte sich Charlie, als ob die ganze Welt über ihm zusammenbräche. Wenn der Zauber nicht wirkte, was würde dann aus ihm werden?

Die Atmosphäre im *Café zum Glücklichen Haustier* hob seine Laune beträchtlich. Alle Tische waren besetzt und erwartungsvolles Gemurmel erfüllte den Raum. Die Onimouses hatten Mühe, alle zu bedienen. Sie flitzten hinterm Tresen hin und her, füllten Näpfe auf, versorgten Tiere, die eine spezielle Kost brauchten, und schenkten Tee ein.

Die vielköpfige Familie Gunn hatte einen ganzen Tisch in Beschlag genommen. Sie hatten sogar Instrumente dabei, bemerkte Charlie.

Fidelio winkte ihn herbei. „Wir dachten, wir unterhalten alle ein bisschen, während ihr tut, was ihr zu tun habt – du weißt schon."

„Tolle Idee!", sagte Charlie und blickte sich im Café um. „Ich sehe gar keine Looms."

„Hab gehört, sie hätten Probleme mit ihren Hunden", sagte Fidelio. Er wandte sich an seine kleinste Schwester, Mimi, die angefangen hatte, ihre Geige zu stimmen. „Noch nicht, Mimi! Wünsch Charlie erst mal viel Glück!"

Als sie das hörten, sangen sämtliche Mitglieder der Familie Gunn: „Viel Glü-hück, Charlie Bo-hone!"

Mehrere Gäste drehten sich nach Charlie um. Er wurde feuerrot, zog sich vom überfüllten Tisch der Gunns zurück und setzte sich zwischen Benjamin und Mrs Brown.

„Sogar Lysanders Dad ist da", erklärte ihm Benjamin. „Guck, Homer sitzt auf seinem Kopf."

Charlie war beeindruckt, zumal der Richter Onkel Paton freundlich zunickte, als der vorbeiging. Falls andere Gäste erstaunt über den Andrang waren, ließen sie es sich nicht anmerken, jedenfalls nicht so lange, bis Tancred mit seinen Eltern kam. Kaum dass Mr Torsson einen Fuß ins Café gesetzt hatte, ließ ein eisiger Windstoß alle Tiere schleunigst Deckung suchen.

„Verzeihung, meine Lieben!", sagte Mr Torsson mit dröhnender Stimme. „War nicht persönlich gemeint. Kann nicht anders." Er setzte sich neben den Richter, den er ganz gut kannte, und seine Frau quetschte sich neben Mrs Sage. Tancred teilte sich einen Stuhl mit Lysander.

Billy hatte bei den Silks Platz gefunden und Rembrandt, der mitten auf dem Tisch saß, genoss die Aufmerksamkeit mehrerer weiblicher Springmäuse.

Mrs Vertigo hatte es mit der Unscheinbarkeit fast schon übertrieben. Mit der grauen Perücke, dem abgewetzten grauen Regenmantel und dem ungeschminkten, blassen Gesicht wäre sie nicht zu erkennen gewesen, hätte nicht Olivia neben ihr gesessen. Miss Ingledew stieß einen kleinen Überraschungslaut aus, als ihr klar wurde, wer da neben ihr saß.

„Ich weiß ja nicht, was du all diesen Leuten gesagt

hast", flüsterte Miss Ingledew Paton zu, als er sich auf den Stuhl an ihrer anderen Seite setzte. „Aber funktioniert hat es offensichtlich."

Paton zwinkerte ihr zu und drückte kurz ihre Hand.

Charlie suchte den Raum nach Naren ab. Keine Spur von ihr. Er warf seinem Onkel einen verzweifelten Blick zu und schüttelte den Kopf.

„Was ist denn?“, fragte Mrs Vertigo mit einer zittrigen Altfrauenstimme.

„Ich glaube, Charlie will mir mitteilen, dass jemand, mit dem wir gerechnet haben, nicht da ist“, sagte Paton. „Was mich allerdings nicht erstaunt.“ Während er das sagte, blickte er zur Tür und ein Ausdruck der Erleichterung huschte über sein Gesicht, als Bartholomäus Bloor das Café betrat, gefolgt von Naren und ihrer Mutter.

Bartholomäus sah Paton sofort. Einen Mann, der eine dunkle Brille trug und einen Kopf größer war als alle Übrigen, konnte man auch schwer übersehen. Bartholomäus kam geradewegs auf Paton zu und sagte brummig: „Paton, ich möchte dir meine Frau Meng und meine Tochter Naren vorstellen.“

Paton stand auf und gab beiden die Hand.

„Und ich möchte mich entschuldigen“, fuhr Bartholomäus ein wenig linkisch fort. „Charlie hat mich gezwungen, mir einmal selbst ins Gesicht zu sehen, und ich möchte, dass ihr wisst, dass ich *nicht* so bin wie der Rest meiner Familie.“

„Natürlich nicht“, sagte Paton und nahm Bartholomäus’ Hand in beide Hände.

Bartholomäus sagte mit gesenkter Stimme: „Also, was sollen wir tun, während die Kinder … anderweitig beschäftigt sind?"

„Nichts, Bart", sagte Paton. „Einfach nur wachsam sein. Ich denke, wir sollten gleich anfangen." Er sah auf seine Armbanduhr und sagte dann zu Naren: „Liebes Kind, würdest du bitte zu Charlie hinübergehen und ihm ganz leise sagen, dass es so weit ist. Dann geh mit ihm zum Tresen. Er weiß, was er zu tun hat."

„Ja, Mr Darkwood." Eifrig lächelnd zwängte sich Naren zu Charlie durch. „Es ist so weit", flüsterte sie ihm ins Ohr.

Charlie stand auf und Benjamin rief ihm zu: „Viel Glück, Charlie!"

Als Charlie mit Naren zum Tresen ging, tippte er unterwegs Tancred und Lysander auf die Schulter. Die beiden Jungen ließen sich nicht anmerken, dass sie etwas gespürt hatten, aber eine Minute nachdem Charlie und Naren um den Tresen verschwunden waren, standen sie auf und folgten ihnen. Unterwegs stubste wiederum Tancred Billy und Gabriel in den Rücken.

Die Küche der Onimouses füllte sich nach und nach mit sonderbegabten Kindern. Es fiel kein Wort. Allen war klar, dass dies vielleicht der wichtigste Tag ihres Lebens war.

Mrs Onimous hatte Una eine Tasse beruhigenden

Kamillentee zu trinken gegeben und die Kleine war tatsächlich viel ruhiger als sonst, obwohl ihre dunklen Augen vor freudiger Spannung funkelten.

Charlie bemerkte, dass ein paar von den anderen Naren neugierig musterten, und stellte sie rasch als eine Freundin vor, die sich lange versteckt gehalten hatte. „Sie hat auch eine tolle Gabe“, setzte er hinzu.

Als alle neun Kinder versammelt waren, räusperte sich Mr Onimous und hielt eine kleine Ansprache. „Ähem, wir alle wissen, warum wir hier sind, aber bevor wir die Sache angehen, möchte ich nur kurz sagen, dass ich euch jetzt etwas zeigen werde, was seit Jahrhunderten streng geheim ist. Es ist ein unterirdischer Gang, von dem niemand außer meiner Familie weiß – ausgenommen unser Freund Charlie hier – und der direkt ins Rote Schloss führt. Ich möchte euch inständig bitten, niemandem davon zu erzählen. Habe ich euer Wort?“

Alle murmelten ernst: „Ja, Sir.“

„Danke. Ich werde mit Una vorangehen. Ich schlage vor, ihr Übrigen folgt mir im Gänsemarsch.“ Mr Onimous nahm eine Laterne vom Tisch und ging auf eine schmale Tür am anderen Ende der Küche zu.

„Entschuldigung“, rief Tancred, „aber weiß denn irgendjemand, wo wir hinmüssen, wenn wir in der Ruine sind?“

„Ja“, sagte Emma ruhig. „Da sind zwei alte Mauern. Sie führen ungefähr eine Meile parallel geradeaus und winden sich dann immer im Kreis herum wie ein Schneckenhaus. Der König ist auf einer runden Lichtung ganz in der Mitte."

Bei der Erwähnung des Königs stellten sich alle schweigend hintereinander auf. Mr Onimous öffnete die Tür und Charlie, der direkt hinter ihm ging, fand sich in dem vertrauten Vorratsraum. Als sie in die Höhle kamen, wo sich hinter einem Sack Kartoffeln die Geheimtür verbarg, wartete Mr Onimous, bis sich alle Kinder in dem kleinen, modrigen Raum drängten.

„Wir betreten jetzt gleich den unterirdischen Gang", sagte Mr Onimous fast flüsternd. „Macht euch darauf gefasst, dass es dort sehr dunkel, feucht und ein bisschen stickig ist. Der Gang ist sehr lang. Lysander, mein Freund, ich würde sagen, du bildest mit Tancred die Nachhut. Ihr anderen könnt euch irgendwo dazwischen einreihen. Lysander schließt die Tür, wenn alle durch sind. Können wir?"

Alle nickten.

Mr Onimous zerrte einen großen Sack von der Wand weg und zum Vorschein kam eine sehr niedrige, uralte Tür. Der kleine Mann griff in seine Wolljacke und brachte einen Schlüssel an einer Goldkette zum Vorschein. Er steckte ihn ins Schloss, drehte ihn einmal herum und die Tür schwang knarrend auf. Sie war nicht höher als Mr Onimous und die größeren Jungen mussten die Köpfe einziehen.

Mr Onimous hielt die Laterne so hoch, wie er irgend konnte, nahm Una fest an die Hand und ging voran. Emma folgte gleich hinter ihm, um ihm Anweisungen geben zu können, wenn sie erst einmal in der Ruine waren. Naren schloss sich Emma an und Billy reihte sich hinter der jungen Chinesin ein. Dann kam Charlie, gefolgt von Olivia und Gabriel, Tancred und Lysander bildeten das Schlusslicht.

Alles, was Mr Onimous über den unterirdischen Gang gesagt hatte, erwies sich als wahr, nur dass es noch dunkler, feuchter und stickiger war, als irgendjemand erwartet hatte. Gabriel fing an zu husten. Charlie atmete tief und stützte sich an der feuchten Wand ab. Olivia schrie leise auf, als sie über einen Stein stolperte, auf Charlie prallte und hinfiel.

„Ich seh gar nichts“, stöhnte Olivia.

„Du konntest dir's wohl nicht verkneifen, diese spitzen Stiefel mit den hohen Absätzen anzuziehen, was?“, sagte Charlie, als er sie hochzog.

Die Laterne war jetzt weit voraus und die Kinder ganz hinten traten sich immer wieder gegenseitig in die Hacken. Charlie wollte gerade mit Olivia den Platz tauschen, als Billy sich plötzlich umdrehte und ihm eine brennende Kerze hinhielt.

„Weitergeben“, flüsterte Billy. „Ich hab fünf.“

Charlie gab die Kerze Olivia und flüsterte: „Weitergeben.“

Als alle fünf Kerzen hochgehalten wurden, war es,

als erfüllte helles Mondlicht den unterirdischen Gang. Aber die Kerzen spendeten nicht nur Licht, sie schienen den ängstlichen Kindern auch wohlzutun: Die Luft kam ihnen frischer vor, ihre Füße waren auf einmal leichter und obwohl sie noch fast eine Meile zurücklegen mussten, ging die Zeit ganz schnell vorbei.

Endlich traten sie aus dem Gang in ein Wäldchen von schlanken Birken. Direkt vor ihnen begannen die beiden Mauern.

„Nicht rennen", befahl Mr Onimous. „Vorsicht jetzt."

Der Weg zwischen den Mauern führte zunächst noch durch den Birkenwald, aber nach wenigen Schritten war über ihnen nur noch ein blauer Himmel mit leuchtend roten Wolkenstreifen.

„Sonnenuntergang", sagte Charlie zu sich selbst.

Wieder waren alle verstummt. Es waren nur noch ihre Schritte auf dem alten, steingepflasterten Weg zu hören. Als sich der Weg schneckenförmig zu winden begann, schlug Charlies Herz so wild, dass er die Hand daraufpressen musste.

„Gleich", flüsterte Emma ihm ins Ohr.

Und dann waren sie da.

Die Königin wartete neben dem Baum auf sie. Sie wieherte leise, trottete auf sie zu und warf grüßend den Kopf nach hinten. Dann ging sie davon und ließ die Kinder mit dem König allein.

Sie blickten mit großen Augen an dem hohen Baum empor, aber ihnen fehlten die Worte. Sie sahen die dunklen Ströme, die sich den Stamm hinabzogen, und traten instinktiv näher heran.

Charlie hatte den Zauber Wort für Wort auswendig gelernt. Er fasste erst Billy an der Hand, dann Naren und begann die Zeilen vor sich hinzumurmeln. Die anderen fassten sich ebenfalls an den Händen, mussten sich aber alle unter die ausladenden Äste ducken, um einen geschlossenen Kreis zu bilden.

„Dreimal", flüsterte Charlie. „*Schreiten um ihn herum und herum, bis dass seine Tränen wieder klar.*"

Sie gingen in einer Art Ringelreihen um den Baum herum. Ihre Gesichter waren jetzt ganz ernst und alle sahen gebannt auf die blutroten Tränen.

Einmal, zweimal, dreimal um den Baum herum. Als sie die dritte Runde beendet hatten, zog Charlie an Billys Hand und ging schneller.

„Wir sind doch schon dreimal herum", sagte Billy.

„Weiter", drängte Charlie verzweifelt.

Die Tränen des Königs waren so rot wie eh und je, aber Charlie wollte nicht aufgeben. Sie umkreisten den Baum immer weiter, bis ihnen ganz schwindlig war. Und dann brach Mr Onimous aus dem Kreis aus und sagte mit tränenfeuchten Augen: „Es geht nicht, Kinder. Das liegt an mir. Ich bin das Problem. Man kann niemandem weismachen, dass ich noch keine zwanzig bin. Derjenige, der diesen Zauber aufgeschrieben hat, hat es wortwörtlich gemeint."

Alle sahen auf die Lücke zwischen Olivia und Emma, aber niemand sonst brachte es über sich, den Kreis zu unterbrechen. Sie standen unter dem Baum, während Mr Onimous in seine Hände schluchzte und am Himmel nach und nach dunkle Wolken aufzogen. Es wurde so dämmrig unter den ausladenden Ästen, dass sie kaum noch die Gesichter der anderen erkennen konnten. Aber irgendetwas hielt sie fest.

Das hohe Gras am Rand der Lichtung zitterte und raschelte, obwohl kein Wind wehte. Etwas kam aus dem Gras gekrochen und stand auf.

„Das Untier", sagte Mr Onimous und seine Stimme bebte vor Angst.

„Asa", flüsterte Charlie.

Es kam auf ihren Kreis zu: eine dunkle, haarige, gelbäugige Kreatur. Niemand rührte sich. Das Untier schlich in die Lücke zwischen den beiden Mädchen, Schließlich fasste sich Emma ein Herz und legte ihm die Hand auf den Kopf. Olivia, die Emma sprachlos angestarrt hatte, machte es ihr nach.

Die anderen sahen verblüfft, wie das Untier duldete, dass die beiden Mädchen in sein langes, raues Fell fassten. Der Kreis war wieder geschlossen.

Wortlos setzten sich die Kinder wieder in Bewegung und das Untier bewegte sich mit. *Um den König, herum und herum.*

Charlies Blick war fest auf den zerfurchten Stamm geheftet. Die blutroten Tränen liefen schneller, ergossen sich auf die feuchte Erde und rannen in dünnen, glänzenden Rinnsalen davon.

Die Kinder begannen die zweite Runde. Die graue Baumrinde war jetzt von dunklen Strömen überschwemmt und am Fuß des Baumes bildete sich eine Pfütze.

Um den König, herum und herum.

Jetzt ging es in die dritte Runde. Und diesmal riss Charlie den Blick von den schrecklichen Tränen los. Sie ließen nicht nach. Sie werden immer weiter und weiter fließen, dachte Charlie, und irgendwann werden wir alle bis an die Knie in einem blutroten Teich stehen.

Die Tränen flossen jetzt so schnell, dass die Luft in Bewegung geriet und die Äste seufzten. Das leise Lüftchen wurde zu einem heftigen Wind, der ihnen ins Gesicht wehte, ihre Haare zerzauste, durch ihre Wintersachen blies. Ein frischer, stürmischer Wind.

„Schau, Charlie, schau da!“, rief Billy.

Charlie traute sich nicht hinzugucken. Ein kalter Tropfen platschte ihm ins Gesicht.

„Da! Schaut! Da!“, fielen andere Stimmen ein.

Charlie zwang seinen Blick zu dem Baum zurück. Regen prasselte durchs Geäst und lief den grauen Stamm hinab. Die vielen Tränen, die die tiefen Furchen hinabströmten, waren jetzt wasserklar.

Die Kinder ließen ihre Hände sinken. Sie sahen durchs Geäst empor und der Wind wehte ihnen rotgoldene Blätter ins Gesicht. Die rein gewaschene Rinde schimmerte perlgrau, als der Wind die Herbstlaubrobe des Königs davontrug. Blätter segelten durch die Luft wie tanzende Flammen, über die Mauern des Schlosses, über die Häuser hinweg, rotgoldene Wolken, die sich auf die Stadt herabsenkten, auf Dächer und Gärten, Gassen und Straßen – mitten im Winter ein Teppich von Herbstgold.

In einer Luxuswohnung auf dem Dach des *Kaufrausches* starrte Amy Bone voller Abscheu auf ihren Ringfinger. Dann machte sie das Fenster auf, zog ihren Smaragdring ab und warf ihn hinaus.

„Nei-i-in!“, brüllte der Seelenbetörer. Doch eine Wolke von leuchtenden Blättern wehte herein und fegte ihn zum Fenster hinaus, ein wirbelndes grünes Etwas, umzüngelt von roten Flammen.

Amy seufzte auf, schloss das Fenster und verließ das Kaufhaus.

Im Haus Filbert Street Nummer neun erwachte Maisie Jones gänzlich bekleidet im Bad und setzte sich auf. Eine weiße Motte mit silbernen Flügelspitzen saß auf ihren Knien.

„Du meine Güte“, sagte Maisie zu der Motte. „Wer hat das Fenster offen gelassen?“ Denn sie war von oben bis unten mit Blättern bedeckt.

Selbst in die Bloor-Akademie fanden die Blätter ihren Weg. Mithilfe des heftigen Windes drückten sie das mächtige Portal auf und sausten in die Halle. Sie wirbelten die Treppe hinauf, tanzten durch Gänge, raschelten Wände entlang, flutschten durch Ritzen und unter Türen hindurch.

„Haltet sie auf! Haltet sie auf!“, schrie der alte Ezekiel, während er sich mit seinem Rollstuhl gegen die Blätterflut zu stemmen versuchte.

„Was geht hier vor?“, fragte Dr. Bloor und sah seinen Sohn an.

„Woher soll ich das wissen? Wir bleiben wohl besser, wo wir sind.“ Manfred fasste Ezekiels Rollstuhl an den Griffen, schob ihn in Dr. Bloors Arbeitszimmer und verriegelte die Tür. „Hier kriegen sie uns nicht“, sagte er und rieb sich die Hände, dass die Funken flogen.

Ganz oben im Musikturm sah Mr Pilgrim Blätter wie Glühwürmchen vor seinem Fenster tanzen. Irgendwo in seinem Hinterkopf regten sich Namen. Er strengte sich an, sich an sie zu erinnern. Er hatte das Gefühl, durch tiefes, dunkles Wasser emporzutauchen. Er sah ein Gesicht. Dann war es wieder weg.

Vor dem Café *Zum glücklichen Haustier* scharten sich Eltern und Kinder im Freien, um die glühenden Blätter durch die Luft fliegen zu sehen.

Bartholomäus Bloor wollte sich gerade mit seiner Familie davonmachen, als Charlie ihn am Ärmel festhielt. „Danke, Mr Bloor", sagte er. „Der Zauber aus Ihrem Tagebuch hat es geschafft."

„Hat was geschafft, Charlie?", fragte der Weltreisende. „Finde lieber erst mal heraus, was passiert ist, bevor du mir dankst."

„Okay. Aber trotzdem gute Nacht!"

Dieses Mal lächelte Bartholomäus. „Gute Nacht, Charlie. Ich wünsche dir Glück."

Als sie davongingen, drehte sich Naren noch einmal um und winkte Charlie fröhlich zu. „Er ist gar nicht so übel", rief sie. „Bis dann, Charlie Bone!"

Auch andere Familien eilten jetzt davon, die Kinder noch immer ganz aus dem Häuschen, die Eltern erfreut, aber doch auch erpicht darauf, nun wieder ihr normales Leben fortzusetzen. Eine Aufgabe war erledigt, ein Wunsch erfüllt, aber ehe Charlie Bone nicht zu Hause war, würde niemand wissen, was dabei herausgekommen war.

Nachdem Charlie versprochen hatte, alle seine Freunde anzurufen, egal, ob er gute oder schlechte Nachrichten hatte, machten er und Onkel Paton sich auf den Weg in die Filbert Street.

Als sie die Kerzen auf der Küchenfensterbank von Nummer neun sahen, wussten sie, dass sich etwas verändert hatte. Grandma Bone wäre nie so aufmerksam und rücksichtsvoll gewesen. Charlie stürmte die Eingangstreppe hinauf und sein Onkel folgte ihm mit langen Schritten.

Sie fanden Amy und Maisie bei einem Tässchen Tee.

„Wo wart ihr denn bloß?“ Charlies Mutter drückte ihren Sohn ganz fest. „Ich habe mir solche Sorgen gemacht.“

Er fragte sie nicht, wo sie gewesen war. Er wusste, sie würde es ihm nicht sagen können. „Schön, dass du da bist, Mum“, sagte er leise.

„Ich weiß nicht, was mit dem Wetter ist“, sagte Maisie, „aber ich fühle mich ganz komisch. Es ist so heiß hier drinnen.“

„Es ist NICHT heiß!“, rief Grandma Bone aus der Diele. „Es ist verflixt noch mal eiskalt. Sag doch mal jemand dieser Frau, dass sie spinnt.“

„Wie kämen wir dazu, Grizelda?“, sagte Paton. „Ich finde es brütend heiß.“

In der Küche brach schallendes Gelächter aus, während Grandma Bone wieder ins Wohnzimmer stapfte und die Tür zuknallte.

Maisie hatte es tatsächlich geschafft, einen großen Marmeladen-Biskuitkuchen zu backen – eine ganz schöne Leistung für jemanden, der noch vor einer Stunde tiefgefroren gewesen war.

Die vier setzten sich zu einem fast normalen Nachmittagstee an den Tisch und als Paton den richtigen Zeitpunkt für gekommen hielt, nahm er behutsam Amys Hand. „Amy, wir haben deinen Mann gefunden.“

„Lyell?“ Amy fasste sich ans Herz. „Wo?“

Mit Charlies Unterstützung erzählte ihr Paton alles, was sie erfahren sollte. Wie Lyell von Manfred Bloor hypnotisiert worden war, als dessen schreckliche kindliche Kräfte gerade auf ihrem Höhepunkt gewesen waren. Und wie Charlie mithilfe des Spiegels der Amoret seinen Vater gefunden hatte. Den Seelenbetörer erwähnte keiner von beiden und vorerst hielten sie es auch für besser, nichts von Maisies Gefrierschlaf verlauten zu lassen.

„Wird er wieder aufwachen?“, fragte Amy. „Was sollen wir tun?“

„Es kann sein, dass er kurz vor dem Aufwachen ist“, sagte Paton ernst. „Aber dazu braucht es vielleicht noch ein bisschen mehr. Es waren ja immerhin zehn Jahre.“

Amy sprang von ihrem Stuhl auf. „Ich muss sofort zu ihm, jetzt gleich.“

„Nein“, sagte Paton. „Noch nicht. Lyell wurde Schlag Mitternacht hypnotisiert. Wir müssen bis gegen Mitternacht warten. Die Turmuhr der Kathedrale wird helfen, ihn aufzuwecken. Aber da ist noch etwas.“ Er wandte sich an Charlie und fragte leise: „Die Tränen des Königs?“

„Hab ich“, sagte Charlie.

„Und, Amy“, sagte Paton und nahm behutsam ihre linke Hand, „dürfte ich dich bitten, deinen Ring wieder anzustecken?“

Amy blickte verblüfft auf ihre nackten Finger. „Wieso hab ich ihn nicht an?" Sie rannte nach oben.

Um zehn nach elf, als Grandma Bone vor ihrem Fernseher eingenickt war, wurde sie plötzlich von einem Geräusch in der Diele geweckt. Sie sah Amy und Charlie in Stiefel und Mäntel schlüpfen. Es hatte wieder zu schneien begonnen.

„Wo wollt ihr zwei denn um diese Zeit noch hin?", knurrte Grandma Bone.

Paton kam aus der Küche und sagte: „Wir haben deinen Sohn gefunden, Grizelda."

Grandma Bone stieß einen erstickten Schrei aus und starrte Paton entsetzt an. Die Kinnlade war ihr heruntergefallen und sie klammerte sich am Türrahmen fest.

Paton ging auf sie zu. „Du hast ihn gut vor uns versteckt. Was für eine teuflische List, ihn praktisch vor unserer Nase gefangen zu halten. Aber jetzt wissen wir, wo er ist, und Amy und Charlie werden ihn nach Hause holen."

Grandma Bone wankte rückwärts und sackte in einen Sessel. „Verstehe", flüsterte sie.

Mitternacht

Das Schneetreiben wurde immer stärker, während Amy und Charlie zu Fuß zur Bloor-Akademie gingen.

„Echter Schnee“, sagte Charlie und hielt die Hand auf, um die Flocken aufzufangen. „Nicht Tancreds magisches Zeug.“

Amy lachte. „Komm, Charlie, wir müssen uns beeilen, sonst schneien wir noch ein.“

Sie hatten sich vorgenommen, so lange zu klopfen, bis die Bloors sie hereinließen, aber als sie durch den Innenhof gingen, sahen sie, dass das große Portal weit offen stand. Blätter fegten durch die Halle und auf den Steinfliesen lag Schnee. Aus dem Buntglasfenster der Kapelle fiel Licht in den Hof.

Jemand spielte Orgel.

Charlie fasste seine Mutter an der Hand und führte sie zum Eingang der Kapelle. Rotgoldene Blätter segelten durch die offene Tür. Drinnen schwebten sie in der Luft wie leuchtende Schmetterlinge. Lyell Bone saß an der Orgel am anderen Ende.

Charlies Mutter rannte den Mittelgang entlang und rief ihren Mann beim Namen. Er sah auf, aber ohne jedes Zeichen des Erkennens. Charlie folgte seiner Mutter. Nebeneinander standen sie da, während Lyell sie verwirrt anstarrte. „Kennen wir uns?“, fragte er.

Die Turmuhr der Kathedrale begann, Mitternacht zu schlagen. Charlie zog das kleine Glasfläschchen heraus. Er entkorkte es und hielt es seinem Vater hin.

„Ist das für mich?“ Stirnrunzelnd musterte Lyell das Fläschchen. „Was soll ich damit?“

Das wusste Charlie auch nicht genau. Er wollte seinem Vater gerade sagen, er solle sich das Wasser in die hohle Hand schütten, aber in dem Moment sprang jemand hinter der Orgel hervor und schlug ihm das Fläschchen aus der Hand.

„So!“ Manfred kickte das zerbrochene Fläschchen weg. „Das war's wohl mit deinen Spielchen, Charlie Bone!“ Doch sein Grinsen verschwand plötzlich und er starrte entsetzt auf die Haufen hereingewehter Blätter. Irgendwie hatten sie feste Gestalt angenommen. Drei riesige Katzen, so groß wie Leoparden, kamen in gewaltigen Sätzen durch den Mittelgang auf sie zugesprungen und fixierten Manfred mit ihren goldenen Augen.

Vor Angst wimmernd rannte Manfred zum Seitengang, verfolgt von den Katzen. Mit mächtigem Raubtiergebrüll jagten sie ihn aus der Kapelle und als die Uhr Mitternacht schlug, hörte Charlie einen schrecklichen, lang gezogenen Schrei – dann war es still.

Lyell Bone stand auf und schüttelte den Kopf, als verstünde er nicht recht, was er gesehen hatte.

„Lyell!“, sagte Amy verzweifelt. „Oh, Lyell, wirst du nie mehr aufwachen?“

Charlie blickte auf das zerbrochene, ausgelaufene Fläschchen. Die Tränen des Königs waren verloren.

Lyell lächelte schwach. Das Glänzen von nassem Glas hatte sein Interesse geweckt. Er bückte sich, um das zerbrochene Fläschchen aufzuheben, schnitt sich aber an den Scherben.

„Autsch!“ Lyell setzte sich hin und steckte den blutenden Finger in den Mund. Er schmeckte etwas sehr Seltsames: Es war warm und unendlich tröstlich. Er betrachtete die beiden, die vor ihm standen. Die eine kannte er sehr, sehr gut. Der andere musste …

„Amy?“, sagte er. „Und Charlie?“

Charlie sah zu, wie sich seine Eltern in die Arme fielen. Und er wünschte sich, dieser Augenblick würde nie vorübergehen. Doch dann winkte sein Vater.

Die Kinder des Roten Königs

Alle Kinder an der Bloor-Akademie, die besondere Gaben besitzen, sind Nachfahren des Roten Königs, eines großen Magiers, der vor tausend Jahren in Begleitung seiner drei Leoparden Afrika verließ.

Manfred Bloor ist der Sohn des Direktors der Bloor-Akademie. Seit seinem Schulabschluss ist er dort pädagogische Hilfskraft. Er stammt von Borlath ab, dem grausamen ältesten Sohn des Roten Königs. Manfreds hypnotische Kräfte haben zwar nachgelassen, aber er entwickelt gerade eine neue magische Fähigkeit.

Asa Pike ist Abkömmling eines Stammes, der in den Wäldern des Nordens lebte und wilde Bestien als Haustiere hielt. Asa kann sich nach Sonnenuntergang in ein Untier verwandeln und scheint überhaupt tierische Instinkte zu besitzen.

Billy Raven ist der Nachfahre eines Mannes, der sich mit den Raben unterhielt, die auf dem Galgen saßen, und wegen dieser Gabe aus seinem Dorf vertrieben wurde. Billy spricht die Sprache der Tiere.

Lysander Sage stammt von einem Geschlecht mächtiger afrikanischer Zauberer ab. Er kann die kampflustigen Geister seiner Ahnen herbeirufen.

Tancred Torsson ist Nachfahre eines skandinavischen Unwettermachers, der nach dem Donnergott Thor benannt war. Tancred kann Sturm, Regen, Blitz, Donner und neuerdings auch Schnee heraufbeschwören.

Gabriel Silk entstammt einer Sippe von Gedankenlesern, die ursprünglich in Italien beheimatet war. Gabriel kann die Gedanken und Gefühle anderer Menschen wahrnehmen, indem er deren Kleidungsstücke berührt oder anzieht.

Emma Tolly ist die Nachfahrin eines spanischen Ritters aus Toledo, der den Roten König auf seinen Reisen begleitete. Er heiratete eine Tochter des Roten Königs. Emma kann sich in einen Vogel verwandeln.

Charlie Bone entstammt dem Geschlecht der Darkwoods, einer Sippe mit vielerlei Zaubergaben. Charlie kann Stimmen von Menschen auf Gemälden und Fotos hören und auch in solche Bilder hineingehen.

Dorcas Loom kann Kleidungsstücke verhexen. Eine ihrer Vorfahrinnen, Lola Defrange, strickte angeblich einen Schrumpf-Schal, während sie mit Begeisterung der Hinrichtung der französischen Königin im Jahre 1793 zusah.

Idith und ***Inez Branko*** sind praktisch ununterscheidbare Zwillinge. Sie haben telekinetische Fähigkeiten, das heißt, sie können Gegenstände durch Gedankenkraft bewegen.

Joshua Tilpin verfügt über magnetische Kräfte, die auf Dinge, aber auch auf Menschen wirken. Die längste Zeit wusste niemand, wo er herkam, selbst die Bloors nicht. Er hatte eines Tages ganz alleine vor ihrer Tür gestanden und wollte an der Schule aufgenommen werden. Sein Schulgeld wurde über eine Privatbank bezahlt.

Naren Bloor stammt aus China und erhielt den Namen Bloor durch Adoption. Über ihre leibliche Familie ist fast nichts bekannt, außer dass sie vom Roten König abstammt. Naren hat die Gabe, bei Mondschein Botschaften aus Schattenbuchstaben verschicken zu können. Sie ist nicht an der Bloor-Akademie, sondern lebt mit ihren Eltern versteckt im Wald.

Una Onimous ist die kleine Nichte von Orvil Onimous, dem Betreiber des Cafés *Zum glücklichen Haustier*. Una hat die Gabe, sich unsichtbar zu machen.

Beatrice Bloor
geb. 1835
Hexe

Bertram Babington Bloor ⚭ **Donatella da Vinci**

Bertram Babington Bloor
geb. 1840
Nach der Lektüre von Mary Shelleys *Frankenstein* versuchte der Wissenschaftler und Magier einen künstlichen Menschen zu erschaffen – erfolglos.

Donatella da Vinci
geb. 1845
Tochter eines italienischen Zauberers. Assistierte Bertram, kam jedoch bei einem seiner Experimente durch einen Stromschlag zu Tode.

Gideon ⚭ **Gudrun Solensen**

Gideon
geb. 1875
Mathematiker. Für seine Verdienste als Hauslehrer einer Prinzessin zum Ritter geschlagen. Weder sonderbegabt noch an Magie interessiert.

Gudrun Solensen
geb. 1876
Hobbysängerin

Ezekiel ⚭ **Hilda Hansoff**

Ezekiel
geb. 1902
Verzogen und hinterlistig, miserabler Zauberer. Führte die Experimente seines Großvaters fort.

Hilda Hansoff
geb. 1902
Botanikerin. Starb an Vergiftung durch eine seltene Pflanze.

Bartholomäus ⚭ **Mary Chance**

Bartholomäus
geb. 1930
Bergsteiger. Nicht sonderbegabt. Im Himalaja verschollen.

Mary Chance
geb. 1930
Tänzerin. Tanzte sich nach Barts Verschwinden zu Tode.

Maisie Jones
geb. 1935
Witwe

Harold ⚭ **Dorothy de Vere**

Harold
geb. 1955
Nicht sonderbegabt, interessiert sich aber für die Experimente seines Großvaters.

Dorothy de Vere
geb. 1957
Geigerin

Manfred
geb. 1985
Hypnotiseur

Yorath Darkwood
geb. 1850
Gestaltwandler

Vera Kuragina
geb. 1862
Hypnotiseurin

Grace Bloor
geb. 1885
Malerin. Nicht sonderbegabt.
Lebte bei ihrem Sohn und
ihrem Enkel Paton, bis sie
mit achtzig starb.

Manley
geb. 1884
Soldat. 1918 im
Ersten Weltkrieg
gefallen.

Yolanda
geb. 1900
Gestaltwandlerin.
Erbte das
väterliche Schloss.

Henry
geb. 1905
Verschwand mit
elf Jahren. Nicht
sonderbegabt.

Daphne
geb. 1908
Hellseherin.
Starb 1916
an Diphterie.

James
geb. 1910
Historiker.
Nicht
sonderbegabt.

Solange Sourzac
geb. 1912
Französische Schauspielerin.
Brach sich 1959 während eines
Besuchs auf Yolandas Schloss
bei einem mysteriösen
Treppensturz das Genick.

Monty Bone
geb. 1937
Pilot.
1963 ums
Leben
gekommen.

Grizelda
geb. 1937
Nicht
sonderbegabt.

Lucretia
geb. 1942
Hausmutter
am Bloor.
Nicht
sonderbegabt.

Eustacia
geb. 1947
Hellseherin

Venetia
geb. 1952
Herstellerin
magischer
Kleidungsstücke.

Paton
geb. 1957
Erzeuger
elektrischer
Überspannung.

Amy Jones
geb. 1967
Verkäuferin

Lyell
geb. 1962
Pianist.
Verschwand 1994.

Charlie
geb. 1992
Bilderbegeher

Charlie Bones zweites Abenteuer

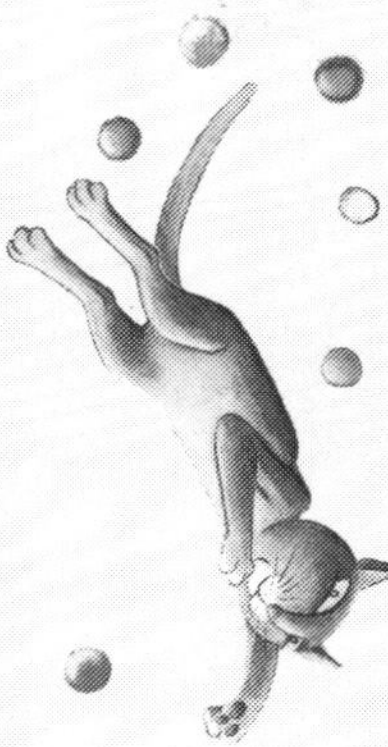

Jenny Nimmo

Charlie Bone und die magische Zeitkugel

Kaum hat sich Charlie Bone halbwegs daran gewöhnt, dass Personen auf Bildern zu ihm sprechen, gehen schon wieder unheimliche Dinge in der Bloor-Akademie vor sich. Ein geheimnisvoller Besucher aus der Vergangenheit, finstere Machenschaften von Charlies fieser Verwandtschaft, ein wütender Zauberer und ein magischer Gegenstand, hinter dem alle her sind, halten Charlie und seine Freunde auf Trab.

ISBN 978-3-473-**52333**-7